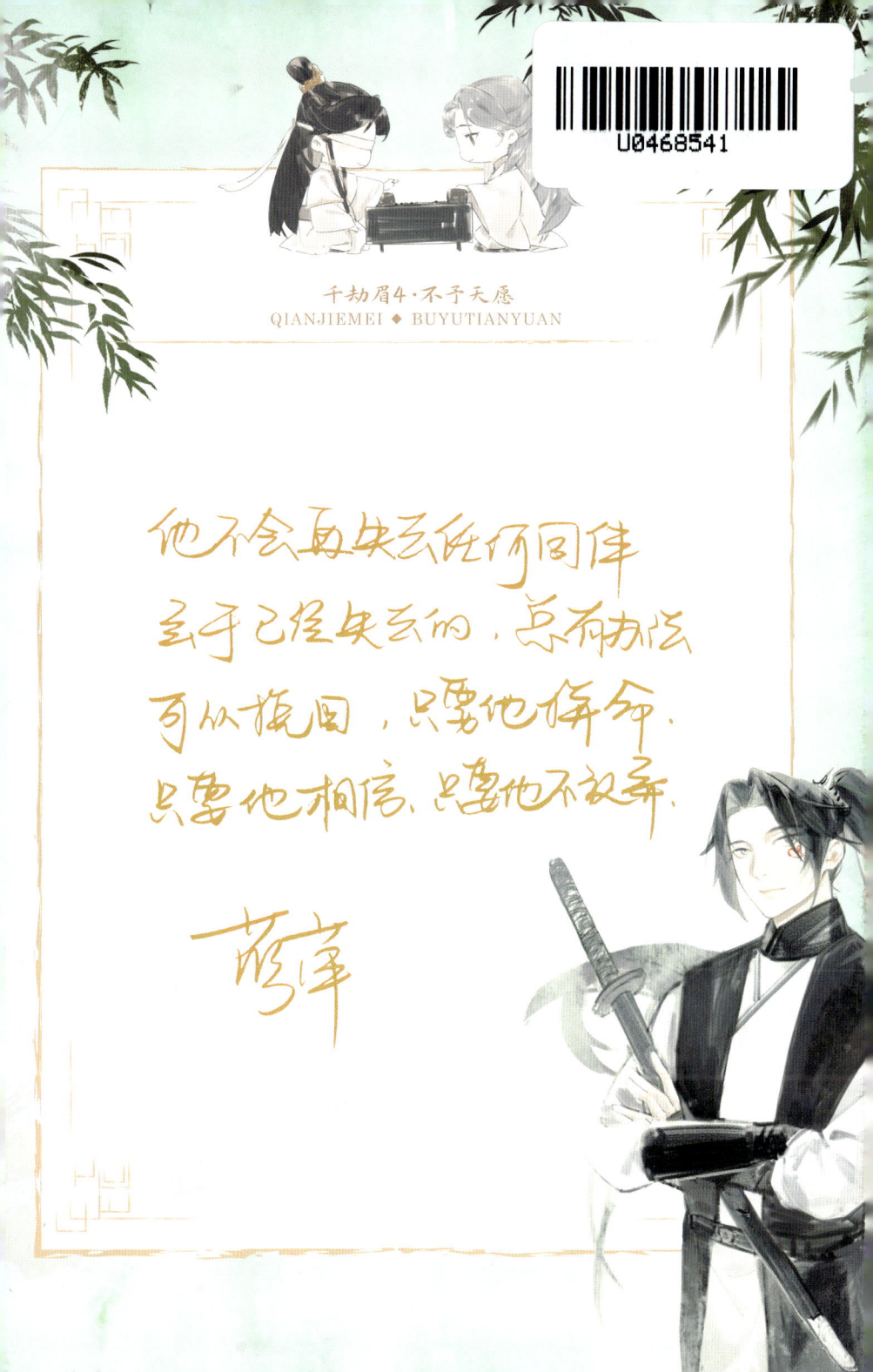

千劫眉4·不于天愿
QIANJIEMEI ◆ BUYUTIANYUAN

他不会再失去任何同伴，
至于已经失去的，总有办法
可以挽回，只要他拼命，
只要他相信，只要他不放弃。

荷宰

有爱的青春陪伴者

图书在版编目（CIP）数据

千劫眉. 4, 不予天愿 / 藤萍著. -- 南京：江苏凤凰文艺出版社, 2024. 12. -- ISBN 978-7-5594-9063-6
Ⅰ. I247.5
中国国家版本馆CIP数据核字第20243JQ276号

千劫眉.4, 不予天愿
藤萍 著

责任编辑	王昕宁
特约编辑	廖 妍　文佳慧
出版发行	江苏凤凰文艺出版社
	南京市中央路165号，邮编：210009
网　　址	http://www.jswenyi.com
印　　刷	长沙鸿发印务实业有限公司
开　　本	880mm×1230mm 1/32
印　　张	8.5
字　　数	188千字
版　　次	2024年12月第1版
印　　次	2024年12月第1次印刷
书　　号	ISBN 978-7-5594-9063-6
定　　价	49.80元

江苏凤凰文艺版图书凡印刷、装订错误，可向出版社调换，联系电话025-83280257

三十一 ◆ 狂兰无行 ◆

他从不趋利避害，只做他要做的事，只走他要走的路。不管前方是陷阱还是坦途，是刀山火海还是水月洞天，对朱颜而言，都是一样的。 /001

三十二 ◆ 暗香明月 ◆

江湖风云涌动，世外风清月朗，世间事恩怨情仇纷繁复杂，在这里了无痕迹。 /020

三十三 ◆ 一杯之约 ◆

"我……我一直以为……他不过别有用心……"
"哈哈，这世上有几人不是别有用心？但并不一定别有用心的人就对你不好。" /039

三十四 ◆ 未竟之局 ◆

"如何？各位深得弟子敬仰、名满天下、虚怀若谷、正气凛然的江湖侠客，你们的决定如何？今天就让大家一起看一下，看一下是我风流店恶毒，还是你江湖白道的嘴脸难看？" /060

三十五 ◆ 郎魂何处 ◆

阿俪撑不住他自己的心，却能撑起天下。
而他既撑不住自己的心，也撑不住从这天下跌落下来的任何一根稻草。
他只是柳眼，剥去一张美丽的面皮，他原本什么都不是。 /079

三十六 ◆ 白马之牢 ◆

唐俪辞的宠爱有时候很轻、有时候很重，有时候是真的、有时候是假的……还有的时候……是有害的。
那支银簪，她戴着也不是，收着也不是，遗弃也不是，握在手中扎得手指生痛，突然惊觉，其实唐俪辞想要的，就是她为他痛苦而已。 /097

◆ 目 录 ◆

三十七 ◆ 腹中之物 ◆

变成妖，真的会比人好吗？难道不是因为受不住做人的痛苦，所以才渐渐地变化为妖？方周死了、池云死了、邵延屏死了……有许多事即使再拼命努力也无法挽回，他所失去的岂止是人命而已？ /116

三十八 ◆ 碧血如晦 ◆

阿谁低声道："其实我很多时候都以为距离明白你只差一步，但这一步始终非常非常遥远。"/142

三十九 ◆ 佳人何在 ◆

阿谁静静地听着，悲哀的、疯狂的、紊乱的故事……是从什么时候开始，自己对各种各样的悲哀已经麻木？只有……只有对唐俪辞感到失望的时候，她才会感到伤心，然后才知道原来自己的心还在。就像现在，她就不知道自己的心到哪里去了……胸口空空荡荡，像灵魂已出窍很久很久。/176

四 十 ◆ 伤心欲绝 ◆

他想要被人"可以为他去死"地爱着，但是……其实没有谁真实地爱着他，因为没有一个人不怕他。/190

四十一 ◆ 七花云行 ◆

"在那里，伏营的灯火，连绵不绝的兵马夜眠江河，月如钩，长草漫山坡。在那里，做着许多梦，数一二三四，比星星还不清楚。在那里，微弱的小虫闪着光，在午夜无声之时来流浪；在这里，脆弱的小虫挥翅膀，在强敌来临之际在翱翔，多少鬼在河岸之上，趁着夜色持着枪……"/218

四十二 ◆ 孤枝若雪 ◆

他是一只皮毛华丽的狐妖之王，俯瞰天下，风起云涌，众生百态，他一直在云端之上。/239

三十一 ◆ 狂兰无行 ◆

他从不趋利避害，只做他要做的事，只走他要走的路。
不管前方是陷阱还是坦途，是刀山火海还是水月洞天，
对朱颜而言，都是一样的。

碧水流落万古空，长天寂寥百年红。

碧落宫的殿宇素雅洁净，访兰居内落叶飘飞，秋意越发浓郁，而秋兰盛开，气息也越发清幽飘逸。

傅主梅又把访兰居上上下下下洗了一遍，连椅缝里最后一丝灰尘也抹尽了，最后实在没有什么可再为宛郁月旦做的，他便坐在房间内的椅子上发呆。

他身上的毒已经解了，宛郁月旦让他住了他最喜欢的院子，给了他善解人意的婢女，没有要求他做任何事，但他越来越觉得在这里待不下去。

唐俪辞取得了绿魅，救了他的命，听汴京传来的消息说那夜还死了五个人，其中一个是"九门道"韦悲吟。

阿俪是花费了很多心思和力气才得到那颗珠子的吧？他服用绿魅的粉末解了明黄竹之毒，心里却觉得惶恐不安。阿俪是讨厌他的，这件事以后只会更讨厌他吧？

他虽然武艺了得，却从来不是能拿主意的人，心里觉得亏欠宛郁

001

月旦，又觉得对不起唐俪辞，但他不知道该做什么来补偿。

他能做的事很少，也想不出什么高明的主意，唯一能拿得出手的是御梅刀法。但要论杀人，他似乎也远远不及宛郁月旦和唐俪辞，而抹桌扫地之类的事显然也不是宛郁月旦和唐俪辞需要他做的。

也许他该离开了，每当被人认出是御梅主的时候，他就会陷入这样尴尬的境地。很多人希望他做出英明的决定、发挥决定性的作用，但他不知道如何做。而每当他犹豫不决或者决定离开的时候，总会让更多人失望。

他只希望做个简单的人，他不需要任何高深的武功就能活下去，他也并不讨厌这样的自己，但……不是承认自己没用就找到了可以离开的理由。

他虽然没用，但是从不逃避，只是经常做错事。

"傅公子。"

今日踏入房门的人是碧涟漪，这确实让傅主梅呆了一下："小碧。"

他上次来碧落宫的时候，碧涟漪还是个十七八岁的少年人，如今已是俊朗潇洒的剑客，看起来比他大了七八岁。

碧涟漪对他行了一礼："宫主要我对你说几件事。"

"小月很忙吗？"傅主梅揉了揉头，"我好几天没看见他了。"

"宫主很忙，这几天发生了不少事。"碧涟漪对他依然持以长辈之礼，"宫主交代了几件事，希望傅公子听完以后不要激动，也不要离开，留在碧落宫中等他回来。"

傅主梅奇道："小月出去了？"宛郁月旦不会武功，刚从少林寺回来，这几天发生了什么事让他又出去了？

"唐公子失踪了。"碧涟漪沉声道。

傅主梅猛地站了起来,又"扑通"一声坐了下去:"怎么会……发生了什么事?阿俪怎么会失踪的?他不是取了绿魅珠回中原剑会去了吗?"

"事实上他没有回到中原剑会。"碧涟漪道,"最近发生了几件事,都不算太好。第一件,唐公子取了绿魅珠,通过信鸟寄给宫主之后,下落不明;第二件,少林十七僧在杏阳书坊混战柳眼,混乱之中,柳眼被神秘人物劫走,之后同样下落不明;第三件,西方桃离开中原剑会,而在西方桃离开中原剑会的第四天,邵延屏受人袭击,重伤而亡。"

傅主梅越听越惊,听到"邵延屏受人袭击,重伤而亡"时忍不住"啊"地失声惊呼:"邵先生……是谁……"

碧涟漪摇了摇头:"不是西方桃。邵延屏遇袭的时候,西方桃人在嵩山少林寺外的小松林暂住,为普珠上师升任少林寺方丈之位道喜。

"之前唐公子和宫主都曾疑心,西方桃潜伏在中原剑会,实为风流店幕后主谋,欲杀邵延屏夺中原剑会。现在邵延屏死了,凶手却不是西方桃。"

"小月的意思是说……"傅主梅喃喃地道,"是说风流店深藏不露,除了西方桃,另有能人潜伏在中原剑会上,在成缊袍、余负人、董狐笔和孟轻雷的眼皮子底下击杀邵延屏,既达到除去眼中钉的目的,又免除了西方桃的嫌疑。"

碧涟漪颔首:"不错,这会消除很多人对西方桃的疑心。"

傅主梅苦笑了一声:"但他……他确实是个坏人。"

碧涟漪缓缓摇头:"邵延屏死后两日,西方桃返回中原剑会吊丧,在众目睽睽之下击杀'春秋十三剑'邱落魄。"

傅主梅睁大眼睛，"春秋十三剑"是与沈郎魂齐名的杀手："他为什么要杀邱落魄？"

碧涟漪脸色沉重："因为邱落魄就是杀害邵延屏的凶手。"

傅主梅连连摇头："单凭邱落魄不可能在中原剑会杀害邵先生，绝对不可能。"

碧涟漪道："宫主说杀邵延屏的必定不止邱落魄一人，或许他是凶手之一，但他的作用并非杀人……而是替罪。"他平静地道，"总之，邵延屏死了，邱落魄是凶手，而西方桃从中原剑会一千人等中识破了乔装的邱落魄，一招杀敌，解除了邱落魄在中原剑会中再度潜伏杀人的危机。"

傅主梅张口结舌："所以他的威望就更高了？"

碧涟漪点了点头："中原剑会上下对西方桃本就很有好感，他是普珠方丈的挚友，又帮助剑会于好云山之役获得胜利，救了不少人。这一次为邵延屏报仇，普珠方丈传函称谢，西方桃仗义聪慧之名天下皆知。"

傅主梅紧紧皱起了眉头："这怎么可以……这怎么可以……这完全不对……"

碧涟漪继续道："随后西方桃以邱落魄为突破口，沿线追踪，查到了风流店的一处隐藏据点。中原剑会破此据点，杀敌三十三人，夺得九心丸百余瓶，付之一炬。"

傅主梅骇然，过了好一会儿，长长地吐出一口气，看着他说："那他……那他现在就是……"

"他现在就是中原剑会中顶替邵延屏的人，成缊袍、董狐笔等一干人对他言听计从，毫无疑心，并且越来越多的正道人士投奔中原剑会，如今新入剑会的六十九人中不乏高手。"碧涟漪道，"宫主要我对你说的就是这几件事，他希望你在碧落宫中等他回来。"

"我不会走的。"傅主梅斩钉截铁地道，"我绝不会走。"

碧涟漪眼中有了少许欣慰之色，近乎微笑，但他并没有笑："太好了。"

傅主梅顿时涨红了脸，羞愧得几乎抬不起头来："其实我……"

他很想说其实他留下来也没有什么太大作用，但碧涟漪微微一笑："御梅之主在此时力挺碧落宫，会给宫主和唐公子莫大的支持。傅公子切莫妄自菲薄，你是刀中至尊，盛名岂是虚得？"

傅主梅点了点头，他再说不出半句话来。

碧涟漪行礼，转身准备离去，傅主梅突然问道："阿俪呢？他……他到底去哪里了？碧落宫真的没有他的消息？他有没有危险？"

碧涟漪转过身来："唐公子……目前所得的线索只能说明他在宫城外与韦悲吟一战后失踪，其余当真不得而知。"

傅主梅呆呆地看着他走远，阿俪他不会有事吧？

他会到哪里去？局面变得这么恶劣，西方桃占尽上风，邵延屏身亡这件事对阿俪一定也是很大的打击，这种时候他不可能避而不见，他会上哪里去？自己应该要做点什么，但该做什么呢？

傅主梅突然站了起来，往访兰居外另一处庭院走去，那是秀岳阁，风流店梅花易数和狂兰无行的居所。

那两个人的毒也已经解了，但至今昏迷不醒，闻人銎说是剧毒伤了头脑，有些失心疯，不可轻易刺激他们，所以平时很少人往秀岳阁去。

傅主梅轻轻踏入秀岳阁，秀岳阁内一片寂静，除了那两人的呼吸声，似乎什么也不存在。听入耳内，梅花易数和狂兰无行二人的内功心法截然不同，呼吸之法也一快一慢，容易分辨。

他踏入卧房，秀岳阁卧房里躺的是狂兰无行，客房里是梅花易数。

狂兰无行的毒伤和刺伤都是梅花易数的数倍之重，梅花易数偶尔还会坐起来发呆，狂兰无行却是自始至终没有清醒过。

傅主梅按了按狂兰无行的脉门，这人内力深厚，根基扎实，武功或许不在自己之下，可惜全身关节经脉受毒刺重创，日后恐怕难以行走。如果不是这一身武功，闻名天下的狂兰无行只怕已死多时了。

傅主梅在床前的椅子上坐了下来，揉了揉头发，其实他不知道自己来这里干什么，就算这两人突然醒来，他也不知道问他们什么好，但就是觉得坐在这里，会比坐在自己房里发呆要好受一点。

狂兰无行眉目俊朗，脸色苍白，一头乱发干燥蓬松，隐隐约约带了点灰白。傅主梅坐在一旁看他，这人身材魁梧，非常高大，站起来恐怕要比宛郁月旦高一个头，不愧是能使八尺长剑的男人。

微风吹过，初冬的风已现冰寒，傅主梅坐了很久，抬头看了眼窗外盛开的梅花，突然颈后微微一凉，眼角瞥见床边的八尺长剑倏然不见，剑锋冰寒，已然架在自己颈上。

"今日是雍熙几年？"身后的声音清冷，略带沙哑，却不失为颇有魅力的男声。

"雍熙三年十一月……"傅主梅一句话没说完，颈上长剑骤然加劲，傅主梅袖中刀出手架开长剑，"叮"的一声脆响如冰火交接，灼

热的气劲与凝冰的寒意一起掠面而过,他飘然而退,讶然看着面前的乱发男子。

狂兰无行已站了起来,就在他站起来的瞬间,有种天地旋转的错觉。傅主梅头脑一时还没转过弯来,只见狂兰无行嘴角微挑,似笑非笑,说不上是不是对他那一刀的赞赏。

狂兰无行微一低头,勾起了嘴角,随后萧然转身,"啪"的一声把那八尺长剑往屋角一掷,大步往外走去。

八尺长剑没入地面三尺有余,未入地的部分随那"啪"的一声脆响截截碎裂,散了一地碎铁。

傅主梅这时才喝道:"且慢!你——"他御梅刀出手,刀势如疾雪闪电,掠起一阵冰寒直往狂兰无行后心击去,"快回来!"

狂兰无行背袖微拂,一阵炽热至极的真力潜涌般漫卷,傅主梅这一刀未出全力,但见冰寒的刀气受烈阳真力所化,在空中晃了一晃,"刺"的一声微响,刀气在狂兰无行袖上划开一道缝隙,破袖而过在他后心衣服上也划开一道长长的裂缝。

但也仅此而已,狂兰无行大步向前,穿门而去,御梅刀一击不中,随蕴力倒旋而回,傅主梅伸手接刀,脸色苍白。

这御刀一击虽然他未尽全力,但出刀一击只是划开衣上两道缝隙是他平生仅见,狂兰无行身受明黄竹毒刺之苦多年,竟然还有如此功力——一掷碎剑,大步离去——他究竟要去哪里?他要做什么?

"且慢!"傅主梅追到门口,狂兰无行的人影已消失得无影无踪。他真是不知如何是好,宛郁月旦和唐俪辞费力救了狂兰无行,便是想从狂兰无行口中得知风流店的隐秘,结果这人一清醒就决然离去,没有半点感激留恋的模样。而他虽然站在这里，却什么也没问出口，也没能把人留下来。

他真是……太没用了。

傅主梅思绪混乱了好一会儿，才从卧房里奔了出去。他闯进梅花易数的房里，幸好，梅花易数还在房里，并没有像狂兰无行那样一走了之。

梅花易数也没有躺在床上，他坐在房里的桌旁，一口一口喝着茶，就像一口一口喝着烈酒。见傅主梅闯了进来，他只是笑了笑，也没有露出什么惊讶的表情。

傅主梅反而有些局促起来："你……你好……"

梅花易数举起茶壶，对他敬了一下。傅主梅明白这是善意，于是走近一步："我……我住在不远的地方……"

梅花易数笑了，露出一排雪白的牙齿："我知道是你救了三哥。"

傅主梅一呆："啊……但是他——"他指着隔壁房间，分明想说清楚刚才发生的事，却只是道，"他走了。"

梅花易数就着茶壶灌了一口茶："他当然会走，你救了他日后定会后悔……"他的嗓音很是暗哑，并不好听，"你该知道他身上的毒刺是我的三倍——不是三倍于常人的毒刺，单凭引弦摄命之术根本制不住他。

"七花云行客以奇门异术闻名天下，阵法机关是五弟最强，暗器心法是六弟称雄，但论真实武功……我们六人没一个打得过三哥，他是绝对强的。"

傅主梅点了点头，能在他御梅刀下如此从容地离去，狂兰无行是

第一人："但为什么你和他会中毒，变成风流店的傀儡？"

梅花易数又灌了一口茶："真正的内情或许三哥比我清楚得多，我到现在仍然很糊涂。那天……六弟请我们到焦玉镇丽人居喝酒，他的酒量一向不好，喝两杯就会醉倒，难得相邀，所以我们都去了。"他笑了笑，"结果那天的酒里下了剧毒，六弟自己喝醉了，我也倒了。我虽然中毒，酒量却好，迷迷糊糊地知道三哥和七弟把我绑了起来，全身到处刺上毒刺，七弟扮成了女人，我不知道他们在密谋什么……但我记得后来他们把我搬到一个什么地方关起来了，二哥想要救我，却被三哥杀了。"

傅主梅骇然："他……他杀了你们二哥？"

梅花易数点了点头："所以——三哥不会对你们说任何事，他和我不一样，风流店初起之计他就参与其中。"

傅主梅用力揉了揉头发："但……但他怎么也变成那种样子……"

梅花易数大笑起来："哈哈哈……咳咳……谁叫他和七弟搅在一起。三哥武功虽然高，心机也深，但他不是卑鄙小人，而七弟……七弟那种喜欢假扮女人的娘娘腔比女人还阴险恶毒。三哥和七弟斗，怎么斗得过七弟？哈哈哈……"他笑了一阵，又灌了口茶，"何况三哥对七弟的妹子念念不忘，偌大把柄落在七弟手里，怎么可能不被收拾？我只奇怪七弟好大的胆留下三哥的命，他当真不怕死。"

"七弟……是谁……"傅主梅看他情绪激动，心里甚是担心，"别再喝水了，小心呛到。"

梅花易数把那茶当酒一口一口地喝："七花云行客的七弟，一桃三色玉箜篌啊！你竟然不知道？"

傅主梅奇道："一桃三色不是叫作西方桃吗？"

梅花易数一怔："他有个表妹姓薛，叫作薛桃，'西方桃'三个字约莫是从他表妹的名字来的。但那表妹……"他突然笑了起来，"他那表妹我只见过一次，十几年前他和三哥争夺那表妹，他表妹喜欢三哥，七弟就把他表妹藏了起来，到现在十几年了谁也找不着。"

傅主梅皱起眉头："他怎么能这样？你们不是结拜兄弟吗？为什么要下毒害你，为什么不让自己表妹和自己三哥在一起？"

"七弟嘛……"梅花易数喃喃地道，"有些人天生心性就奸险恶毒，他要以七花云行客之名自立门派，说要另起能与少林、武当、昆仑、峨眉等齐名的江湖门派。这事大哥和三哥是赞成的，我从来不热心，没想到仅仅是不热衷……他就能如此对我。嘿！他对他表妹痴情，怎么可能让她落在三哥手上，他总有办法让和他作对的人生不如死……"

傅主梅全身起了一阵寒意："但……但这事十年前就已发生，他本来只是想自立门派，怎么会变成如今风流店这样可怕的组织？"

梅花易数摇了摇头："我不知道……十年太长，物是人非。"

傅主梅看了看他那恍惚的神情，忍了又忍，终于忍不住问："玉箜篌……他和鬼面人妖玉崔嵬有什么……关系……"

"哈哈哈……"梅花易数趴在桌上大笑，"那人妖的名声果然响亮，七弟要立风流店，用心之一是招纳人手踏平秉烛寺，他对玉崔嵬恨之入骨，那是他同母异父的哥哥。"

傅主梅"啊"了一声："他是玉崔嵬的亲生兄弟……"

梅花易数仍旧是笑，又待喝茶，茶壶却已空了："听七弟亲口说，他那不守妇道的母亲生下他以后被他爹打死，他爹把襁褓中的他和玉

崔嵬一起赶了出来。他被玉崔嵬养到八岁，觉得那偷鸡摸狗、出卖色相的日子再也过不下去，就逃了出来。

"七弟虽然忘恩负义，却是天纵奇才，只靠着玉崔嵬教他的那一点点根基，便能自行修炼成一身出类拔萃的武功。"

"这样说来，玉崔嵬其实对他很好。"傅主梅奇道，"他为何要恨玉崔嵬？"

梅花易数瞪了傅主梅一眼："有一个恶名远扬、妖孽淫荡的人妖大哥，且身为秉烛寺之主，就算七弟统领武林得了天下，有人会服他吗？他要做人上人，不杀玉崔嵬，如何能得天下人之心？"

傅主梅心中一阵发冷："他……他真是让人寒心。"

梅花易数"砰"的一声掷碎茶壶："哈！但十年前我等兄弟结义云游的时候，七弟风度翩翩，就算是说到要杀玉崔嵬也是大义灭亲……"他推开桌子，摇摇晃晃地站了起来，"有些人看表面，你永远看不清楚他是个什么样的人。"

傅主梅把他扶住，听闻这句话忍不住点了点头，他想到唐俪辞，心里不知是害怕还是担忧："你不会走吧？"

梅花易数直挺挺地躺回床上，闻言大笑："哈哈哈……我一身武功……咳咳……所剩不到十之一二，关节受损，已经是个废人，我离开这里做什么？让七弟把我抓回去学狗爬？"他看了傅主梅一眼，"我不会走，你也不能走。碧落宫虽颇负盛名，但门人武功都未到一流之境，你虽然傻里傻气，此时却是碧落宫的中流砥柱。"

傅主梅"嗯"了一声："我不会走的。"他说得很平淡，心里却很踏实，许多时候他是不知道如何去做，当知道自己该做什么的时候，他便不再彷徨。

"小子，你叫什么名字？"梅花易数突然问。

"我姓傅。"傅主梅揉了揉头发，"我的名字不好听，你叫我小傅吧。"

"我不想死。"梅花易数闭目道，"姓傅的小子，临敌之时，你可不要太傻了。"

傅主梅又应了一声，他把地上的碎瓷扫了起来，抹了抹地板，带上门才出去。

门外碧云青天，他匆匆地去找碧涟漪，走到碧涟漪门前，他停了一下，不知为什么没有进去，而是径直往红姑娘的庭院走去。

然而碧涟漪并没有在红姑娘的院中，傅主梅走到门口轻轻地站住，只见院中那白衣女子站在一棵枯叶凋零的大树下，额头抵着树干默默地站着，不知在想些什么。

过了一会儿，她转过身来倚树坐下，呆呆地看着庭院的另一边。

傅主梅顺着她的目光看去，透过围墙镂空的窗户，外面有人走过，是碧落宫内清一色的碧衣，但不知是不是碧涟漪。

她看着那人自墙东走到墙西，目不转睛，抱起双膝幽幽地叹了口气："谁在外面？"

傅主梅小心翼翼地走了进去，尽最大程度对她露出和善的表情："呃……是我。"

红姑娘的视线从他脸上索然无味地扫过："你是谁？"

傅主梅习惯性地去揉头发，一头黑发早已被他揉得乱七八糟不成样子："我姓傅，叫傅主梅，就是那个……中了你的毒的人。"

红姑娘嘴角微微一扬:"你进了我的院子,就中了我另一种毒。"

傅主梅并不在意:"啊……没关系,红姑娘……冷吗?"

红姑娘微微一愣:"不冷。"

傅主梅摇了摇头:"我不知道小月有没有告诉你柳眼的消息,不过你不用发愁,我想小月一定能很快找到他的。"他柔声道,"别担心。"

红姑娘胸口起伏,一记耳光往他脸上甩去:"你们都是些什么人?自以为对别人好,人人都摆着一张笑脸,就能让本姑娘心里舒服?就可以让本姑娘变成自己人?连莫名其妙的过路人都要来关心我的心情?凭什么?你凭什么刺探别人的私事?你以为你是谁啊?"

傅主梅避过那一记耳光,惊愕地看着红姑娘,刹那间涨红了脸:"我……我只是觉得你看起来不开心,对不起,真的很对不起。"他几乎是落荒而逃,施展轻功往院外跃去。

红姑娘一记耳光落空,见他急急退去,反而一怔,隐隐约约有种伤害了他的感觉,这人武功很高,宛郁月旦对他非常重视,宁愿为了他上少林寺冒险,问得柳眼的下落,但这人……这人和她原先想象的完全不同。

她从未见过这么软弱的男人,会为一个年轻女子的几句话感到自责,甚至连他自己原本的目的都忘记,就这样急急地退走了,仿佛在那一瞬间没有什么比她的感受更重要。

她瞧不起这种软弱的男人,但不知为何,心里的阴霾散去了一些,在那一瞬间她明白她受人尊重。那是无论柳眼或宛郁月旦都不曾给她的,一种平等的尊重,不带任何立场或歧视。

那种感觉很熟悉,红姑娘从地上缓缓站了起来,有个男子……每天端给她一杯姜茶，什么也不曾说，刮风下雨会给她送来新的被褥，收走了她暗藏的毒药，那种沉默、那种坚持、那种耐心，让她烦躁，让她不安。但她突然明白，那种烦躁和她方才伸手打人时的心境一样，只是因为寻觅到了发泄的途径，而并不是怨恨和嫌弃。

自从她设陷阱谋害宛郁月旦那日开始，碧涟漪就很少来送姜茶，到最近几乎不再踏入庭院，但天气渐渐变得寒冷，他按时送来衣物和棉被，只是他来的时候，她却没有看见。

那个无怨无悔对她好的男人对她存了心结，因为她要杀宛郁月旦。

她本就要杀宛郁月旦，她本就是柳眼的军师，她本就是敌人，但为什么竟然觉得有些惶恐起来，仿佛……仿佛她当真做错了什么似的……

红姑娘握住拳头，压住自己的心口。从头到尾她什么也没做错，一点也没有做错，她所做的一切都是为了尊主。

而尊主……你……你究竟在哪里？

傅主梅仓皇地从红姑娘的院子里退了出来，一时不知要去哪里，转过身来，却见碧涟漪静静地站在红姑娘庭院外的墙角，脸色沉静，也不知在那里站了多久。只是庭院外树木高大，枝干掩去了他的身形，红姑娘因此看不见他。

"小碧，小碧，狂兰无行走了。"傅主梅一见他便松了口气，惭愧地道，"我……我没能拦下他。"

碧涟漪抬起头来，一瞬间似乎不知道他在说什么，顿了一顿，他"啊"了一声："此事出乎意料，我会派人尽快查明狂兰无行的行踪，宫主今夜便回，傅公子切莫自责。"

傅主梅听到宛郁月旦今夜便回，长长吐出一口气："小碧，我觉得红姑娘她……她在等你。"

碧涟漪沉默不语，傅主梅揉了揉头发："我觉得……我觉得她很在乎你。"

碧涟漪看着他，淡淡一笑："她的心思很杂，我希望她能幸福，但不希望她再走歧途。"

傅主梅很仔细地看着他的眼睛，碧涟漪问道："怎么？"

傅主梅摇摇头，露出真诚的笑意："我从前不知道小碧是这么细心的人，你很好。"

碧涟漪笑了笑，两人一时不知该再说些什么，仿佛一瞬间对彼此都已明了。傅主梅抓了抓头发，转身离开，留碧涟漪一个人继续站在那里。

他明白小碧不想刺激红姑娘，小碧如果出现在红姑娘面前，她也许会做出更激烈的事来抗拒碧落宫的善意。

她必须坚守自己的理智和底线，她不能为了碧落宫的善意和温柔背叛柳眼。

他明白红姑娘的苦楚，小碧同样明白，所以他站在那里默默地等。

他希望能等到一个决定。

半个月之后。

好云山。

水雾弥漫的山巅，冬寒料峭，山色却依然苍翠。

问剑亭之中，一人一身紫衣，手持战戟，一脚踏在问剑亭的栏杆之上，山风吹得他紫色的披风猎猎作响，雾气在他身旁湍急流转，违背自然风势，一如瀑布下的旋涡。

"他……他是谁？"中原剑会的弟子在善锋堂遥遥看着那问剑亭中的伟岸身影，窃窃私语。

"嘘——你真认不出来？他就是狂兰无行，听说从前受风流店的毒物控制，如今已然醒了。"有人悄悄地道，"他醒了立刻就赶来好云山，改邪归正，听从中原剑会安排。"

"我听说早在十年前他就是中原剑会的评剑元老，此番清醒，自然是要相助剑会。只是没想到那神志不清的狂兰无行一朝清醒过来，竟然是这种模样。"另一人悄悄地道，"桃姑娘貌美如花，狂兰无行却是妖魔邪气的。"

"嘘——叫你小声点没听见？你看他这样子，绝对不是好惹的，我看风流店那些贼人遇到他一定要倒大霉了。"

"嘿嘿……风流店倒大霉才好，否则流毒无穷人人自危，谁也没好日子过。我听桃姑娘叫他名字，亲昵得很，两人好像关系匪浅。"

"名字？狂兰无行本名叫什么？"

"朱颜。我听桃姑娘叫他朱颜。"

"朱颜……我看他这样子该改名叫'狂颜''妖颜''鬼颜'才对……"

狂兰无行持戟踏栏而立，俯瞰山景，一动不动。即使是遥遥看去，也可见他脸型修长，棱角分明，脸颊分外苍白，甚至有些青白，颧骨之上眼角之下却有一片似紫非紫、似红非红的血晕，加之眼线乌黑修长，眼神冰冷空洞，观之俊朗、冷漠、深沉，但也似充满邪情杀气一般，

让人观之不寒而栗。

一位青衣少年走到正闲聊的二人背后，微微一笑："二位在说什么呢？"

那闲聊的二人吓了一跳，回过身来齐齐抱拳："古少侠。"

这缓步而来的青衣少年佩剑在身，正是成缊袍的师弟"清溪君子"古溪潭。他被成缊袍关在青云山练剑，此时剑术有成，出山相助师兄，刚刚到达好云山。

中原剑会的二人有些惭愧，连道没说什么，告辞离去。

古溪潭站在二人方才站立的地方凝目远眺，也见狂兰无行一人在亭中独立，持戟观山，就如静待强敌一般，全身上下没有半分松弛。

下一秒，古溪潭见一位桃衣女子踏入问剑亭，浅笑嫣然，和狂兰无行攀谈起来。

古溪潭隐约认得那是西方桃，中原剑会此时不可或缺的重要人物，是剑会的恩人，虽是女流见识，武功却不弱于任何人，乃是一位巾帼英雄。

两人说了几句话，奇怪的是，狂兰无行始终没有回头，一直背对着西方桃。古溪潭看了一阵，并未多想，转身往成缊袍房中而去。

问剑亭与善锋堂距离太远，如果古溪潭的目力再好一些，他会看见和西方桃说话的时候狂兰无行非但没有转身，甚至连眼睛都没有睁开。

"三哥。"西方桃踏入问剑亭的时候笑语嫣然，娇美的容颜让雾气涌动的问剑亭亮了一亮，仿佛花开。

狂兰无行并不回头，他依然面向山下，却是合上了眼睛："我讨厌虚伪。"

"朱颜，既然你讨厌虚伪，那我就开门见山。"西方桃娇美的笑颜一瞬间消失得无影无踪，"我明白你现在站在这里，非常不容易，你克服了针伤、毒患、漫长的空白期和刻骨铭心的怨恨——只用了短短半个月——你就完全恢复了，说实话，完全出乎我的意料。"

狂兰无行没有说话，西方桃举手轻轻摸了摸自己的脸："我也很明白你为什么能放下对我的恨，为什么能快速恢复，为什么现在会站在这里对我俯首帖耳……你想见她，而她在我手里。"

"我讨厌你那张脸。"狂兰无行清冷地道，"看了很刺眼。"

西方桃盈盈笑了起来："如果讨厌我这张脸，你要怎么见薛桃……我现在这张面孔就和她一模一样，虽然现在你见不到她，但看见我的脸也聊以慰藉，有何不好？她在我手里，现在过得很好、很安宁……"

"你把她怎么了？"狂兰无行低沉地问。

西方桃倚栏而笑："她嘛……如果你愿意，我可以让你见她一面，代价是为我杀人，你愿意吗？"

狂兰无行的声音冰冷暗哑："杀谁？"

西方桃柔声道："宛郁月旦。"

狂兰无行眼睫也未颤一下："可以。"

西方桃继续柔声道："他是你的恩人，你下得了手？"

狂兰无行冷冷地道："我之一生，只为薛桃，其他毫无意义。"

西方桃嫣然一笑："我有时候觉得，如果我能像你一样痴情，也许表妹早就嫁给我了。"西方桃转身负袖，往外走去，"等你杀了宛郁月旦，我会告诉你她在什么地方。"

"等我见了薛桃,我会将她带走。"狂兰无行低沉地道,"然后下一件事,就是杀你——"

西方桃步履安然:"你应该的。"随后渐渐隐没于雾气之中。

狂兰无行提起战戟,重重地往地上一插,只听岩石崩裂之声,那丈余战戟入石尺许,直立不倒。

他并非愚蠢,西方桃要他杀宛郁月旦,因为他最没有理由杀宛郁月旦,最容易得手。而杀人之后,西方桃必然说他剧毒方解、心智失常,推他入四面皆敌的处境,一箭双雕。这谈不上什么计策,只是西方桃挖好了陷阱,等着他甘愿往下跳而已。

西方桃算准了他的个性,他是深沉,但更重要的是狂傲。

他从不趋利避害,只做他要做的事,只走他要走的路。不管前方是陷阱还是坦途,是刀山火海还是水月洞天,对朱颜而言,都是一样的。

他要见薛桃,无论杀多少人都要见,不管用什么方法都要见,便是如此简单。

三十二 ◆ 暗香明月 ◆

江湖风云涌动,世外风清月朗,世间事恩怨情仇纷繁复杂,在这里了无痕迹。

慧净山,明月楼。

皓月当空,水泽之上寒意颇浓,然而徐风吹来,残荷千点,几只耐寒的鹭鸟振翅飞起,景致依然动人。

富丽堂皇的明月楼内升起从未有过的黑色炊烟,一股饭菜的香味飘过水面,浮过一丝冬季的暖意。

明月楼顶,朗朗月光之下,摆放着两张藤椅。那楼顶的瓦片已被藤椅的椅脚戳掉了好几片,可见常常有人把椅子搬到楼顶来坐。

一位白衣公子和一位青衣书生各自坐在藤椅之中,手持书卷,悠闲看书。

"我已经很久没看到什么好书了。"白衣公子翻了几页书,"你那本故事如何?"

青衣书生眼神清澈,仿佛看得非常专注:"我还在看开头。"

白衣公子仔细一看,青衣书生将书本倒拿,一个字一个字地倒着看,难怪看得极慢:"说到哪里了?"

青衣书生平静地道:"说到杨家小姐在梳头。"

白衣公子叹了口气:"真没品位,你看我这本《玉狐记》,我还没有看就知道有一只狐狸变身美女遇到落难公子,日后这位公子一定考中状元,然后娶公主为妻,那只狐狸深情不悔,决定化身狐狸,在状元家中冒充白狗,陪伴他一生。"

青衣书生淡淡地道:"好故事,听了真感动。"

白衣公子将书本盖在脸上:"看书果然不是什么好主意,不管月色多么明朗,书卷味多么风雅,每天这种时候我总是想睡觉。"

青衣书生平静地道:"那你睡,我等吃饭。"

白衣公子的声音自那本《玉狐记》底下传出:"梦游我也会吃饭……"

这两位月下读书的年轻公子,自然便是"明月金医"水多婆和莫子如,江湖风云涌动,世外风清月朗,世间事恩怨情仇纷繁复杂,在这里了无痕迹。

唐俪辞已在这里休养了近一个月,柳眼的双腿和脸也大有改善。水多婆把柳眼的腿再次打断,重新接好,柳眼此时虽仍不能行走,以后却可以拄着拐杖慢慢练习,或许终有一日能够自行走动。

关于他那张被剥去一层皮的脸,水多婆本想顺手给他换张像样的脸皮,好让自己平时不会总以为撞到鬼,柳眼却冥顽不化,坚持不肯换脸。

柳眼就要那张血肉模糊的鬼脸,水多婆命令他必须天天戴着面纱以防吓人,之后也懒得劝他,只是在每日涂面的伤药中动了点手脚,让柳眼那张脸渐渐地褪去疤痕生出新的皮肉,虽然不能让他如从前一般令人倾倒,却也比原本的模样好得多。

柳眼此时坐在自制的轮椅中正在烧饭,他的手艺素来不怎么样,但在明月楼中似乎大受青睐,凡是他做出来的看似"菜肴"的东西,水多婆和莫子如都吃得很高兴。

在此二十日,柳眼觉得江湖恩怨已离自己很远,可惜无论感觉有多远,都是一种幻觉。

锅里的油热了,他动手炒菜,脆嫩的青菜被油色一润,看起来越发可口。油烟腾起,他将这一份未加盐的青菜盛起,装了一碟,之后再炒一份加盐的青菜。

一人倚门而立,站在他身后,见状秀丽的眉头微微一蹙:"我要吃这种菜到什么时候?"

柳眼已经炒好另一份青菜,闻言顿了一顿:"吃到……你完全好的时候。"

倚门而立的人一身白衣,他原先的衣服早已破损得不成样子,这一身水多婆的白衣穿在他身上同样显得秀丽温雅,仪态出尘。他换了话题:"阿眼,明日我就要回好云山。"

柳眼推动轮椅,转过身来看着他:"我听说最近发生了不少事,你此时回去,必定危险。"

白衣人自是唐俪辞,闻言微微一笑:"错失一步,自然满盘皆输。"

柳眼放下锅铲:"我和你一起回去。"

唐俪辞道:"这种时候,我以为你该尽心尽力研究九心丸的解药,和我回去是害我,不是帮我。"他说得很淡,说得很透彻,不留余地。

柳眼的表情刹那间激动起来,在灯火下看起来有些狰狞:"你——"不知为何却生生顿住,"解药的事我会解决,但你——你不能一个人

回去。"

"担心我？"唐俪辞浅浅地吐出一口气，"担心我还不如担心你自己，明月楼不是久留之地，我不会和你同行，你孤身一人行动不便要如何着手解药之事？你盘算好了吗？"

柳眼一怔："我……"他近来心烦意乱，其实什么也没想，"我总会有办法。"

唐俪辞看着他，过了良久叹了口气："你要到什么时候，才知道自己该做什么、不该做什么？"

柳眼冷冷地道："难道你就知道自己该做什么、不该做什么？我看你是什么都不知道，所以才会自以为是、胡作非为……"他说到一半，转过头去，改了话题，"解药之事已有眉目，你不必担心，在下一次毒发之前我一定交得出解药。"

"如何做？"唐俪辞的声音柔和温雅，"你莫忘了，有人说你五日之后将会出现在焦玉镇丽人居。"

柳眼"哼"了一声，不知该如何回答。

唐俪辞的眼睫垂下来，慢慢地道："敢撂下这种话的人有胆色，我想他有让你非去不可的办法。"

柳眼怒道："我若就不去，有什么办法？"

唐俪辞微微一笑："比如说——以方平斋或玉团儿的性命威胁，你去是不去？"

柳眼一怔："我不——"

唐俪辞举起一根白皙的手指："要答案的人不是我，五天之后你再回答不迟。"他转身望着夜空中的明月，"有人想要你的解药，想要借你立威、借你施恩，还想要你的命……你懂不懂？"

"我知道。"柳眼看着桌上的菜肴，"先吃饭吧。"

唐俪辞慢慢地道："有些时候我真不知道你的脑子究竟是做什么的……该想的事你根本不想，不该想的事你整日整夜地胡思乱想，你说我给你一个耳光你会清醒点吗？"

柳眼怒道："我的事不用你操心，你还是操心你自己吧！我是邪教魔头，我不跟着你这一身正气的唐公子，绝对不会让你在这个时候多生是非、多惹麻烦，行了吗？行了吗？"

唐俪辞柔声道："阿眼，你最好能找到方平斋和那姓玉的小姑娘。你徒弟对你不错，如果他不曾落入人手，和他同行暂时是安全的。"

柳眼冷笑一声："他不过想学音杀之术。"

唐俪辞道："你认为他有天分，不是吗……何况还有一个理由。"他的声音温柔，说这句话的时候调子很软，"她和他们在一起。"

柳眼全身一震，突然沉默了下来，宛若身周的空气都冷了几分。

唐俪辞转过身来："你想让她了解你吗？想不想让她知道她从前认识的柳眼究竟有多少伪装？想不想让她知道真正的柳眼是个什么样的人？想不想知道她究竟爱谁？为什么她不爱你？敢不敢让她知道你心里有多少事？"

柳眼咬牙不语，唐俪辞笑了笑，浅笑里意味无穷。

骤然"砰"的一声，柳眼愤怒地拍桌："是！我想！我很想！但她想听吗？她想知道吗？她根本不会在乎我到底是个什么样的人、我到底在想什么……我很想她知道我心里很羡慕她，我很爱她，很想对她好！但是她心里只有你！只有她儿子！我何必让她了解我？我有什

么非得让她了解？就算了解了又怎么样呢？让她觉得我更荒唐、更浑蛋、更可笑、更无能吗？"

"她心里没有你，也没有我。"唐俪辞并不在乎柳眼被他激怒，脸上仍含浅笑，"我不知道她心里有谁，我也不关心……但是你关心，你在乎，你从来没有对一个女人投入这么多感情不是吗？你很希望她能真的关心你把你看得很重，你需要她把你看得很重，因为你失去的东西太多，而她身上有你失去的东西……"

柳眼一扬手"当啷"一声砸了碟子，碎瓷满地飞溅："是！我承认是！我希望我是她那样的人，我希望她在乎我，但我要的东西不要你来施舍！"

"你要学会争取。"唐俪辞浅浅地笑，"自暴自弃永远得不到任何东西。"

柳眼冷冷地道："那你什么时候学会放弃？你从来不自暴自弃，你又得到什么了吗？"

唐俪辞眉尾微微上扬："你再说一次——"

柳眼别过头去，却是不肯再说，僵持了好一阵子，他勉强道："我会去找方平斋，但不是为了阿谁。"

"我不管你为了什么，总之，你肯去找方平斋，我很高兴。"唐俪辞自门边走了过来，将灶台上两碟青菜端到桌上放好。

柳眼突然提高声音："你不是也很在乎她……何必装呢……"

唐俪辞放下碟子转过身来："我吗……觉得她是一个很隐忍的女人，她很聪明，很克制，知道自己该做什么和该得什么……她很自卑，但不自怜；她不快乐，但不幽怨。当然她很美——但让我感兴趣的是……我想看到这个女人为谁哭泣、为谁疯狂、为谁去死的样子。"他的声音很柔和,"她过得四平八稳,仿佛无论遇到什么事都能淡然面对,我想看她疯狂的样子、伤心的样子、歇斯底里,或者极端绝望的样子……"

柳眼胸膛起伏:"你——你简直——"

唐俪辞微微一笑,柔声道:"你爱她,是想保护她;我爱她,就想伤害她。"

柳眼全身都在微微发颤:"你——你一向对她很好,不要说这种话,我不会相信你的。"

唐俪辞突然笑了起来,那笑颜如妖花初放,诡谲瑰丽一瞬即逝:"会说这种话,只说明阿眼你不知道怎样伤人。"

柳眼指尖颤抖,他牢牢抓住轮椅的扶手:"你何必这样对她?她相信你、在乎你,她关心你……把你当成朋友,你怎么可以这样对她?阿俪,她不是你的玩具,你不能因为喜欢就要把她弄坏……她是一个人!一个活生生的人!她已经过得很苦,你怎么能这样对她?"

唐俪辞微微一笑,并不回答,柔声道:"吃饭了,你不饿吗?"

柳眼全身僵硬,轮椅的扶手被他硬生生掰下一块:"吃饭!"

说到"吃饭"两个字,屋里突然多了两个人,水多婆和莫子如不知什么时候闪进门来,已经大摇大摆地坐在桌边,举筷大嚼。

唐俪辞面前有另一份不加盐的菜肴,他慢慢地吃着,柳眼闷头吃自己的饭菜,四人各吃各的,全不交谈。

"喂。"水多婆吃到一半,突然瞧了唐俪辞一眼,"你明天就要走?"

唐俪辞颔首,他慢慢地咀嚼,姿态优雅。

水多婆的筷子在菜碟上敲了敲："不能吃盐，不能吃糖，不能吃煎的、炸的、烤的，最好天天吃清粥白菜。"

唐俪辞停下筷子："为什么……"

水多婆"呃"了一声："这个……不能告诉你。"

唐俪辞便不再问，持起筷子继续吃饭。

莫子如眼帘一合，安静地问："难道你不好奇？"

唐俪辞看着桌上的菜肴，略显思考之色，并没有说话。

莫子如睁开眼睛，安静地吃菜，也没有把话题接下去。

柳眼用力地握筷，几乎要把手中的筷子折断，他不想看唐俪辞，却又忍不住注意他的呼吸。过了好一会儿，柳眼突然道："你……你回好云山以后，少和人动手。"

唐俪辞仍然看着桌上的菜肴，过了好一会儿才柔声道："我是天下第一，所以不可能不和人动手。"

柳眼怒道："你——你的伤还没好，中原剑会高手如云，轮得到你出手吗？"

唐俪辞笑了笑，莫子如和水多婆各自吃饭，就如没听见一样。

柳眼"啪"的一声丢开碗筷，推动轮椅从房中离去，他不吃了。

水多婆和莫子如眼角的余光扫过柳眼的背影，一直到柳眼走得无影无踪，水多婆才喃喃地叹了口气："没人洗碗了……"

莫子如神色如常，不为所动，这里反正不是他的暗香居。

水多婆斜眼看着唐俪辞："他是为你好。"

唐俪辞夹起一根青菜："他不过在犯天真，外加异想天开。"

莫子如闭目颔首，他与唐俪辞同感。

水多婆"啪"的一声打开袖中扇，又合了起来："哈哈！算我错了，吃饭吃饭。"

柳眼推动轮椅回到明月楼的客房，水多婆从不待客，所以这"客房"里连一张床榻都没有，地上堆满了金银珠宝，他每日就躺在那成堆的金银珠宝上睡觉，被褥是水多婆那些成堆成堆的崭新白衣。

此时回房，触目所见尽是珠光宝气，他心情更加烦闷，掉转轮椅向着窗外，窗外水泽潋滟，山色重重，让他深深吐出了一口气。

阿俪……还不知道自己真正的病情，他从来不想自己也会死，他还是会仗着自己百毒不侵去做一夫当关、只手回天的事。他喜欢做这种事，不是出于虚荣和控制欲，而是因为他不肯让别人去涉险。他身上的外伤已经痊愈，谁也阻止不了他做任何事，包括伤害自己和伤害别人。

柳眼望着遥远的大山，眼底有浓郁的哀伤，他救不了唐俪辞，他保护不了阿谁，他不知道如何寻觅方平斋和玉团儿，而天下人都认定他最该做和最该想的事只有九心丸的解药。

他抬起右手紧紧地攀住窗台，五指用力得指缝沁出丝丝鲜血，他的心不能静，他想不了任何事，他只觉得自己快要被自天地间涌来的压力压垮了。

十二月，气候渐寒，昨日下了一场微雪，映得荷县分外清冷。

几道人影在雪地上艰难地走着，雪虽不深，但道路泥泞不堪，自东城往荷县而去的道路只此一条，谁也无可奈何。

这几位要去荷县的路人，一人紫色衣裙，一人黄衣红扇，一人黑

裙佩剑，正是方平斋一行人。

方平斋将阿谁和玉团儿自天牢救出，又闯进杨桂华的房间寻到了凤凤，三人外加一个孩子从洛阳出来之后，四处打听不到柳眼的消息，万般无奈之下，只能寄希望于焦玉镇丽人居。

玉团儿只盼鬼牡丹所言不虚，两日之后柳眼的确会出现在焦玉镇丽人居。然而谁都知希望渺茫，柳眼被来历不明的杀手劫去，他半身残疾、武功全失，要如何能脱身来到丽人居呢？

除非他便是被鬼牡丹劫去，但鬼牡丹若要将他劫去，为何在少林寺外无人之处不动手，而要在少林十七僧团团包围中劫人？这全然不合情理。

阿谁怀抱凤凤，她既挂心柳眼的安危，也挂心唐俪辞的下落，但一路行来所听闻的是唐俪辞和柳眼双双失踪，西方桃率领中原剑会扫荡风流店遗寇的消息。

西方桃的名望越高，她便越不安，唐公子若是平安无恙，岂容如此？她跟着方平斋和玉团儿寻柳眼，心中却颇为唐俪辞忧虑。

焦玉镇在荷县之北，丽人居乃是焦玉镇上颇有名望的酒楼。十年前，方平斋在这里大宴七花云行客，毒倒梅花易数的便是丽人居的"文春酒"，此番鬼牡丹扬言丽人居相见，用心昭然若揭，但方平斋不得不来。

他真有些狠不下心不认这师父，虽然他这师父待他冷眉冷眼，素来没什么好脸色，但小徒弟心心念念的音杀之术尚未学成，总不能先欺师灭祖。

玉团儿对柳眼一往情深，便是方平斋不来，丽人居远隔千里万里，她也一定要来，何况尚有方平斋相陪。

几人颠簸了几日路程，今日已到荷县，只消再赶半天路程就可到达焦玉镇。

一个月的时限将到，前往焦玉镇的武林人士甚多，方平斋所走的自荷县到焦玉镇的这条道较为偏僻，此时只有他们几人行走，微雪初化，泥土潮湿冰冷，踏在泥地里要多难受便有多难受。

"喂，你说他真的会在那里吗？"玉团儿一脚高一脚低地行走，一边问，"要是他不在那里，我们要去哪里找？"

方平斋红扇插在颈后，冬季酷寒，他若再拿着那柄红扇四处挥舞，连他自己都会觉得自己像疯子，所以把红毛羽扇插在颈后，还可一挡寒风。

他苦笑了一声："这个……我觉得既然大哥搁下话来，他就绝对有办法让师父自投罗网。"

玉团儿大口呼吸着清冷的空气："什么办法？"

方平斋继续苦笑："比如——他把你吊在丽人居屋顶，你说师父来是不来？"

玉团儿"哼"了一声："那我怎么知道？换了我一定来啦，但我又不是他。"

方平斋摇了摇头，他和玉团儿真是难以沟通，他转头看向阿谁："阿谁姑娘以为呢？"

"我觉得尊主……我觉得他会来的。"阿谁抚摸着凤凤的后颈，凤凤抓着她的衣襟，一双乌溜溜的眼睛看着荒凉的山水，看得专心致志。

玉团儿眼神一亮，拉住阿谁的手："为什么？"她只盼阿谁说出实打实的证据证明柳眼就在丽人居。

阿谁比她略高一些，轻轻抚了抚她的头，就像温柔地抚摸凤凤一样："因为他没有其他地方能去。"

玉团儿一怔，她没有听懂："他没有其他地方能去？但这里是最危险、最多人想杀他的地方啊！"

阿谁叹了口气："傻妹子，他如果躲起来就此消失不见，你会不会很失望？"

玉团儿点了点头："他不会的。"

阿谁微微一笑："所以……他不会躲起来，他也没其他地方去，如果他能来，就会来这里。"

玉团儿重重地踩了一脚地面："阿谁姐姐，你真聪明，我知道他为什么总是记着你了。"

阿谁微微咬了咬下唇："他说他记着我吗？"

玉团儿看着阿谁怀里的凤凤，伸手把他抱了过来，摸着婴儿柔软的头发和肌肤，亲亲他的头顶又把他还给阿谁，叹了口气："嗯，他就算不说我也知道他记着你，每天都想你。"

阿谁摇了摇头："你嫉妒吗？"

玉团儿呆呆地看着凤凤："我不知道，我有时候觉得他对我很好，不过……不过我看到他看着你的样子，觉得……觉得他比较想和你在一起，我就很失望。"她拍拍额头，"但是我明白，那是我不能让他想和我在一起，不是你的错。"

阿谁拉住她的手，幽幽叹息："妹子，他以后会明白你比我好千百倍。他现在想和我在一起，不过是因为……"她微微一顿，"不过是因为他错了。"

玉团儿握紧阿谁的手："姐姐你会想他吗？"

阿谁心头微微一震，有一瞬间她觉得心重重一跳，竟不知跳到哪里去了，和柳眼在一起的画面掠过眼前，妖魅阴郁的绝美容颜，残酷任性的虐待，迷失的狂乱的心……在水牢中浸泡一日一夜而失去的孩子，还有那日他极度哀伤的眼神……

要说不想，要说能全然忘记，那是假的，想的……日日夜夜都在想，想柳眼的可怜，想唐俪辞的残忍，想傅主梅的亲切，甚至会想到郝文侯……想到他那种刻骨的深情，想到遍地的尸首，想到柳眼的琵琶，那种声声凄厉的旋律……

"不想。"她柔声道。

玉团儿又问："他……他从前是不是长得很好看？"

阿谁笑了："嗯，他从前长得很好看，可能是谁也想不出来的好看吧，但不像女人。"

玉团儿很遗憾地叹了口气："可惜我永远也看不到啦，阿谁姐姐，你喜欢他吗？"

阿谁摇了摇头："不喜欢。"

玉团儿一边跟着方平斋往前走，一边好奇地问："为什么？"

为什么……阿谁的神思微微有些恍惚，什么……叫作喜欢？怎么样才算对一个人好？她已越来越不明了。像柳眼那样，像唐俪辞那样……那也叫作喜欢……但与其说是喜欢，她更相信唐俪辞所说的——"男人其实并没有不同……对你，郝文侯是强暴，柳眼是凌虐，而我……不过是嫖娼而已"。

那句话说得太好,好得打碎了她所有的信心,好得让她不知道"喜欢"是什么样的……

阿谁看着玉团儿清澈的眼睛:"因为我喜欢的是别人。"有时候她不知道自己说的是真是假,只是明白不能伤害眼前天真的少女。

玉团儿"扑哧"一声笑了出来:"姐姐你喜欢谁?长得好看吗?"

阿谁慢慢地跟着她的脚步走着:"没有柳眼和唐公子好看。"

玉团儿跳上一块大石头又跳下来,脚步轻快:"你是怎么喜欢他的?"阿谁一怔,方平斋"哈哈"大笑,这小丫头想到什么就说什么,已经不是他一个人消受不了,阿谁也开始不知道如何回答了。

想了好一会儿,阿谁微微一笑:"我是凤凤的娘,已经没办法怎样去喜欢别人啦,我只能喜欢凤凤。"她看着玉团儿皱起眉头,略略一顿,"何况……我也不知道怎样喜欢别人。"

"阿谁姐姐,我也不知道要怎么喜欢他才好呢。"玉团儿本来高高兴兴的,突然沮丧了起来,"我想对他很好很好,可是我一对他好,他就要生气。他一生气,不听我的话,我就想打他了。"

她垂下头:"我是不是很凶?"

阿谁微笑了起来:"不是,我想你就算打他,他心里也不会生气,因为你不骗他。"

玉团儿又道:"但我想知道他心里在想什么啊,为什么不喜欢我啊,为什么喜欢你啊?他又不肯对我说,我经常很生气的。"

阿谁一只手将她搂了过来,对这心地坦荡的小姑娘很是喜欢:"别担心,你心里想怎么对他就怎么对他。"阿谁柔声道,"别绕圈子,什么都告诉他,他会知道你比我好千百倍。"

玉团儿的笑颜灿烂无邪:"姐姐你真好。"

"为什么女人谈心的内容,男人听起来像天书?"方平斋在前边探路,"男人又不是物品,可以送来送去,不是哪个女人品质好,天底下的男人就都会中意。你们两个窃窃私语,我听来真替师父后怕,可怕啊可怕。"

玉团儿瞪眼道:"你闭嘴!"

方平斋摇头:"我真可怜,唉,可怜啊可怜。"

三人走过长长的泥路,终是到了荷县周边的山丘。

一眼望去,荷县扎满了黑色的帐篷,原有的房屋商铺统统被推倒,夷为平地,被火焚过的烟气尚未全散,废墟之上数百帐篷搭建得整整齐齐,遥遥看去,在帐篷外走动的黑衣人不下五百之众。

三人面面相觑,玉团儿低声问:"你是不是走错路了?"

方平斋习惯性地摸出颈后的红扇摇了两下:"我也正在怀疑我是不是走错路见到鬼……不过——"他瞳孔缩微,"那帐篷上面绣的是什么东西?"

"牡丹花吧……"玉团儿眼力极好,凝视了远处一阵,"很难看的牡丹花。"

阿谁瞧不见,秀眉微蹙:"那是什么?"

方平斋叹气:"好像是大哥旗下招募的死士,名为妖魂死士。看这阵势,大哥好像要把师父剥皮拆骨、碎尸万段。"

阿谁摇了摇头:"他如果要柳眼死,早就可以杀了他,他借柳眼之名将九心丸的受害者召集到这里来,又在这里布下重兵,我想他必定另有企图。"

"你大哥是不是想把来的人统统抓起来?"玉团儿并不笨,"但来的人可能会很多,怎么可能抓得完?"

方平斋红扇一动:"他想确认有多少门派受害,想抓的是各门派中的关键人物,更想借九心丸的解药控制众人,当然其中的关键是师父本人要到场,否则难以达到控制之效。"

阿谁低声道:"但如果他被人劫去无法脱身,就不可能来到此处。"

方平斋摇头:"非也,如果有人将他擒去,此地正是扬威江湖、操纵风云之处,不可能不来。"

但要前往焦玉镇就要通过这片帐篷,玉团儿武功不高,阿谁不会武功,还带着一个婴孩,单凭方平斋一个人要如何过去?

"要到焦玉镇只有这一条路?"阿谁抱着凤凰,"我看我和凤凤绕路过去,以免拖累你们。"

方平斋"嗯"了一声:"让智如渊海、聪明绝世的我来想办法,嗯,我有办法。"

玉团儿问:"什么办法?"

方平斋咳嗽一声:"硬闯。"

"这算是什么办法?"玉团儿瞪大眼睛,"闯过去人人都知道我们来找他啦!"

方平斋"哈哈"一笑:"荷县离焦玉镇很近,只要闯过这片帐篷,翻过那座很矮的山头,就是焦玉镇丽人居,路程不算太长。

"如果我们把这里搅得人仰马翻,聚集在丽人居的人就会知道这里有埋伏,而大哥伏兵暴露,也就不敢过于明目张胆。

"我们在这里闹事的消息如果传出去,亲亲师父要找我们也比较容易,只要他得到消息,不来也得来——只是要赌一把,是我们先找到他,还是我那诡计多端的大哥先找到他了。"

他红扇一挥:"赌——或是不赌?"

"但你大哥应该早已备下对付你的办法,硬闯恐怕非常危险。"阿谁沉吟了一阵,"这样吧,我带着妹子往另一边绕路,你往帐篷里闯一阵,很快退出来和我们在丽人居会合。有你在这里闯阵,想必我们路上会安全些,你也不必当真硬闯。"

方平斋"嗯"了一声:"这是个好办法,但你知道要如何绕路吗?"没有三个累赘在身边,就算是鬼牡丹手下的妖魂死士,他也来去自如。

阿谁微微一笑:"不怕,我孤身一人惯了,寻找道路并不困难。"

方平斋红扇一摇:"有时候我觉得你这个女人除了五官端正并没有什么优点,更不知道师父为什么执着于你,但突然发现有事交代你办,总比让我那小师姑去办要让人放心得多。世上竟也有可靠的女人,真是奇了。"

阿谁笑了起来,伸手挽了挽鬓边散落的发丝:"待看清楚前面的情况,你我便分头行动。"

"很好。"方平斋一跃上了身旁的大树,观望荷县那片帐篷。阿谁凝目远眺,看了看山势,拉住了玉团儿的手。

玉团儿指指树林:"这里也可以过去。"

阿谁握了握她的手:"我们沿着山路过去,不要打草惊蛇。"

玉团儿被阿谁拉着手,低下头来:"你说他要是不来怎么办?"

阿谁轻轻捏了捏她柔软的手掌:"他不来的话,我陪你直到找到他,好不好?"

玉团儿眼圈微红,却是笑了起来:"说好了!"

阿谁微笑:"嗯,说好了。"

头顶掠过一阵微风,方平斋的身影已然不见,阿谁拉着玉团儿的手,另一只手抱着凤凤,慢慢地往山丘的另一边走去。

焦玉镇是紧邻荷县的一个小村落,荷县和焦玉镇的人口相加恐怕不超过五百之数,村民耕田织布,与世无争,此地本如世外桃源。

本地多养黄牛,牛群在此生长得特别健壮,其毛肚滋味尤其妙不可言,故而焦玉镇毛肚之名远扬,虽然人口不多,名气却也不小。

十六年前有人自洛阳到此建酒楼"丽人居",以江南美女待客,配以雪山冰酒、农家小菜、黄牛百吃,滋味真是美妙绝伦,尤以麻辣毛肚远近闻名。

十年前方平斋就是喜欢麻辣毛肚,所以才相邀七花云行客在丽人居饮酒。经过十年时间,丽人居翻修几次,规模与当年已不可同日而语。

距离少林寺黑衣人所说的一月之期尚有两日,丽人居左近已聚集了数百江湖豪客,门派各有不同,各自聚集,互不干涉。

大家均知彼此都有门人受九心丸之害,虽是同病相怜,但也不是什么光彩之事,见面都是尴尬,不如闭嘴装作未见。

中原剑会来了二十余人,由董狐笔和成缊袍为首。本来如此江湖大事,西方桃不该不来,但听说失踪了二十余日的唐俪辞突然现身,此时正与西方桃详谈江湖局势,于是两人都未曾来到。

少林寺由大成禅师率领三十余位和尚到位,静观事态变化,其余武当、昆仑、峨眉等门派各分区域,互不往来,将丽人居团团围住。

丽人居中也有不少江湖豪客,有些人索性在丽人居中大吃大嚼,连醉数日,反正身上剧毒难解,一两年后就将毒发,耻于向风流店俯首称臣,不如醉死。

丽人居的掌柜这几日虽然心惊胆战,却也平白赚了不少银两。

阿谁怀抱婴儿,玉团儿藏起佩剑,两人扮作过路女子,绕过两座山丘,慢慢向焦玉镇走去。一路上不少行人,看得出都是冲着柳眼来的,玉团儿处处留心,却没有看见任何形如柳眼的人出现。

身后帐篷阵遥遥升起一团团的黑烟,有人惨呼惊愕之声,也不知方平斋将那些妖魂死士如何了,但见黑色烟雾不断升起,直上云霄。阿谁望了望天色,此时碧空万里,聚集在丽人居的人应当能够看见吧?

三十三 ◆ 一杯之约 ◆

"我……我一直以为……他不过别有用心……"
"哈哈,这世上有几人不是别有用心?但并不一定别有
用心的人就对你不好。"

通向焦玉镇的道路有七八条之多,如今每一条路上都有人行色匆匆,赶往丽人居。寒风瑟瑟,刚下过雪的小路潮湿阴冷,又被马匹踏出许多泥坑,让人行走起来越发困难。

有一人拄着一根竹杖,颤颤巍巍地沿着泥泞不堪的小路走着,以他那踉跄不稳的步伐,要到焦玉镇只怕还要走一整天。

在那人身后还跟着一位穿白色衣裳,衣裳上绣满了文字的银发书生,书生面如冠玉,唇若涂丹,相貌风流潇洒,只是不知年龄几何。

拄着竹杖那人摇摇晃晃地往前走,银发书生一步一叹地跟在后面:"我说你——你就不能稍微改装一下,就准备顶着这张'美若天仙'的面容去见人?我看你只要一踏入焦玉镇内,一百个人里面就有一百二十个知道你是柳眼。你就等着被人乱刀砍死,或者是枭首鞭尸吧。"

"闭嘴!"柳眼的面容依然可怖,有些地方已生出皮肉,有些地方依然一片猩红,姣好的肤色映着鲜红的疤痕,让人看过一眼就不想再看。

银发书生从袖中抖出一张人皮面具:"来来来,你把这个戴上,

就算你个性高傲,高得让我佩服,你也要可怜一下为你当保镖的我。我一生活得逍遥,还不想一把年纪死在乱刀之下,我还想寿终正寝呢。"

"你很吵。"柳眼不耐烦地道,"你就不能有片刻安静吗?"

银发书生拍了拍胸口:"我本来很逍遥,只是打算找小水去吃鱼头煲,谁知道撞到大头鬼。要是知道小唐在那里,我死也不去,现在……唉……"他连连摇头。

柳眼"哼"了一声:"你不是从他那里拿了一张一万两黄金的银票?有什么好哭的?"

这银发书生自是江湖名宿雪线子,他闻言越发叫苦连天:"本来是小唐欠我六千两黄金,现在他给我一万两的银票,要我倒找给他四千两金子。我等云游江湖两袖清风,哪里有四千两金子倒找给他?现在弄得我欠他四千两黄金。我要不是欠他钱,万万不会做你的保镖。这种冤大头,危险又麻烦之事,我一向是不沾的。"

他一边唠唠叨叨地说着,一边把手中的人皮面具突地罩在柳眼脸上。一瞬间,柳眼便成了一位老态龙钟、满脸黑斑的糟老头。

雪线子满意地拍拍手:"这样安全多了,保管连你妈都认不出来——"他一句话没说完,泥泞小路边的枯草丛中突然钻出十几条土狗,对着柳眼狂吠不已。

雪线子一怔,柳眼也皱着眉,这是怎么回事?

"果然不出所料,绕是你千变万化,也逃不过狗鼻子闻这么一闻。"荒草丛中刹那间钻出十几位身穿黑色劲装、背绣牡丹的男子,其中一人容貌清秀,神色冷漠。柳眼和雪线子并不认得这位眼含恨意的黑衣少年乃是草无芳。

风流店好云山一战败后，他便不知所终，实际上由明转暗，归入鬼牡丹旗下做了妖魂死士。

"狗？"雪线子张口结舌，"怎么会想到狗呢……有多少狗？全部在这条路上？"

草无芳淡淡地道："通向丽人居的八条道路上，共有五百四十四条狗，气味来自书眉居中你那间药房，而即将吊在丽人居屋顶上的……是林逋林公子，天罗地网，总有一条路会抓得到你。"他手臂平举，黑色衣袖在风中轻轻地飘动，"跟我走吧。"

柳眼眼里并没有地上那些狗，他淡淡地瞟了草无芳一眼："花无言死的时候，你是不是恨我没有救他？"

草无芳神色很冷："你本可以救他，但你弹琴为他送终。"

柳眼笑了笑："我不救废物。"

草无芳面露怒容："他不是废物！他为你尽心尽力，甚至送了性命，在他为你拼命的时候，你却在一旁弹琴，你弹着琴看他死，你为他的死吟诗，你把他当作一出戏……像你这样的人，该下地狱！"

柳眼又笑了笑，在他那张古怪的脸上，笑容显得说不出地怪异："他如果活下去，会越活越错，越来越痛苦，你是他好友，你却不明白。"

草无芳冷笑一声："像你现在这副模样，才是活生生的废物！"他一负手，"生擒！"

十来位黑衣人将柳眼和雪线子团团围住，草无芳长剑出鞘，一剑往柳眼肩上刺去。

柳眼拄着竹杖退了一步，雪线子叹了口气："且慢！"他踏上一步，"小兄弟，如果你只有这十几个帮手，我劝你还是快点带着狗走吧。"

草无芳长剑平举，柳眼眼线微扬，雪线子的衣袖骤然飘动，一位红衣妇人自树后缓缓露出半张脸，雪肤乌发，风韵犹存，对着雪线子嫣然一笑："雪郎，你我可是三十年不见了，你还是这么风流可人啊。"

雪线子又叹了口气："眉太短，脸太长，鼻不够挺，牙齿不齐，就算过了三十年，你也依然如故。"

那树后的红衣妇人"咯咯"娇笑："雪郎见过的美人儿何止千万，我自是不敢自居美人。"她盈盈走了出来，神色甚是亲切，仿佛只是见了多年不见的挚友。

柳眼心中微微一跳，这人是"千形化影"红蝉娘子，数十年前有名的用毒高手，纵然雪线子名震江湖也未必能在她手上占到便宜。

正当柳眼震惊之际，又有一人自不远处缓步而来，盲了一目，浑身伤疤，颈上有个黑黝黝的洞口，正随着他的呼吸一起一伏，令人触目惊心。

柳眼的心慢慢提了起来，是余泣凤……

雪线子"哈哈"一笑："我已三十年未逢敌手。"

红蝉娘子盈盈地笑："哎呀，我可没想做雪郎的敌手，只要能让我在你脸上亲一口，真真死也甘心。"

余泣凤缓步走到红蝉娘子身旁，锈迹斑斑的铁剑一拧，沙哑古怪的声音缓缓响起："能和雪线子一战，也不辱没'剑王'之名。"

草无芳率众退后一步，对着雪线子身后的柳眼虎视眈眈。

雪线子全身白衣轻飘，直面两大敌手："我说——欠人钱的滋味果然不好受，可怜我一把年纪还要为黄金拼命……真是可悲又无奈啊！"

柳眼低声道："你走吧。"

雪线子笑了一声："哎呀，我就算要逃，也要带上价值四千两黄金的你，要对我有信心。"

柳眼道："好。"

乌云翻卷，风渐起，荒草小径延伸万里，便是海角天涯。

余泣凤残剑缓缓抬起："请赐教。"

雪线子颔首，他的目光停留在余泣凤的残剑上，这把剑纵然已残，那"西风斩荒火"依然不可轻视。

红蝉娘子娇柔地笑："哎呀，不把人家放在眼里呢！雪郎你真是令人伤心啊。"言下衣袖一飘，一团红雾向雪线子徐徐飘来，不消说必定是一团毒雾。

雪线子站住不动，那团红色毒雾飘到他的衣裳上，霎时腐蚀衣裳，在那雪白的衣襟上穿了几个小洞，然而少许飘到他脸颊上的毒雾就如失效一般，掠过无痕。

红蝉娘子一怔，雪线子元功精湛，不畏剧毒，虽然她这毒雾有消肌蚀血之效，却只化去了衣服。当下，她手腕一翻，一柄弯刀在手，那刀刃呈现莹莹的蓝光，也不知喂了多少种剧毒，一招"临风望月"往雪线子颈上削去。

雪线子的视线仍旧牢牢停留在余泣凤的剑上，红蝉娘子弯刀袭来，忽地眼前一花，雪线子身不动眼不移，竟是突然倒退三尺，避开了她那把弯刀。而他到底是如何做到的，连柳眼也没瞧出来，宛若真是凭空消失又凭空出现一般。

"雪郎真是神鬼莫测，不过移形换位这种功夫听说练得再好也不过丈许范围内的变化，人就是人，不可能真的每次都会消失。"红蝉娘子柔声娇笑，红纱一抖，笔直地对着雪线子的头罩了下去。

那红纱拂到半空，四角扬起，竟抖开四尺方圆，宛若一张大网对着雪线子和柳眼罩下。

雪线子衣袖微动，但听"嘶"的一声响，红纱中心刹那间破了一个大洞，四分五裂的红纱洒落一地。

红蝉娘子身子如蛇般一曲三扭，穿过飘散的红纱，一刀直扑雪线子心口："雪郎好俊的功夫！"她貌若四旬，实际却已是六七十岁的老妪，但身手依然矫健，一刀击出，数十年功力蕴含其中，绝非等闲。

雪线子目光不离余泣凤的残剑，身形一转，再度带着柳眼退出四尺之遥。

就在他移形换位的瞬间，余泣凤剑啸鸣起，风云变动，一剑疾刺雪线子胸口。

红蝉娘子一个转身，蓝色弯刀疾砍雪线子的后背。

刹那间剑风激荡起漫天尘土，一捧怪异的蓝光冲破尘烟，"咿呀"，尘烟中传来一声怪啸，雪线子负手在后，白袖骤然扬起。

柳眼一直站在雪线子身后，余泣凤这一剑和红蝉娘子这一刀合力，他的心刹那间悬到了顶点，即使他武功未曾全废，这两人全力一击他自问也接不下来。

但见雪线子白袖扬起，余泣凤那一剑穿袖而过，直刺胸口，雪线子手掌在剑上一抹，逆剑而上在余泣凤手上轻轻一拍。

余泣凤数十年功力，外有九心丸助威，握剑之稳堪称天下无双。这一掌未能撼动残剑来势，但见剑刃就要透胸而入，在触及雪线子胸膛的瞬间节节断裂，碎成一地铁屑。

余泣凤一怔，一掌拍出，他功力深湛，手上的铁剑却抵不住雪线子轻轻一抹。

雪线子对他一笑，挥手迎上，只听"砰"的一声双掌接实，双方平分秋色，谁也没晃动一下。

剑断的同时，身后红蝉娘子的蓝色弯刀发出一声怪啸，已斩到雪线子背后，柳眼忽地伸出竹杖，在她刀上轻轻一拨。

"噗"的一声微响，竹杖焦黑了一块，那蓝色弯刀中心骤然钻出几条白色小虫，如蛇般蠕动，直往雪线子背后扑去。

柳眼沉住气，在雪线子与余泣凤对峙之时，竹杖七八般变化，招招向那小虫招呼，他手上虽然无力，但招式犹在，这毒虫虽然可怕，却经不起竹杖一戳。

红蝉娘子"咦"的一声，收刀在手："你竟然还敢动手！果然是好大的胆子！"

柳眼站在雪线子背后，竹杖支地，那截焦黑的杖头碎裂让他晃了一晃。就算是他面上戴着人皮面具，红蝉娘子也看出他的表情毫无变化，只消雪线子站在这里，他便站在雪线子背后，红蝉娘子砍一刀他便挡一刀，砍两刀便挡两刀。

"柳尊主，你今日当真让我刮目相看。"红蝉娘子"咯咯"娇笑，"我原先只当你是个绣花枕头样的小白脸呢！不想脸皮被人剥了以后，人也有情有义起来，那些想为你生为你死的小丫头也算没白看中你。

"可惜——你的情义用错地方，他是你的死对头唐公子的好友，难道不是你的敌人？你拼命护着他做什么？"

柳眼淡淡地瞟了她一眼："老妖婆！"

红蝉娘子一怔，勃然大怒，"唰"的一刀向他拦腰砍去。

她一生最恨别人说她老，柳眼却是故意踩她的痛脚。

雪线子本来目不转睛地和余泣凤对峙，闻言突然露齿一笑："嗯，听到一句好话！"

余泣凤见他口齿一张，并指往前，指尖一股剑气破空而出，虽无利剑之威，但距离甚近，也是纵横开阔，十分厉害。

雪线子袖袍一拂，红蝉娘子乍见刀下的柳眼被他白色衣袖掩去，余泣凤却见雪线子一幻为二，二幻为三，刹那间竟化为数十个各不相同的幻影，蓦然一怔。

便在两人双双一怔之时，"啪啪"两声闷响，两人双双吐出一口鲜血，前胸后背各自中掌，随即雪线子一声轻笑，已带着柳眼飘然离去。

"呼"的一声，余泣凤忍住内伤，往雪线子离去的方向劈出一掌，但见草木伏倒，人早已不见踪影。

红蝉娘子晃了一晃，失声道："千踪孤形变！"

余泣凤"嘿"了一声："了不起！"

雪线子最后这一招伤敌可是大有来头，一人能化数十幻影，而各幻影都若虚若实，都能出掌伤人，对练武之人的脚力、腰力、身法要求极高，并且出招之时急摧功力，若非高手之中的高手，无人敢用。

此招若是不成，往往走火入魔，雪线子居然能将如此凶险的一记绝招施展得如此举重若轻，潇洒飘逸，修为委实骇人。

"不愧是江湖第一怪客。"红蝉娘子伸手挽了挽乱发，轻轻地叹了口气。

余泣凤却沙哑地道:"以他伤及你我的掌力判断,虽然施展出'千踪孤形变',但他也受了伤,否则这一掌绝不止如此而已。"

红蝉娘子嫣然一笑:"说的也是,追吧。"

两人施展轻功,沿着雪线子遁去的方向追了出去。

雪线子将柳眼提起,快步往林木深处掠去,身影三晃两闪,已到了山顶。

踏上山顶,他将柳眼放下,两人举目望去,就见不远处的山谷中黑烟四起,隐隐有喧哗之声,不知有多少人在其中奔窜跳跃,不禁都是一怔。

雪线子凝目远眺:"谁在山谷里捣乱?"

柳眼隐约可见一群黑衣人中一个蹁跹而行的黄色身影,那黄色身影每过一处帐篷,黑色帐篷便立即起火,冒出浓郁的黑烟,也不知他用什么引的火。

"好身手啊好身手,可惜——不是美人。"雪线子眼里看得清楚,"啧啧"称奇,"这帐篷是硫桑蚕丝所制,防水耐火,刀剑难伤,寻常火焰无法引燃,要能化精钢的烈火才能点燃硫桑蚕丝。这人暗器出手摩擦帐篷所引起的温度竟然能将帐篷点燃,可见暗器的速度真是可怕。"

柳眼听到"暗器"二字,心头一震,是方平斋……他目不转睛地看着山下混战的场面,方平斋来了,玉团儿呢?她……她呢?他们竟然真的来了。

"这是不是小唐说的,你新收的徒弟?"雪线子仍在"啧啧"称奇,

"我看你徒弟当你的师父绰绰有余,这一手飞刃功夫早已独步江湖了。你来丽人居就是要找他?我带你下去。"

柳眼拄着竹杖,望着方平斋闯阵的脚步,竹杖竟有些微微地发抖:"他在干什么?"

雪线子"啪"的一声自后脑重重地给了他一下:"你是傻的?有人牵来几百条狗设下天罗地网要抓你,山谷中正是敌人的大本营,他闯入敌阵,自是为你消灾,难道你看不出来?"

柳眼有些天旋地转,晃了一晃,低声道:"我……我一直以为……他不过别有用心……"

"哈哈,这世上有几人不是别有用心?但并不一定别有用心的人就对你不好。"雪线子展颜一笑,"能为你来到此地,很不容易,你的徒弟对你很好。"

柳眼点了点头:"这些人是鬼牡丹的手下,鬼牡丹是七花云行客之首,和风流店关系密切,今日的天罗地网想必不止针对我一人而已。"

雪线子叹了口气:"我只关心我什么时候能和小水去吃鱼头煲。救了姓林的书生,你就会跟着你徒弟走,是不是?"

柳眼点头,雪线子"哈哈"一笑:"那就救人去了。"

两人心知四处都是鬼牡丹牵来的土狗,不敢在山顶久留。雪线子再度将柳眼提起,快步往方平斋所在的山谷奔去。

雪玉般的刀刃飞舞,所开的是一条血路。

方平斋飞刃护身,自东向西往焦玉镇的方向硬闯,他所过之处鲜血溅起,帐篷起火,鬼牡丹手下的妖魂死士难以抵挡,节节败退。

寸许长的雪刃越舞越盛,犹如千万风雪乱舞,片片落英摧残,发挥到极致的时候,方平斋的黄衣几乎不见,只见如滚雪的刀光,身畔人伤火起,惨呼之声不绝于耳。

他并不是想闯过一阵就后退,他一路闯向焦玉镇,脚步没有丝毫停留。

丽人居!是今日鬼牡丹掀起风云的地方,是针对柳眼的一场阴谋,也是他的一块心结。十年前,他在这里设下酒局,敬了梅花易数和狂兰无行一杯毒酒,那毒酒毒倒了梅花易数,却毒不倒狂兰无行……

方平斋的思绪微微有些恍惚,那日三哥中毒之后,向他劈了一掌,他的武功远不如三哥,重伤濒死,是七弟出手救他一命。而后,七弟拿那杯毒酒的解药与三哥做交易,要他杀了二哥……

一切变化得那么突然,自兄弟情深到兄弟相残,突然之间彼此的性命不再重要,杀人就像杀鸡一样,没有半点留恋……那些昔日的情分也就如风吹去一般,虚幻得不留半点影子。

一切是谁的错?是他吗……

如果预知一切的结局,他还会选择那两杯毒酒吗?

假设的事情,永远没有答案。

"当"的一声微响,方平斋蓦然转头,只听"当当当当"一阵微响,犹如风铃遭遇了一阵狂风,绕身飞舞的雪刃一连跌落了十来柄。他挽袖收刀,只见四下里妖魂死士纷纷让开,一人黑袍飘动,倚着一棵大树站着,那大树之后过河便是焦玉镇。

黑衣人袍上绣着牡丹,面容丑恶,偏偏浑身散发着一股香气,见方平斋闯阵而来,讽刺地勾了勾嘴角:"六弟,你好大的胆子。"

方平斋手摇红扇，"哈哈"一笑："我向来胆子很大，大哥你难道是第一次知道？如果我胆子不大，十年前怎敢请你们喝酒，又怎敢在酒里下毒杀人？很可惜我下的毒不够狠绝，竟是谁也没有毒死，只凭空害死了二哥。"天高云朗，他圆润的脸上满是笑意，侃侃而谈，仿佛说的只是天气。

"你那点心思，我和七弟都很清楚。"黑袍鬼牡丹淡淡冷笑，"敞开了说吧，你想杀朱颜，十年前那杯毒酒杀不了，十年后你照样杀不了，即使你学会柳眼的音杀之术，也未必当真杀得了朱颜。"他冷冷地道，"七弟对你有救命之恩，我从未对不起你，即使你伤我手下，我也没有对你出手。你要杀朱颜，我和七弟都可以帮你，只要——"

"只要我放弃我那可悲又可怜的师父，投奔你们？"方平斋红扇一摇，"我方平斋，真有如此价值？"

鬼牡丹举手指天："你可知我设下丽人居之局，所为何事？我设下天罗地网，招来江湖门派，就是要以柳眼之首级，赢得号令天下之大权，请六弟你喝一杯酒。"他一字一字地道，"我保证，这一杯绝对不是毒酒。"

方平斋的红扇停了，微微一顿："你要与我煮酒论英雄？"

鬼牡丹森然道："不是，我要与你煮酒论天下，天下，不单单是江湖……"他仰天一笑，容色凄厉，"今日我生擒柳眼，便是手握江湖。他日问鼎天下，就算是真龙天子——又能奈我何？大好江山、千军万马，六弟你——可要与我共享？"

"我方平斋，真的有如此价值？"方平斋凝视鬼牡丹，"我孑然一身，既不像大哥你有死士万千，又不如七弟诡诈多变，你们要我何用？"

鬼牡丹阴森森地道："六弟忒谦虚了，你是什么人，我和七弟都很清楚。我的酒在丽人居楼头等你，不要让那杯酒喂了狗。"他振臂一挥，"让路！"

四周妖魂死士缓缓后退，让出一条路来。

方平斋摇头一叹："本以为我离江湖已经很远，不料竟是满屋丹枫吹落叶，身在山中不知景！可叹、可笑！"他摇扇而去，背影朗朗，往焦玉镇而去。

鬼牡丹阴沉地看着他的背影，遍布帐篷的荒地里，一片死寂。

远处雪线子提着柳眼正往此处奔来，突见黑衣死士两侧分道，让出路来让方平斋过去，大出意料："哦——情形不对，看起来好像你徒弟与人家化敌为友，握手和谈了。"

柳眼淡淡地道："他不会。"

雪线子道："真有信心，不过你好像也并不怎么了解你徒弟，真不知道你的信心从何而来。"眼见形势不对，他提着柳眼躲入密林之中，暂且一避。

不通过荷县而前往焦玉镇的另一条路必须绕过两座山丘。

阿谁和玉团儿缓步而行，玉团儿丢了佩剑，装作过路的无知少女，和阿谁说说笑笑，慢慢往焦玉镇走去。

一路上快马加鞭的江湖人不少，的确没有人留意到路上的这两位姑娘。

未过多时，两人已踏入焦玉镇，但见百姓多已躲避，停留在小镇内外的都是武林中人。

此时人人举头往丽人居楼头望去,只见"丽人居"三个金色的字中间有一人被双手绑起,吊在空中,乃是一位青衣书生,面目陌生,无人认得。

玉团儿一见,低呼一声,拉了拉阿谁的衣袖:"姓林的书生。"

阿谁心中一跳,这位挂在屋顶的青衣书生,就是对柳眼和玉团儿有恩的那位黄贤先生。眼见其人已被挂在半空,神色却仍淡然,不见挣扎之色,她心下略生佩服之意,当下一挽玉团儿的衣袖,低声道:"跟我来。"

两个女子抱着孩子往丽人居后门走去,各门各派都对这两人留意了几眼,却也没过多在意。

丽人居上下都有鬼牡丹的妖魂死士把守,阿谁抱着凤凤走到后门,很自然地往里迈去:"李伯!李伯!"

丽人居里有人应了一声,阿谁扬声道:"今儿的玉尖儿收成不好,我去了趟邻县也没收到。"

丽人居里那人叹了口气:"没有也没办法,最近都来些凶神恶煞的主……玉娘你进来吧,帮我把菜整整,把那些鱼都杀了片肉。"

阿谁应了一声,拉着玉团儿便走了进去,看门的妖魂死士见二人长得不错,看不出身负武功,也不阻拦。

玉团儿心中大奇:"你认识这里面的人?"

阿谁挽着她的手,低头走到厨房外边的院子里坐下,地上堆满了各种青菜、几盆半死不活的鱼,还有一大堆未洗净的牛肚,一股怪味。

厨房里正在做菜,无人理睬进来的到底是谁。

阿谁挽起袖子开始摘菜,神色不变,微微一笑:"我觉得偌大丽人居,总少不了有人姓李。"

玉团儿大吃一惊:"你……你不认识这里面的人?玉尖儿是什么东西?"

阿谁道:"一种少见的白玉蘑菇,在洛阳酒楼里很流行,我想这里的掌柜既然是从洛阳来的,多半也做这种菜。白玉蘑菇要每日上山去采,数量很少,不是每日都能收到,所以姑且一试了。"

玉团儿叹了口气:"你真大胆,现在我们做什么?就在这里摘菜、杀鱼吗?"

阿谁拥着凤凤,摘菜并不方便,她微略想了想:"你抱着凤凤坐在这里帮忙,别人问你是谁,你就说是玉娘的表妹,玉娘今天有事没来,你替她来帮忙。"

玉团儿皱眉道:"那你呢?"

"我上去瞧瞧。"阿谁悄悄地道,她的眼神往二楼一瞟,林逋就被挂在二楼的招牌上,"看能不能寻到机会放了林公子。"

玉团儿压低声音道:"太危险了,上面肯定都是高手,你要怎么救他?"

阿谁摇了摇头:"我只上去看看,如果寻不到机会,绝不会轻易动手。"她轻轻拍了拍玉团儿,"妹子,姐姐痴长你几岁,遇到的事也比你多些,所以姐姐不怕。你坐在这里小心点,若是应付不来,就抱着凤凤跳墙逃出去。"

玉团儿低声道:"我绝不会逃,但我一定保护凤凤。"

阿谁点了点头,抚了抚她的发丝,转身往楼梯而去。

玉团儿抱着凤凤坐在院子里摘菜,一边看着阿谁的背影。阿谁个子比她略高,身姿婀娜,步履安然。

她一直觉得这位姐姐很不幸,经历很坎坷,有时候很淡然,淡得让人觉得难以接近,淡得仿佛只是个躯壳,但有的时候又让人觉得她镇定容颜之下的那颗心,也许并非全然没有渴望。

阿谁又自楼梯上退了下来,到忙碌的厨房里去端了几杯茶。玉团儿遥遥看见似乎有个人问了她几句,也不知阿谁答了些什么,那人对她很是和善,指着二楼说了几句,阿谁便端着茶盘上去了。

玉团儿抱着软绵绵的凤凤,看不见阿谁的身影,她一时间觉得很无措,没人告诉她在这种人来人往、每张面孔都很陌生的地方应该怎么做?

原来她一直很幸运,一个人躲在无人的深山中,遇见了柳眼和沈郎魂,虽然他们的面目都很难看,但他们对她都很好……之后遇见的人,方平斋、阿谁……大家也都真心实意地对她好,没让她感觉到孤单。

而阿谁姐姐……玉团儿低头摘菜,阿谁姐姐想必从来没有幸运过。

阿谁端着茶水上了二楼,一踏上二楼,颈上骤然多了几柄刀刃,抬起头来,二楼全是风流店的故人,当先的一人就是白素车。

白素车见她上来,刀刃加劲,冷冷地问:"是你,你来做什么?"

阿谁低下头来:"我在半路上被桃姑娘的手下擒住,听说尊主会来,所以桃姑娘送我来。"

白素车目光微微一闪:"当真?"

阿谁点了点头。

白素车收刀而起,其余几人也跟着收回兵器:"桃姑娘不来此地,怎会送你过来？"

阿谁低下头："我被小静擒住。"

白素车"哦"了一声："原来如此，坐下吧。听探子回报，已有了柳眼的消息，你坐在窗口，让四面八方的人都能看得到你。"她手指挂着林逋的窗口，阿谁走了过去，面向窗口，窗下挂着的就是林逋的画像。

二楼有人端着一盘猪脚已吃得满面是油，这人奇肥无比，断了一手，正是抚翠。见白素车指挥阿谁站到窗口，她"哈哈"一笑："这丫头竟然没死，倒也奇了。有她站在这里，不怕尊主不来啊！我看是不是也要把她手脚缚起，挂在林公子旁边？如此郎才女貌，一双两好，不挂当真可惜得很。"

二楼另有一人浑身黑衣，面上戴了人皮面具，站在一旁，目光在阿谁面上一扫，精光闪烁。

白素车淡淡地道："东公主的想法不错，我看就把这丫头也吊下去，以免另生枝节。"

抚翠连连点头："我来绑！"

白素车冷冷地道："你若是偷偷捏断她手脚，万一柳眼回来为她殉情，鬼主面前你担待得起吗？"

抚翠的咽喉"咕噜"一声，怪笑道："素素真是我肚里的蛔虫，你来绑吧。"

白素车自袖中摸出一块白色手绢，将阿谁双手缚起，提了起来扔出窗外，悬在林逋旁边。

阿谁一派顺从，并不反抗，不料把阿谁扔出去不久，外边围观的人群中起了一阵轻微的议论声。

白素车和抚翠惊觉不妙，双双探出头去，就在她们探头的刹那，挂着阿谁和林逋的绳子突然断开，阿谁大叫一声："妹子快逃！"随即摔了下去。

一块淡紫色的帕子迎风飘起，上面以眉笔写着两个大字"救人"，此时正随风越飘越高。阿谁和林逋两人突然摔下，两道人影电光石火般闪过，接住二人，轻轻落地。

白素车和抚翠微微变色，这两人，一人是峨眉文秀师太，一人是"霜剑凄寒"成缊袍。

原来阿谁在第一次上楼之时便暗自准备了那写着"救人"二字的手帕，写完之后下楼，端了盘子上去，把手帕攥在手里，掩在茶盘之下。

白素车把她扔了出去，她手心里攥着的手帕随即扬出，外边都是武林中人，眼光何等犀利，自是一瞬间都看清了。然后，她不知用什么方法弄断绳索，导致她和林逋两人临空跌下，脱离控制。

文秀师太和成缊袍两人武功卓越，既然事先提醒，出手救人并不困难。

阿谁被文秀师太接住，落地之后喘息未定，手指着林逋："保护……保护这位林公子。"

成缊袍认得阿谁，知她和唐俪辞关系匪浅，当下招呼一声，中原剑会的人马立即将阿谁和林逋团团围住。楼上抚翠和白素车探出头来，已为时已晚。

"他们都是风流店的人，已知道柳眼的消息，这位林公子是柳眼的恩人，他们料想他会来救人，所以把林公子挂在楼头。"阿谁急急解释,"成大侠,九心丸的解药只有柳眼能制,当今天下谁都想生擒柳眼。而他必然会来救林公子,所以务必保护林公子的安全,不能让柳眼再度被风流店控制。"

文秀师太奇道:"你是什么人?"

阿谁站在原地,低下头来:"小女子一介平民……"

成缊袍一手扯断她手上缚的手帕,淡淡地道:"这位姑娘是唐公子的朋友。"

阿谁摇了摇头,急急道:"我还有个妹子,方才在丽人居内,现在不知如何了,还请成大侠派人寻找。"

她还没说完,玉团儿抱着凤凤已从丽人居后门奔了过来:"阿谁姐姐!"她眼见玉团儿无事,颇为松了口气,把玉团儿和凤凤搂入怀中不放。

方才这青衣书生被挂上楼头的时候,外边围观的众人就已在猜测这青衣书生的身份,亦有人策划救人。但风流店的高手围坐在二楼,缚住这青衣书生的绳索又是硫桑蚕丝所制,非寻常刀剑能断,若贸然冲上去救人,在出手斩断绳索的瞬间就失先机,露出极大破绽。若非阿谁巧计,绝难救人,而这位姑娘又是如何弄断硫桑蚕丝所制的绳索的呢?众人议论纷纷,莫衷一是。

阿谁手中握着一物,她牢牢握着不放,不露丝毫痕迹。白素车将她双手绑起的时候往她手心里塞了一物,随后将她扔出窗外,她正是用这样东西割断绳索,让自己和林逋跌了下来。

白姑娘为何暗助自己?她虽然不解,但知这件事如果让人知道,不免让白素车陷入危机,于是牢牢握住,连一眼也不去看它。

057

那是一柄形如柳叶的小刀，非常娇小，微微有些弧度，刀柄上有个极小的机簧，略略一拨，刀刃自刀柄弹出。此刀削铁如泥，阿谁用它割断绳索毫不费力，此时刀刃已缩入刀柄之中，握在手里就如一截浑圆的短木。

二楼探出头的抚翠冷笑一声："这丫头竟然带着'杀柳'，素素，你刚才没好好在她身上搜一搜，真是失策了。"她并不觉得阿谁身上带着稀世宝刃奇怪，阿谁和唐俪辞过从甚密，唐俪辞家财万贯，赠送阿谁一柄利器用来防身并不稀奇。

白素车冷颜躬身一礼："属下失策。"

抚翠挥了挥手："罢了，谁也想不到阿谁这丫头有这么大胆子，也不知道她会想要救林逋，更不会知道她身上带着'杀柳'。哈哈，杀柳杀柳，她这番回来，难道是要杀柳眼吗？"

一旁静观的黑衣人淡淡地道："林逋被救，看来今日之计有变。不过林逋落入中原剑会手中，与落入鬼主手中，其实并无差别。"

白素车淡淡一笑："今日的问题是柳眼到底会不会来，如果他今日不肯出现，或是出现了但落入他人之手，我们备下人马要抓文秀师太、天寻子、鸿门剑一干人等就会困难得多，说不定全军覆没。"她的目光往二楼众人脸上掠去，"目前我们已经无法控制局面。"

抚翠"嘻嘻"一笑："鬼主很快就会回来，坐下坐下，吃菜吃菜。"她据桌大嚼，白素车走过去，淡淡地喝了杯酒。

方才丽人居后升起团团黑烟，面积甚广。各门派虽无交流，但都知山后必然有变，此时成缊袍和文秀师太救了林逋，当下众人围上，七嘴八舌地议论究竟是怎么回事。

"书生你是什么人？"一位身挂麻袋的叫花子挤到成缊袍身边，伸出油腻的大手在林逋身上到处捏了一遍，"怎么会救了江湖第一大恶人？你是不是不知道他是专门糟蹋小姑娘的淫棍……"

他一句话还没说完，文秀师太脸色一沉："刑叫花你嘴里放干净点！"峨眉门下有数名弟子被柳眼迷惑，加入白衣役使，服用了九心丸，但并未失贞，听刑叫花如此说法自然恼怒。

刑叫花赶紧闭嘴，笑了一笑："老叫花子该死！该打、该打！但这书生看起来眉清目秀，怎会和那魔头有瓜葛，老叫花子真的好奇。"

林逋身处人群中心，自他被擒之后所见的怪人多了，反而更加镇定，只是笑笑，对成缊袍行了一礼谢过救命之恩，并不说话。

董狐笔简略向各派问了几句，各派中毒之人有多有少，相加约有百来人，人人都想要柳眼的解药，同样亦有不少人想要柳眼的命。

成缊袍按剑在手，此时此刻，不论是按兵不动的风流店人马，还是一群乌合之众的江湖白道，情绪都已被撩拨起来，只待一个人的到来。

绝对要在柳眼出现的那一刻就将他带走！绝不让这魔头再度消失！成缊袍用力握剑，心志坚定。

三十四 ◆ 未竟之局 ◆

"如何？各位深得弟子敬仰、名满天下、虚怀若谷、正气凛然的江湖侠客，你们的决定如何？今天就让大家一起看一下，看一下是我风流店恶毒，还是你江湖白道的嘴脸难看？"

阿谁拉着玉团儿的手，抱着凤凤慢慢地退到一边。有几个中原剑会的剑手护卫她们的安全，玉团儿在人群里东张西望，只盼见到柳眼，阿谁紧紧地抱着凤凤，站着一动不动。

这个地方聚集着几百人……每个人都对柳眼势在必得。她笔直地望着前方，眼前有许多人在摇晃，她什么也没看在眼里，只记得那个时候……那天，他那种哀伤的眼神。

凤凤头靠在她的肩上睡着了，她只有在感觉到凤凤的温暖的时候，才会有安全感，才能相信自己能正常地继续生活下去。她为自己设定的将来之中，没有其他男人，只有凤凤，所以无论柳眼以多么哀伤的眼神看着她，她也不会有所改变。

但他……真的很可怜……她私心期盼他不要来，藏匿在这世上任何一个角落都好，就是今天不要出现。

玉团儿拉拉她的手，悄声道："这些人都在骂他。"

阿谁点了点头："他做了很多错事，伤害了很多人。"

玉团儿低声问："他们都中了他的毒吗？"

阿谁叹了口气:"嗯,很多人都中了他的毒,谁能抓到他,谁就能控制这许许多多人,大家都想要解药。"

玉团儿低声道:"他没有解药的。"

阿谁微微一怔:"你怎么知道?"

玉团儿哼了一声:"我都帮他洗过澡啦!他全身上下什么也没有,哪有什么解药。"

阿谁微微一笑:"你对他真好。"

玉团儿笑了起来:"那当然了,因为他对我也很好啊。"她指着自己的脸,"他治好了我的脸,救了我的命。"

阿谁摸了摸她的脸,轻声道:"他真的对你很好很好。"

玉团儿连连点头,浑身都洋溢着快乐幸福。

如果她不够坚强,是不是会在这样的笑容下崩溃,变得支离破碎?阿谁有些恍惚,人们总是对无知善良的人宽容、喜爱……而对像她这样只会忍耐的女人,是不是就习惯性地吹毛求疵,想要测试她忍耐的极限,想要看她崩溃的样子……然后引以为乐,证明其实她和别人并没有什么不同,内里同样是一堆不堪入目的东西?

人与人是不能比较的,她很早就知道,但有的时候……有的时候真的很……很难以接受……难以接受她是个连玉团儿都远远不如的女人。

她一直很努力地在生活……努力地不让自己显得很难堪,努力地拥有自己的生活,不依赖任何人。但谁也不曾看得起她,他们会爱护宠溺比她更脆弱、更无知的东西,但不知道怎样善待她,也从未打算善待她。

他们都指望着她对他们好，并且会因为她做得不够体贴、不够热情，甚至不够真心实意而受到伤害，郝文侯、柳眼、唐俪辞都是如此，但……但……世界的规则本不该是这样，她深深明白这都是错的、荒谬的，但现实就是如此。

她无依无靠，唯一能自持的，是自己尚能忍耐。

"阿谁姐姐？"玉团儿见她默默望着远方，"怎么了？"

阿谁摇了摇头，微微一笑："没什么。"

丽人居的二楼安静得异常，仿佛林逋被劫对他们来说无足轻重。董狐笔和文秀师太商议了一下，将丽人居前的二十六个门派、六百三十九人分成二十个小队，既监视风流店众人的动静，又观察是否有人接近。

日过正午，又过黄昏，丽人居的厨房接连不断地往二楼上菜，却是谁也没有来。

柳眼和雪线子藏匿在山谷的密林之中，到处有土狗游荡，两人虽然不惧土狗，但被发现了也很麻烦。

雪线子给柳眼撒了一身花粉，他向来好色爱花，怀里藏着不少奇花异卉的花粉用以向美人讨好，今日却用在柳眼身上。

那花粉气味并不浓，散发着清奇的幽香，雪线子希望这奇花的香气能掩饰柳眼身上的味道，扰乱那些土狗的嗅觉，但究竟扰乱了没有，谁也不知道。

两人看方平斋离去，山下妖魂死士尚未归队，仍是混乱，雪线子灵机一动，下去抓了两人上来，点了穴道扒下衣服，将两个赤条条的男人埋在山上的杂草堆里,自己和柳眼穿了妖魂死士的黑衣,戴上他们的人皮面具,大摇大摆地走下山去。

走进敌人的大本营,雪线子扶着柳眼,被方平斋伤的人不少,眼见柳眼一瘸一拐,旁人也不觉奇怪。

两人寻了个没有烧毁的帐篷钻了进去,里面躺着五个人,一照面尚未问话已被雪线子放倒在地。两人拿起桌上的酒菜便大嚼,吃了个饱,略略休息了一下。

吃过饭后,雪线子又大摇大摆地出去探听消息,回来说林逋已经被救,究竟是为何人所救并不清楚,但已经不在丽人居的楼头。

柳眼听后静默了一阵:"那些中毒的人都还在?"

"门派里有人中毒的都在丽人居等着,风流店丢了林逋,但也没有撤走。我看大家都等着你这尾大鱼,反正林逋也已经被救走,你不如拍拍屁股溜之大吉,大不了我替你悄悄通知你的徒弟儿,叫他天涯海角找你去。"雪线子一摇头,"你现在出现,没有半点好处。"

柳眼缓缓地道:"我若不出现,大家要么以为我死了,要么以为我躲了起来,永远不会再出现——那江湖上如此多中毒之人都不得不屈从于风流店,因为只有风流店有九心丸,可以延续性命、增强功力。

"风流店非要抓我不可,一是他们自己也很想要所谓的解药;二是他们怕我当真有所谓的解药。所以如果我不出现,江湖大局将倾向风流店,等候在丽人居外的那些人中的很大一部分,将不得不做一些违背良心的选择。那都是我造的孽……"

雪线子"噗"的一声差点把刚喝下去的汤喷了出来:"江湖传说,风流客柳眼是个阴险狠毒、又淫又恶的魔头,是小唐的死对头。我看

063

你做人还不错嘛！而且你和小唐分明是过命交情的朋友，为了你小唐连我老人家都敢拖下水，可见江湖传言真不可尽信，唉！"

柳眼沉默不语，过了一会儿道："我要出去，告诉他们九心丸有解药，我还没死，叫大家不必受风流店的威胁。"

雪线子连连摇头："你的想法不错，可惜如果你出去，两个雪线子都未必保得了你的命，一个没有命的柳眼有什么用？难道你的尸体能变成解药解九心丸之毒吗？就算能，一个人百来斤连头发都算上也不够这许多人吃，就是死了别人都会说你偏心。"

"解药没有做出来，谁也不敢要我的命。"柳眼沉声道。

雪线子"哈哈"一笑："那要看你有没有能够抗衡两方的力量，只有我一个人，远远不够。风流店要拿你下油锅，江湖白道要抓你去凌迟，除非你找到神仙当靠山，否则你做出解药一样要死，而你做出的解药一样会沦为别人称霸江湖的筹码。"

柳眼眼珠子微微一动："神仙？"

雪线子颔首："神仙，玉皇大帝、太上老君、二郎神之类……"

柳眼低声道："那唐俪辞呢？"

雪线子重重地敲了下他的头："你是想害死小唐吗？谁也不知你和小唐过去有交情，他没有任何理由给你撑腰。他要是站出来给你撑腰，别人都会以为他为的不是你柳眼，而是江湖霸主之位，所有反对小唐的人立刻找到借口，证实他居心叵测，小唐立刻落到人人喊打的地步。"

柳眼默然，但凡遇到棘手的事，他都习惯性地以为阿俪能解决，纵然是明知无法做到的事也都抱着幻想，但显然是他错了。

过了一会儿,他慢慢地道:"我写一封信,你帮我带去丽人居,交给成缊袍。"

雪线子眉开眼笑:"哎呀,妙法妙法,快写快写。"

柳眼自雪线子换下的白衣上撕了一块白布下来,在帐篷里找到笔墨,写了几行字在白布上,递给雪线子。

雪线子一看,只见白布上写着"奇毒有解,神逸流香,修仙之路,其道堂堂。半年后药成之日,绝凌顶雪鹰居会客,以招换药",那上面还有一行弯弯曲曲,犹如花草一样的符号,不知写的什么。

雪线子奇道:"这是什么?"

柳眼吁了口气,淡淡地道:"这是写给俪辞的,说一点私事。"

雪线子摇了摇头:"前面这段写得不错,很有枭雄的气魄,大家要是信了,这半年在家中勤练武功,江湖可就太平了。可惜——我要怎么证明这是风流客柳眼亲手所写的书信?你有什么信物没有?"

柳眼一怔,可怖的脸上起了一阵细微的变化,似是心情一阵激荡,缓缓探手入怀,取出一样东西:"这个……"

雪线子见他摸出一样软乎乎的东西:"什么?"

柳眼双手缓缓展开那样东西,雪线子赫然看到一张既诡异又阴郁俊美的脸。

饶是雪线子游戏江湖多年也被吓出一身冷汗:"这……人皮?你的……脸……"

柳眼笑了笑:"嗯,我的脸。"

雪线子抓起那张人皮:"好,我这就去了,你在这里等我,不见人莫出去。"

柳眼平静地道："若是见到我徒弟，告诉他我在这里等他。"

雪线子颔首，一笑而去。

柳眼一个人静静地坐在黑色帐篷里，过往所发生的一切支离破碎皆在眼前上演。

他想起很久以前，他在街边弹琴，唱着不知名的歌，人人都说眼哥是个温柔的人，对大家都好，做事很细心，这样的男人真少见。

那时候，他住在唐家，大部分时间和阿俪在一起，阿俪所拥有的一切，近乎也就是他的一切。那时不曾怀疑过什么，他全部的精力都用来设想如何完美地处理阿俪所惹的种种麻烦，如何尽量表现得优雅、从容、镇定而自信，不丢唐家的脸。他一直像个最好的管家和保镖，只要阿俪拥有了什么，他也就像自己拥有了一样高兴。

是什么时候……一切变得面目全非，他再也找不回当初自己那张温柔的脸？再也没有宽容任何人的胸怀？从他对阿俪失望的那天开始，在他还没有理解的时候，他的世界已经崩溃。而如今……他崩溃的世界究竟回来了没有？其实他也根本没有理解。

他从来不知道自己要的是什么，从来只知道自己该做什么，他缺乏目的的概念，往往做一件事不知道是为了什么，只知道有人希望他这样做，于是他就做了。

这样性格的人很差劲是不是？他茫然地看着空旷的帐篷，思绪有很长时间的空白。

帐篷外的黑衣死士已回归秩序，列队站好，山谷中的黑烟已经散尽，虽然伏兵已经暴露，林遘意外被救，但鬼牡丹并未放弃计划，众死士仍旧列队待命。

雪线子揣着柳眼写字的白布，一溜烟往丽人居而去，他身形飘逸，穿的又是死士的衣裳，妖魂死士无一察觉。然而将将到达丽人居后山坡之下时，一道人影持剑拄地，仿佛已经在那里站了很久。

那是余泣凤的背影，雪线子叹了口气，开始后悔为什么没有绕路。就在刹那之间，身后两人缓步走近。

"雪郎，柳大尊主呢？"其中一人"咯咯"娇笑，"你把他藏到哪里去了？"

雪线子转过身来，三人将他团团围住，一人是余泣凤，一人是红蝉娘子，一人全身黑衣，衣上绣满了颜色鲜艳、形状古怪的牡丹花。

雪线子的目光自那三人脸上一一掠过，余泣凤拔起长剑，红蝉娘子手握蓝色弯刀，浑身黑衣的人不知是谁，但显然不是什么轻易应付得了的角色。

就在余泣凤剑招将出的时候，雪线子叹了一口气："且慢，我输了。"

余泣凤一怔，三人都颇为意外。

雪线子在身上拍了拍："余剑王、小红蝉儿，还有这位虽然未曾谋面但一定不同寻常的花衣兄，与其大战一场连累自己伤痕累累依然是输，不如现在认输比较潇洒。"

黑衣鬼牡丹盯了他一眼，突然仰天大笑："哈哈哈，雪线子不愧为当世英豪，请！"他抬手指路，"以你的气魄，足以当我座上客，这边请。"

余泣凤咽喉上的洞"咕噜"一声，似乎满腹不快，但并不说话。

倒是红蝉娘子笑盈盈地迎上来，伸手点了雪线子几处穴道："雪郎受委屈了，跟我来。"

雪线子怀里揣着柳眼的书信和人皮，此时束手就擒，怀里的东西必定会被搜走，他心念急转，想出十七八个念头都是无用，索性探手入怀，把柳眼的书信和人皮一起取出，交了出去："这是柳大尊主留给江湖的书信，方才他已被方平斋带走，只留下这封信要我到丽人居交给成缊袍。我和柳大尊主也没天大的交情，相助他不过是为了一万两黄金的银票。喏，我现在口袋空空，连银票都索性送你，可见我老人家没有骗你吧。"

红蝉娘子哧哧地笑，摸了摸雪线子的脸颊："雪郎你素来没有良心，为了钱做这种事我是信的，就是不知道鬼主信不信了。"

雪线子干笑一声："我老人家难得插手江湖中事，这次真是阴沟里翻得不浅，老脸丢了个尽，可见人真不能爱钱，一爱钱就会栽。"

红蝉娘子捏着他那如冠玉一般的脸，娇柔地笑："哎呀！要说你老，真没人能信，雪郎你究竟几岁了？"

雪线子"哈哈"一笑："老夫七十有八了。"

红蝉娘子眉开眼笑，腻声道："妾身六十有六了，与你正好般配。"

黄昏。

众人仍然聚集在丽人居外，柳眼始终没有来，被分派成组戒备查探的众人开始松懈，即便是文秀师太、大成禅师这样德高望重的前辈也有些沉不住气。

柳眼是否会出现？即使他出现了，是否又携带了解药？柳眼是否仍然活着？他若死了，若是有解药，解药是否为他人所夺？若是没有解药，风流店持九心丸相挟，各派掌门为了派中弟子是断然拒绝还是勉强相就？

有些人开始盘算退走，然而将将退到数百尺外，便见树林之中黑影幢幢，潜伏着不少风流店的人马。自己一日未曾进食休息，对方却是休息已久、精力充沛，此时虽然尚未发难，却已让人不寒而栗。

天色一分一分变暗，众人的精力在一分一分消耗，包围的人马越来越多，而柳眼依然不知所终。事到如今，连一派悠闲的天寻子、鸿门剑等人都有些轻微地焦躁起来，受骗而来，落入重围，该如何是好？

沉暗的天色忽地一亮，随即"轰隆"一声，众人抬头相望，天空中大雨倾盆而下，竟是触肤生痛，视物不清。

成缊袍招呼众人圈子往内收回，然而人心涣散，众人的脚步虽是退后，却是参差不齐。

林中有拔箭之声，无数黑黢黢的箭尖在雨中指向退到一处的众人。

文秀师太、董狐笔等人所带领的人马虽然众多，但无一庇护，暴露在大雨和箭矢之下，一旦弓弦响动，死伤必定惨重。

刹那间，武功较高的成缊袍、天寻子、鸿门剑、文秀师太、大成禅师等纷纷抢到外围，准备接箭。

但树林里并不发箭，包围圈很紧实，大雨模糊了众人的视线，看不清究竟有多少人。丽人居二楼的灯光在风雨中显得昏黄朦胧，摇曳不已。

众人全身湿透，均感寒冷异常，南方的冬天，雨水虽不结冰，却是冻入骨髓。董狐笔首先沉不住气，怪叫一声："大伙一起冲出去算了，天寒地冻，不冷死也——"

他一句话尚未说完，丽人居中忽地飘出麻辣毛肚那诱人至极、妙不可言的香气。"哇"的一声低呼，不少年纪尚轻的门人垂涎欲滴，蠢蠢欲动，耳听董狐笔叫道："冲出去。"有几人拔起刀剑，往外冲去。

"且慢！"成缊袍冷声喝道，与文秀师太一起将那几人拉了回来，"冷静！沉住气！此时动手太过不利。大家在圈子中间掘土，挖一个大坑，众人躲在里面，把泥土推到外面来堆高挡箭！"

他一声喝令，倒也起了作用，脚步迈出去的几人又缩了回来。武功较高的人在外围挡箭，武功较弱的人奋力据土，很快地上便被众人挖出一个大洞，外头乱箭若射来，躲在洞内已可大大减少死伤。

文秀师太、天寻子、鸿门剑等人均觉成缊袍应变敏捷，心下赞许。慌乱的江湖群雄也有所安抚，较为镇定。但成缊袍心中却是忧虑至极，此地毫无遮拦，又无食水，团团包围的局面十分不利，若是等待雨停冲杀出去，死伤必定不少。而居高临下的风流店等人不知心怀何等诡计，若是有人被擒，牵连必定不少。

"素素，下面的人在挖坑了。"二楼眉开眼笑吃着毛肚的抚翠笑嘻嘻地道，"多大的一个坑，说不定可以埋下几百具尸骨。"

白素车站在那里淡淡地看着："只要东公主出手几掌，就如风卷落叶，那群蝼蚁将死大半。"

抚翠连连摇头："鬼主还没来呢，让那群死士拿着箭围着，也不知道干什么，要杀就早点杀，让我等着等着，想杀人的心情都没了。"

"他约莫是遇到了要紧的事。"白素车目不转睛地看着外边黝黑的天色和大雨，"你不觉得现在这种天气，虽然圈子里的人冲不出去，但有谁自外面靠近这里，我们也看不出来吗？"

抚翠"哈哈"大笑："你想说也许会有变？"

白素车淡淡地道："我只是想……今日这等大事，难道唐俪辞真的不来吗？"

听闻"唐俪辞"三个字，抚翠的脸色变了变，一直不语的黑衣人忽地冷冷地道："鬼主来了。"只见风雨中一道黑影如鬼魅般自丽人居后的山谷中升起，转眼间飘入二楼雅座，而未发半点声息。

白素车、抚翠、黑衣人及一干下属一齐向来人行礼，这人黑衣绣花，正是鬼牡丹。

"鬼主怎的如此之晚？"抚翠笑了笑，"刚才是谁在下边捣乱，烧了许多帐篷？"

鬼牡丹阴森森地道："方平斋。"

抚翠颇为意外："真是见鬼了，他为什么要和你过不去？"

鬼牡丹抬手："六弟这人重情义，他来找人那是意料之中的事，放心，对他我另有打算。"他略略瞟了眼楼下的众人，"底下是谁在主持？"

"看起来是成缊袍和文秀老尼姑在撑场面，董狐笔之流早已按捺不住。"抚翠笑嘻嘻地道，"鬼主若要我等杀人，我跳下去就杀那老尼姑。"

鬼牡丹自怀中抖出一物："来的这几百人，我只要各派领头人物，我要生擒，不要你杀人。"他抖出的是一张人皮。白素车触目，微微一震："这是——"

"这是柳眼的人皮。"鬼牡丹仰天大笑，"哈哈哈，底下的人听着，柳眼已入我手,九心丸的解药也在我手上,他的人皮在我手上,有谁不信?"

江湖群豪面面相觑,面上都流露出惊骇莫名的神色,解药被风流店所得,那大家要如何是好?只听鬼牡丹阴森森地道:"我知道你们各门各派都有人需解药救命,这样吧,各派掌门自废武功随我走,一年之后毒发之期,我如期向各门各派送发解药,绝无虚言,这样可好?"

"胡说八道!"文秀师太怒道,"我峨眉弟子就算毒发身亡,也绝不受你这妖人要挟!"

鬼牡丹尖声怪笑:"哈哈哈,你文秀师太怕死,就能牺牲门下弟子的性命?我请你做我座上客,待以上宾之礼,你随我走,绝不会死,也绝无痛苦。但你门下弟子因你不受要挟,就要受那浑身长斑、全身痛痒至溃烂、烂得只剩下骨头的痛苦吗?你有种就服下九心丸,陪你弟子一起受苦而死,否则就不要在这里做出那道貌岸然的模样说你峨眉的气节。"

文秀师太勃然大怒,拔出剑来,然而楼上高手云集,鬼牡丹所说又并非毫无道理,一时也难以反驳,她非能言善辩之辈,顿时语塞。

要她服下九心丸带领弟子退走未免不值,而要她为虚无缥缈的解药之约自废武功随鬼牡丹而去,更是匪夷所思;但话说到这份上,她若掉头就走,确也难逃不顾门下弟子死活之嫌。

众人面面相觑,中毒在身的人满脸期盼,各派掌门眉头深锁,都知陷入了进退两难的局面。

"如何?各位深得弟子敬仰、名满天下、虚怀若谷、正气凛然的江湖侠客,你们的决定如何?今天就让大家一起看一下,看一下是我风流店恶毒,还是你江湖白道的嘴脸难看?"鬼牡丹嚣张至极的狂笑自大雨中传来,越是模糊就越显得狰狞刺耳。

夜里星月无光,风云急变,天地间宛若只剩下一张庞大的鬼网,一只强大得难以战胜的鬼王在狂笑,它每笑一声,雨就似下得更大,夜就似更黑,永远不会天明一般。

"拿到了一张不知是真是假的人皮面具,就能证明你抓到了柳眼吗?""哗啦啦"倾盆大雨之中,一道人声穿透雨水和密林遥遥传来,却依然清雅温和,仿佛是在面对面说话,连每个字最后的余韵都能让人分辨得清清楚楚。

文秀师太一怔,蓦地脱口而出:"唐俪辞……"

围成一圈正在挖坑的众人一齐站了起来,其实文秀师太未曾见过唐俪辞,但在如今的情形之下,有人说出这么一句话,她不假思索就认定那是唐俪辞。

除了唐俪辞,无人能说出这样的话,以这样的语气,在这样的雨夜里。

成缊袍又惊又喜,极力往密林中眺望,然而黑夜之中什么也瞧不见,只有耀花人眼的大雨反射着丽人居的灯光,唐俪辞不知在何处。但他怎会突然出现呢?他不是留在好云山和桃姑娘商讨大事?桃姑娘呢?她怎么没来?

鬼牡丹闻声已经大笑起来:"阁下居然能及时赶到,我真是佩服、佩服!只不过——听阁下方才的口吻,难道是说我没有抓到柳眼?难道是你抓到柳眼了吗?哈哈哈……"

风雨之中,有人含笑回答:"你和我谁也没有抓到柳眼。"

鬼牡丹一怔，众人纷纷往声音的来路望去，心驰神往，只盼唐俪辞所说的每一句话都是真的。

就在众人的目光之中，一人的身影自密林中某处飘然而出，一身白衣犹如仙染云渡，横空掠过，轻轻落在成缊袍身前，瓢泼般的大雨对他仿佛没有任何影响，一头银灰色的长发在雨中闪烁生辉，正是唐俪辞。

不知是谁发出了一声低呼，人人都不知不觉地长呼一口气。

唐俪辞右手握着一柄收起的白色油伞，左手拿着一块白布，神色甚和："一阙阴阳鬼牡丹，你我谁也没有抓到柳眼，何必拿解药之事欺人？你很清楚，你没有解药，我也没有解药，有解药的只有柳眼，而他留下人皮与书信，已经离开。你不过得了张人皮，我不过得了张书信，仅此而已。"

此言一出，丽人居里风流店的几人神色一变，江湖群豪议论纷纷，文秀师太等江湖高人却是松了口气，围在唐俪辞身边，低声问他是怎么一回事。

唐俪辞扬起他手里的那块白布，那布上正是柳眼写的那几句话。众人传阅下去，虽对柳眼突然要"以招换药"颇为不解，但都松了口气。

柳眼无意以解药控制何门何派，他只是要绝世武功。

如果武功能换取人命，那绝代的剑招、拳法还是有所价值的。

丽人居上，鬼牡丹的讶异更胜于愤怒，他方才将雪线子押下命余泣凤看管，而柳眼必定就在左近，红蝉娘子和一干妖魂死士带着十条土狗沿着雪线子的来路追踪，必定能抓到柳眼。

但这张写有柳眼笔迹的白布怎么会突然到了唐俪辞手上，雪线子和余泣凤难道已落入唐俪辞手中？而唐俪辞又怎会知道自己其实并没有抓到柳眼？

这方圆十里遍布自己的人马，唐俪辞是怎么突然出现的？然而唐俪辞的确就在眼前，而他手上所拿的，的确就是不久之前自己才亲眼看过的那块白布。

鬼牡丹挥了挥衣袖，白素车领命退下，过了片刻，她重新登上丽人居，低声在鬼牡丹耳边说了几句话。

唐俪辞站在成缊袍面前，自袖中取出了一个白色小袋，这袋子材质非丝非革，通体洁白柔软，甚是奇特。

成缊袍接过白色小袋，打开袋口，里面是数十粒珍珠模样的药丸，略略一嗅，阵阵幽雅的清香飘散，不知是什么东西："这是？"

唐俪辞撑开白色油伞，挡住雨水："这是茯苓散，虽然是疗伤之药，也可充饥。"

成缊袍大喜，当下将这数十颗药丸分发给数十位体质较弱、武功又不高的弟子门人。

他询问起唐俪辞从何而来，又如何知道众人被困丽人居。唐俪辞目光流转，含笑不答，却说桃姑娘身体不适，故而今日不能前来。

成缊袍和董狐笔面面相觑，西方桃武功不弱，怎会突然身体不适？

唐俪辞并不解释，压低声音道："待雨势略停，大家往西北方冲去，西北的箭阵留有死角，身法快的人笔直向前冲，自认不惧暗箭的人两边护持。往前冲的时候两人并排，之后依次列队，连绵不绝往西北角突破。你往下传话，我们不停留不断开，不能给人从中截断的机会，谁不听号令我就先杀谁。"

成缊袍吃了一惊，雨势渐停，丽人居朦胧的灯光下，唐俪辞的眼中光彩流转，说不上是喜是怒，嘴角微抿，并没有笑，却有一股说不出的妖气。

成缊袍低声传令，又向文秀师太、大成禅师、天寻子等人一个一个传话。各掌门面面相觑，只见唐俪辞撑伞而立，虽是站得极近，却又似站得说不出地远，能遗世而独立似的。各掌门沉吟半晌，均传令门内弟子准备列队，往西北角冲去，严令不得擅自行动。

从二楼往下看，只见唐俪辞头顶的白色油伞微微晃动，他和成缊袍说了些什么，却听不见也看不见。鬼牡丹刚刚听闻白素车所言，心中又惊又怒，突然又听见被他困在包围圈中的众人齐齐发出一声大喝，其声如龙啸虎吟，随即两人身法如电，直往西北角扑去，其后众人如影随形，如一道白虹刹那间贯穿黑色箭阵！

"放箭！"抚翠大声疾呼，几乎同时，箭阵弓弦声响，成千上万的黑色暗箭向突围的众人射去。

唐俪辞白伞晃动，真力沛发，挡住大部分暗箭，成缊袍长剑挥舞，文秀师太拂尘扬动，各大高手齐力施为，将来箭一一接下。

西北角却没有射出半支暗箭，众人并肩闯阵，穿过箭阵之后才知西北角的箭手僵立不动，早已死去，这些人显然是在毫无知觉的情况下为唐俪辞所杀，众人越过一处，心里便骇然一分。

黑影闪动，丽人居上众人眼见情势骤变，鬼牡丹提起抚翠方才据案大嚼的那张桌子往楼下摔去，众人方才醒悟，纷纷发出暗器往唐俪辞几人身上招呼。

唐俪辞等人身陷箭阵之中,鬼牡丹几人若是跳入其中,不免也受箭阵之害。唐俪辞白伞挥舞,一一招架,忽而撇开白伞,对楼上微微一笑。

抚翠"哎呀"一声,鬼牡丹勃然大怒,唐俪辞这一笑,分明是挑衅,直气得鬼牡丹浑身发抖,鬼牡丹一声大喝。"嘭"的一声,丽人居二楼栏杆突然崩塌,却是鬼牡丹一掌拍在上面,几乎拆了一层楼。

成缊袍一面为众人挡箭,一面想开口问唐俪辞,是怎么知道众人受困于此,及时赶来救援的,以及是如何得到柳眼书信的。

忽地,火光燃起,只见丽人居后烈火熊熊,和飘零的细雨相映成奇观,浓烟冲天而起,烈火腾空之声隐约可闻。

他骇然看着唐俪辞:"你做了什么?"

唐俪辞晃动那柄白伞,那柄脆弱的油伞在他手中点打挡拨,轻盈飘逸,用以挡箭比成缊袍手中长剑要有威力得多。唐俪辞闻言微微一笑:"我放了一把火。"

成缊袍闻言更是一肚子迷惑,唐俪辞分明一直在此,那把谷底的大火,尤其是大雨之中的大火是如何放起来的?

鬼牡丹一掌拍塌丽人居半边栏杆,勉强压下盛怒的心情,低声喝道:"走!"

今日已然不可能达成目的,不如退走,能生擒雪线子也不枉一场心机,但唐俪辞此人如此狡猾可恶,他日非杀此人不可!

鬼牡丹率众自二楼退走,抚翠一声口哨穿破黑暗的雨夜,林中箭手纷纷停手,悄悄隐入树林中退去。

突然之间,风流店退得干干净净。狼狈不堪的一干人总算松了口气，数百人将唐俪辞团团围住，七嘴八舌地问他到底是怎么来的，又是怎么得知鬼牡丹没有抓到柳眼，怎样无声无息杀了西北角的箭手，又是怎么放火的。

唐俪辞的目光在众人脸上一一掠过，直到看到阿谁，阿谁和玉团儿站得远远的，站在众人最末。他看着阿谁微微一笑，阿谁本想对他回以微笑，却终是未能微笑出来。玉团儿却好奇地看着唐俪辞，低声不住地问阿谁他是谁。

三十五 ◆ 郎魂何处 ◆

阿俪撑不住他自己的心，却能撑起天下。
而他既撑不住自己的心，
也撑不住从这天下跌落下来的任何一根稻草。
他只是柳眼，剥去一张美丽的面皮，他原本什么都不是。

雨势渐止，众人走到丽人居后观望火势，只见黑夜之中烈火熊熊，火焰几乎烧去了半边山谷，山谷里的帐篷、树木，甚至遗弃的兵器都被烧得面目全非。

文秀师太和大成禅师相顾骇然，这绝不是寻常大火所能烧及的温度，唐俪辞究竟是怎样放的火？

成缊袍眉头紧皱，低声询问唐俪辞如何能及时赶到？唐俪辞望着大火，眸色流丽，浅笑旋然。

他从好云山下来，一路往焦玉镇赶来，也撞见了鬼牡丹的妖魂死士。他早早挟走一名死士，换上黑衣，藏匿在鬼牡丹旗下。

方平斋大闹死士阵，他自然是瞧见了，而雪线子带着柳眼偷偷摸摸自树林后溜下来，擒走两个死士，换上衣服钻进帐篷，他也瞧在眼里。

雪线子带着人皮和书信离开柳眼，被鬼牡丹三人截住，束手就擒，他就站在不远之处。之后，鬼牡丹命红蝉娘子带狗寻觅柳眼，他便跟上余泣凤，伺机救人。

唐俪辞的武功自是在余泣凤之上，但要在短短片刻间击败余泣凤却也不易，刹那间偷袭，只是夺了余泣凤手中那方书信，未能救人。余泣凤却不出剑反击，而是抓起雪线子飞快地钻入地窖。

唐俪辞权衡轻重，放弃雪线子，回头追上红蝉娘子。然而红蝉娘子带狗寻到柳眼所在的帐篷，里面躺着五人，柳眼却已不翼而飞，不知去向了。

成缊袍听他说到此处，忍不住问为何雪线子会相助柳眼这等恶魔？

唐俪辞神色温和："雪线子前辈寻得柳眼下落，应是想将他带到此处交予各位处置，但遭遇风流店大军拦截，我想他宁可让柳眼脱逃，也不愿让他落入风流店手中，所以以身相代。"

成缊袍肃然起敬，缓缓地道："雪线子不愧是雪线子，我等岂能让他落入魔爪？余泣凤究竟把他带到哪里去了？"

唐俪辞手持白伞走到山坡的边缘，雨水下得银发上皆是水珠："风流店善于设伏，与其冲入地窖中救人，不如打草惊蛇。火烧得如此剧烈，我想他们已经把雪线子带走了。"

"这把火是谁放的？"文秀师太目望火海，"是你放的吗？"

唐俪辞对文秀师太行了一礼，微微一笑："正是。"

文秀师太露出狐疑之色："你是怎么放的？"

唐俪辞目望山谷，眼色幽暗，并无悲悯之色："鬼牡丹在此扎营已有一段时日，仗着这里是山谷，四周密林丛生，不易被发现。帐篷之中存有粮草，方才有人闯过帐篷阵，搅乱了战局，毁了不少帐篷，露出油桶、酒桶等物。

"我等到天黑大雨之际将菜油和烈酒泼在地上，因为满地是水，夜色深沉，那些妖魂死士又多已去到树林将你等围住，所以无人发现。"

"然后呢？"文秀师太问道，"你如何引火？"

唐俪辞微微一笑，自怀里取出一物，那是一块近似银灰色的小石头，他手腕一翻，拔出小桃红，将那矿石薄薄地削去一层，然后掷在地上。

只听"砰"的一声响，一团白色火光骤然升起，伴随轻微的爆炸之声，众人纷纷闪避，骇然见那小小石块在地上的水坑里剧烈燃烧，瞬间将地上的岩石都烧得变了色！

"这是……这是何物？"文秀师太从未见过有东西能遇水起火。众人面面相觑，看唐俪辞的眼神越发骇然。

唐俪辞微笑道："我叫人往外冲的时候，背手向山谷下射出一块矿石，矿石落地时剧烈摩擦，遇水起火，点燃菜油，仅此而已。"

文秀师太苦笑一声："于是鬼牡丹眼见阵地被烧，以为你在谷底还有伏兵，仓促离去。"

唐俪辞颔首，神色很淡，他自不会因为放火这事而自得，但在被困丽人居前的这一干人等眼里，唐俪辞已是有神鬼莫测之能，威望之高远胜不见踪影的西方桃。

过了片刻，文秀师太首先带领峨眉弟子告辞离去，既然柳眼留下书信要以招换药，她就带领弟子潜心修行，等到约定日期一到，当即前往绝凌顶雪鹰居。

各门派怀着对唐俪辞的感恩之情缓缓散去，成缊袍终于有空询问唐俪辞近日究竟去了何处。

唐俪辞只道他前往汴京略略受了伤，静养了一段时间，慧净山明月楼的事一句不提。

成缊袍不再问下去，心情略平，长长地呼出一口气："你回来便好。"

唐俪辞知他话中有话，眼神略略一瞟，成缊袍微微点头，两人心照不宣。

董狐笔"哼"了一声，拍了拍唐俪辞的肩头："小唐，我们俩不是傻子，但不保证满江湖都不是傻子，为什么今晚我们俩会在这里，是天知地知你知我知。"

唐俪辞神色甚和，微微一笑："既然脱险，大家也都疲乏了，尽快找个地方打尖休息吧。"当下一群人略略收拾，往山外行去。

柳眼静静地坐在帐篷里发呆，一直到帐篷帘子突然被人撩起。一人黄衣红扇，大摇大摆地走了进来，扇子一挥："你果然在此，果然又在发呆，果然又是一张很想被外面山石砸死的脸，嗯……师父——你真是满地乱跑，让徒儿踏遍天涯海角也难找啊！幸好我聪明，觉得你不可能跑到外面山头去送死，结果证明我是对的。"

柳眼怔怔地看着在眼前挥舞的红扇，过了好一会儿，他微微张了张嘴，却不知该说些什么。

他从不曾信任方平斋，而方平斋救了他几次。

"哎呀，师父你不必眼角含泪，我知道徒弟我忠君爱国、尊师重道，并且聪明智慧世上少有，但这些是我天生所具，你不必感激到要哭的地步。我心里清楚师父你心肠温柔、为人善良，对我虽然不好，但……"方平斋摇着红扇对着柳眼唠唠叨叨，忽地一呆，只见柳眼眼圈微红，他本是胡说八道，却差点真的把柳眼说哭了，顿时又是"哎呀"一声。

两人都未再说话，柳眼并不看方平斋，方平斋绕着他转了几圈，转移话题："师父，此地非久留之地，我们先离开这里，再叙旧情如何？"

柳眼微微点头，方平斋将他背在背上，自帐篷后窜了出去，钻入密林之中。

"团儿呢？"柳眼低声问。

方平斋道："哦！你不先问你那位意中人，貌美如花、温柔体贴、谁见谁倒霉、不见还牵肠挂肚的阿谁姑娘吗？"

柳眼默然，过了一会儿又问："团儿呢？"

方平斋摇了摇头："你啊——真的很像养了个女儿。我那位师姑大人很好，和你的意中人在一起，最不可思议的是她们居然相处得很好，我师姑的性格真是不错。

"她们在丽人居外面，你的意中人胆子不小，竟然从风流店手中救下了林大公子，目前他们都和中原剑会那票人在一起。我本要赶去会合，但上面既然高手如云，多我一个不多，少我一个也不少，去了没意义。"

柳眼又沉默了，得知玉团儿和阿谁没事，他不想再说任何一句话。

阿谁救了林遹，他并不觉得奇怪，她就是那样的女子，她能成大事，但……但就是不幸福。

方平斋背着他奔出去十来里地，那些土狗不可能再追来了，突然又问："我只有一个问题，我与你，究竟要到哪里去？"

"我要找一个无人打扰的地方，炼制九心丸的解药。"柳眼的声音很低沉，充满了他特有的阴郁气息，然而语调很坚定。

方平斋低低地笑了一声，这一次他没有长篇大论："师父，把师姑找回来吧。"

柳眼不答，方平斋又道："或者，把阿谁姑娘与凤凰一起找回来。"

柳眼仍是不答，方平斋继续道："我觉得——有她们在你身边，你才会安心。"

柳眼微微一震，他自己并没有意识到，但方平斋说得不错，有玉团儿和阿谁在身边，他才会安心。

他才能炼药。

他始终需要某些人在身边，不断地提醒他"应该"做些什么，否则他就会越做越茫然，失去所有的方向……他不够强，他从来都不够强。

他从来不是唐俪辞那样的人。

阿俪撑不住他自己的心，却能撑起天下。

而他既撑不住自己的心，也撑不住从这天下跌落下来的任何一根稻草。

他只是柳眼，剥去一张美丽的面皮，他原本什么都不是。

阿谁跟着撤离丽人居的人马缓缓走着，唐俪辞自从看了她一眼之后，未曾和她说过半句话。凤凰对着唐俪辞的背影挥着手臂，不住地叫"妞妞"，阿谁将他搂在怀里，不让他去看唐俪辞。

玉团儿听阿谁说这位就是江湖上大名鼎鼎的唐公子，对着唐俪辞的背影看了几眼，却道："他刚才来过了，是不是这个唐公子来了就把他吓跑了？"她所说的"他"当然是柳眼。

"不是。"阿谁道,"方公子和我们约了在丽人居见面,却也没来,我想他不是遇上了变故就是带走了柳眼。否则以柳眼残废之身,如何能自千军万马中脱逃?所以别担心,不怕的。"

玉团儿悄声说:"那我们就不要跟着唐公子走了,我们去找方平斋。"

阿谁点了点头:"等天一亮,我们将林公子送上官道,然后就去找方平斋。"

玉团儿"哎呀"一声:"我把林逋给忘了。"

阿谁微微一笑,抬手钩住微飘的乱发:"林公子是个好人。"

林逋原本被人如护小鸡一般簇拥在人群之中,现在敌人已去,又没人知道他是谁,渐渐地中原剑会的剑手也不再看着他,慢慢就落在后头。

这书生遭遇一场大难,也不惊惧,深夜走在荒山野岭的小道上,神态坦然,目光顾盼之间一如览阅林间景致。玉团儿瞧了他几眼,招手叫道:"林逋。"

林逋走了过来,玉团儿对着他笑:"你被谁抓了?怎么会被吊在上面?"

林逋对她行了一礼:"自从你们离开之后,我也离开书眉居往西北而行,半路上被一个衣着古怪的黑衣人所擒,一路关在马车的铁牢之中,运到此处。"

玉团儿看着他手腕上绳索的勒痕:"你一定难受死了,天亮就快回去吧,如果前面那群人不理你,阿谁姐姐和我带你去找路。"

林逋哑然失笑:"怎好让二位姑娘为我操心?林逋不才,虽然落魄，却尚能自理。"他往西北而去本就为了游览山水，突然被擒到南方，却也能欣赏不一样的冬季景色。

阿谁也对他行了一礼："先生豁达，不同寻常。"

林遄摇头："林遄不过轻狂书生，姑娘谬赞了。"微微一顿，他缓缓地道，"和我一同被关在铁牢里的，还有另外一个男子，我不过被囚，他却是遍体鳞伤。二位姑娘如果练有异术，不知能否前去救援？"

玉团儿奇道："什么男子？"

"一个……"林遄脸色略有尴尬，"不穿衣服的男子，浑身布满伤痕，脸上刺有一个形如红蛇的印记。"

玉团儿睁大眼睛："是一个圈的红蛇吗？就像这样的……"她伸指在空中画了个圈。

林遄点头："正是。"

玉团儿"哎呀"一声："是沈大哥，是沈大哥啊！"

阿谁奇道："沈大哥是谁？"

玉团儿便把在林中遇到沈郎魂和柳眼之事说了一遍，阿谁跺了跺脚："这事必须马上告诉唐公子，沈郎魂现在只怕和雪线子前辈一起，被风流店的人带走了。"

阿谁本想天亮就走，也无意向唐俪辞辞行，现在却是把凤凤递给玉团儿，快步赶上，匆匆追向走在前头的唐俪辞。

唐俪辞的脚步停下，她尚未走到他身后，他已回过身来。成缊袍跟着回头，眼见阿谁匆匆赶来："唐……唐公子！"

唐俪辞嘴角微勾，自他说出那句"高雅的嫖娼"之后，他们几乎没再说过任何话。见她急急向自己奔来，他便对她笑了一笑。

她要说的那句话顿住了,唐俪辞这一笑……是在笑她那微薄的所剩无几的骨气,在笑她那些毫无根基的尊严,无论是为了什么——她现在会、将来也会不断地向他求助、求救、求援……而他将以神的姿态,满足她所有的祈求。

这便是能让唐俪辞愉悦的游戏。

阿谁的唇齿有瞬间僵硬,却仍是把话说了出来:"唐公子,沈郎魂也在风流店手里,他被关在铁牢之中,和林公子一起,可能受了重伤。"

唐俪辞眉尖微扬,成缊袍冷冷地道:"他没有杀柳眼,果然是遇上了强敌,此人身为杀手,收钱买命,落入风流店手中也未必是委屈了他。"

成缊袍嫉恶如仇,沈郎魂之流一向入不了他的眼,见面之时他未拔剑相向已是客气。后来沈郎魂劫走柳眼,造成江湖隐患,成缊袍更是极为不满,听闻他被囚风流店,心下实在痛快。

阿谁虽然并不识得沈郎魂,却知他是唐俪辞的朋友,并且柳眼与他有杀妻之仇,他却没有杀柳眼,对玉团儿也颇友好,内心之中已把沈郎魂当作朋友,见成缊袍冷眼以对,心下甚是焦虑。

唐俪辞微微一笑,说:"沈郎魂之事我会处理,姑娘好意,唐某心领了。"

阿谁再也接不下话,唐俪辞和成缊袍再度前行,他们都没回头看她。

玉团儿从后面追了上来:"阿谁姐姐,唐公子什么时候去救沈大哥?"

阿谁摇了摇头，抱回凤凤，她很想微笑以表示自己并不失望，但始终笑不出来："我不知道。"她轻声道，"唐公子说他会处理，我不知道他会不会去救人。"

玉团儿奇道："他为什么不现在去救沈大哥？沈大哥很危险啊！"

阿谁又摇了摇头："唐公子必须把我们这群人带到安全的地方，他才能脱身去做其他的事，所以不可能现在去救人。"

玉团儿拉住她的手，悄悄地道："那我们自己去救人吧！"

阿谁仍是摇头，就凭她们两个女子要追踪风流店都很困难，何况救人？

"我们如果擅自离开，再落入敌人手中，只会给唐公子带来更大的麻烦，我想……"她轻声道，"我想我们该相信他会去救人。"

玉团儿诧异地看着她，见她的脸色看起来很苍白："阿谁姐姐，唐公子是不是让你很失望？"

阿谁怔怔地看着玉团儿，不知道如何回答。

玉团儿又问："你很喜欢唐公子吗？"

阿谁摇了摇头，轻声道："唐公子……是我的恩人。"

玉团儿"哼"了一声，她本来想说骗人，但是看见阿谁微红的眼圈，她好奇起来，又问："他以前对你很好吗？为什么你要求他去救沈大哥？"

阿谁微笑："他一直都对我很好。你也看见了，唐公子武功智谋都是上上之选，不求他求谁呢？"

玉团儿又"哼"了一声："你笨死了，他哪有对你很好？你干吗老是说他很好？你明明觉得他不好。"

阿谁的唇色又苍白了三分："我……"

玉团儿却不理她了,招手对林遹说："快点快点,你再慢慢走,过会儿跟不上了!"

"嗯……"凤凤伸手捏住阿谁的脸,脸颊在她身上蹭啊蹭的,"妞妞!咿唔……呜呜……"

阿谁紧紧搂着凤凤,如果没有怀里这个温暖的气息,听到玉团儿那几句问话,她真的会伤心吧……她不能喜欢唐俪辞,他只是一直在进行一个让他愉悦的游戏,施恩给她、要她死心塌地地爱上他、为他生为他死,他喜欢的不是她的感情,而是游戏胜利的愉悦,证明了他无所不能。

她不爱像唐俪辞这样的男子,从来都不爱。她会感激他施予的恩情,能理解一个没有知音的英雄需要一种取悦心灵的方法,她会努力说服自己不去害怕和逃避他,但不爱他。

可是……让她发抖的是……为什么自己总是会感到失望呢?

唐俪辞就是这样的人,他不会改变,她明明很清楚,但为什么总是一而再再而三地觉得失望……这种感觉让她发抖,仿佛灵魂有不属于她的意识,无声无息叛离了躯体,而她不知道它将去向何处。

天色渐明,中原剑会一行已经走出焦玉镇,到了旺县。

众人到旺县一处客栈打尖休息,阿谁、玉团儿、林遹三人坐一桌,唐俪辞为众人所点的菜肴都是相同的,唯有她们这一桌多了一份姜母鸭。南方冬季气候寒冷,姜母鸭驱湿去寒,对不会武功之人颇有益处。阿谁持筷慢慢吃着,心中五味杂陈,玉团儿和林遹却说说笑笑,意气风发。

吃过酒菜，成缊袍和董狐笔向唐俪辞告辞，他们要带领人马返回好云山。唐俪辞不知和他们谈了什么，并没有走，仍旧坐在椅上，支颔望菜，神色一派安静。

玉团儿拉拉阿谁的衣袖，低声问："他在干什么？"

阿谁摇了摇头，凤凤突然"哇"的一声哭了起来，大喊大叫："姐姐……姐姐姐姐……抱抱抱抱抱……"他对着唐俪辞挥舞双手，粉嫩的小脸上满是泪痕，一路上他对着唐俪辞的背影"咿唔咿唔"说了不知多少话，却没得到半点回应，小小的心里不知有多少不满，他不知道为什么唐俪辞不理他。

阿谁低声哄着，凤凤一声一声哽咽地哭着："咳咳咳咳……"

唐俪辞支颔望菜，就是一动不动。凤凤哭着哭着，哭到整个头埋进阿谁怀里，再也不出来了。

阿谁紧紧地抱着凤凤，玉团儿瞪了唐俪辞一眼："喂！你聋了吗？为什么不理人？"

唐俪辞抬目望了她一眼，微微一笑："三位吃饱了吗？"

玉团儿"哼"了一声："不要以为你请客就很了不起，我们自己也是有银子的，你坏死了，听小孩子这样哭也当作没听见，坏死了！很……"她想了一想，重重地强调，"很坏很坏！"

阿谁没有说一句话，唐俪辞总是变幻莫测，不能说他对人不好，但……但他的"好"总和想象的完全不同，凤凤想他，他视而不见，她并不奇怪。

模模糊糊地有一个想法，阿谁在这一瞬间近乎荒谬地想到，也许他不理谁并不表示他不在乎谁，就像他对谁好并不一定表示他在乎谁一样。

他喜欢让人捉摸不透,他喜欢别人为他伤心。

他就是那样,谁也不能改变他,谁也无力改变他,因为他太强了。

"林公子,"唐俪辞并没有把玉团儿那些"很坏很坏"当作一回事,语气温和,"你在何处遇见的面刺红蛇的男子?"

林逋站了起来,走过去与唐俪辞同桌坐下:"一辆白色的马车之中,马车中有一个巨大的铁笼。"

唐俪辞眸色流转:"那辆白色的马车有特别之处吗?"

林逋沉吟片刻:"马车悬挂白幔,车内没有座位,只有一个巨大的铁笼,里面关着不穿衣服的男人。除了铁笼,马车里还有一股怪异的气味,好像是曾经养过什么动物。"

唐俪辞道:"那就是白素车的马车了,马车里曾经养过蒲馗圣驱使的许多毒蛇。"

阿谁眼睫微扬,突然抬起头来:"白姑娘的马车由两匹骏马拉车,那两匹骏马都是西域来的名马,白姑娘爱惜名马,那两匹马的马蹄铁刻有特殊的印记,踏在地上前缘有一排细细的花纹。现在是大雨过后,如果追踪蹄印,也许可以寻到那辆车。"

"姑娘总是很细心。"唐俪辞柔声道,"如果这辆马车曾经把林公子运到下面的山谷之中,那昨夜大火烧起的时候,它必然离去,只要到火场找寻蹄印就可以追踪它的下落……呃……"他说了一半,伸手捂口,眉心微蹙,忍耐了好一会儿,"从荷县那山谷出去的路只有一条……"

玉团儿看着他的脸色,奇怪地问:"你受伤了吗?"

阿谁的目光终是落在他身上，唐俪辞的脸色总是姣好，脸颊从来都是晕红的，但今日看来红晕之中隐约透着一抹微黄："你……"她终是成功微微一笑，"你怎么了？"

"从荷县出去的路只有一条，而且很少有人走，马车不可能翻山越岭，我们一定追得上。"唐俪辞也对她微笑，"走吧。"他从椅子上站了起来，左手扶住桌面，右手捂口，弯腰忍耐了一会儿，方才站直起来，飘然向外走去。

玉团儿指着他的背影，张口结舌："喂！你是不是真的有毛病？你要是生病了还怎么救人啊？喂！"她追上去一把抓住唐俪辞的手，把他扯住，"阿谁姐姐很关心你的，你要是生病了为什么不给人家说啊？"

唐俪辞并没有挣脱她，上下看了她一眼，那眼神很漠然，他的表情却是温和微笑的："我没有生病。"

玉团儿没想到他竟会和颜悦色，倒是更加诧异了，放开他的手："你刚才是不是想吐？"

唐俪辞微微一笑："嗯……"

玉团儿却是笑了起来："我听我娘说只有女人有孩子的时候才会老是想吐呢……你真奇怪，真的没有生病吗？"

唐俪辞轻咳一声："我想我只是有点累。"

阿谁目不转睛地看着，唐俪辞对玉团儿很温柔，就如对待一只懵懂的白兔。阿谁轻轻呼出一口气："唐公子，桃姑娘呢？你……"她顿了一顿，"你……"两次停顿，她始终没说下去。

唐俪辞却笑了起来，右手修长的食指滑唇而过，似乎是做了个噤声的动作,他柔声道:"桃姑娘身体不适,静养去了。"

阿谁看着他:"我觉得桃姑娘……"她说得很轻,说了一半,没说下去。

她在风流店有数月之久,和西方桃很熟悉,西方桃反叛风流店,如今成为江湖白道不可缺少的一员,在他人看来那是西方桃忍辱负重、深明大义,但她知道西方桃不是这种人。

唐俪辞眼角上挑,一瞬间笑得如桃花绽放般生艳:"你觉得桃姑娘什么?"

阿谁迟疑了一会儿,还是慢慢地道:"我觉得桃姑娘……心计很深……"

唐俪辞柔声道:"那你觉得我如何?"

阿谁幽幽地叹了口气:"你比桃姑娘心计更深。"

唐俪辞大笑起来,从神情秀雅到恣情狂态的变化只在一瞬间,笑声震得屋宇嗡然响动,粉尘簌簌而下。就在粉尘四下的刹那,他已乍然变回柔和秀雅的微笑,仿佛方才纵声狂笑的人只是别人思绪混乱的错觉:"她被我打下悬崖,很可惜——不会死。"

阿谁变了颜色:"你把桃姑娘打下悬崖?难道她……她当真……还是风流店的人?"

唐俪辞森然道:"她操纵柳眼制作毒药,以蛊珠之毒害死池云,在汴京设下杀局杀我,柳眼废了,池云死了,她难道不该死?"

阿谁全身一震:"但她现在是中原剑会的人,你把她打下悬崖,难道不怕天下人以你为敌?有人……有人看见了吗?"

唐俪辞目光炯炯地看着她,那目中杀气妖气闪耀得日月失色,他唇色愈艳，红唇一抿，柔声道："我要杀人……从来不在乎别人说什么……"

"你……你难道是一回到好云山，就把西方桃打下悬崖？你从来不考虑后果？她……她若是伤愈，中原剑会必会因为你们的分歧化为两派，自此分崩离析……"阿谁低声道，"唐公子你不怕江湖沦陷，毒患蔓延，千千万万人痛苦不堪……"

唐俪辞笑了一下："我不是女人，不稀罕委曲求全。"

阿谁默然，他不听任何人劝，一直以来……都是这样。

"那个什么桃姑娘坏死了。"玉团儿却道，"坏人就是该死，你是怎么把她打下悬崖的？她会不会死？"

唐俪辞微笑着看她，柔声道："半夜三更，她在房里更衣，我闯了进去在她后心印了一掌，她急着穿上衣裙，没有全力反击，等她把衣裙穿好，我一掌把她劈下了窗外山崖。"

玉团儿奇道："她忙着穿衣服所以没有施展全力？"

唐俪辞笑了起来："嗯。"

"人都要被你打死了，还管穿不穿衣服？何况她也必定是穿着中衣睡觉的，难道她睡觉的时候不穿衣服？"玉团儿径直问，"哪有这么奇怪的女人啊？"

唐俪辞柔声道："她不是怕赤身裸体被人看见，只是怕该看见的东西别人看不见而已。"

玉团儿皱起眉头："什么该看见的东西？"

唐俪辞轻咳一声，神态仿佛很含蓄："他不是女人，是个男人，他不是没穿衣服，他是穿着男人的衣服。"

玉团儿"啊"的一声笑了出来:"他不是怕没穿衣服被人看见,他是怕没穿女人的衣服被人看见,所以他急着穿裙子,才会被你劈下山崖。"

唐俪辞微笑道:"你真是聪明极了。"

"'桃姑娘'原来是个男人啊!"玉团儿看向阿谁,"阿谁姐姐,你不知道他是个男人?"

阿谁摇了摇头,低声道:"桃姑娘天姿国色,绝少有人会想到他是个男人。"

唐俪辞轻轻地笑,右手垂了下来,雪白的衣袖盖过手背:"论天姿国色,没有人比得上你阿谁姐姐。"

玉团儿却道:"我觉得你如果扮成女人,说不定也美得不得了。"

"唐公子,你将桃姑娘劈下山崖,桃姑娘不会善罢甘休。"阿谁并没有在听他们讨论西方桃穿不穿衣服的事,沉吟了一会儿,"桃姑娘当真不会死?"

唐俪辞摇了摇头:"她服用九心丸,虽然被劈下悬崖,但受的伤不会有多重。"

阿谁低声道:"那她必定要说你有意害她,煽动信任她的人与你为敌。"

唐俪辞柔声道:"我若是她,一定要制造些事端嫁祸于我。"

阿谁皱眉咬唇不语,又听唐俪辞柔声道:"但我在离开好云山的时候,先造了些事端嫁祸给她了。"

唐俪辞说他嫁祸给谁,必定难以洗刷清白,阿谁听在耳中,不知是该庆幸唐俪辞才智出众,还是该为他如此权谋手段而心寒畏惧,只觉天地茫茫，是是非非，真真假假，都有些分不清楚。

人生非常迷茫，有时候她不明白唐俪辞是怎样找到方向，能毫不怀疑甚至不择手段地往前走，他的信念和力量来自哪里？他自己有没有迷失在这些邪恶与阴谋之中？

要坚定不移地相信自己是对的，需要非常坚强的心。

唐公子……

她看着唐俪辞的方向，目光的焦点却不知在何处。人要坚定不移地相信自己是对的，需要非常坚强的心，但……但唐俪辞之所以会说出"高雅的嫖娼"，之所以不理睬凤凰，之所以将西方桃打下悬崖，那都是因为他……他并不坚强。

他应该更冷静、更深沉、更坚忍、更狠毒、更可怕，但他做不到……

"我开始不讨厌你了。"玉团儿对唐俪辞说，"你这人很坏，但和其他的坏人不一样。"

唐俪辞微笑："如何不一样？"

玉团儿道："因为你要去救沈大哥啊。"她可没忘记唐俪辞留下不走，就是为了救沈郎魂的。

三十六 ◆ 白马之牢 ◆

唐俪辞的宠爱有时候很轻、有时候很重,有时候是真的、
有时候是假的……还有的时候……是有害的。
那支银簪,她戴着也不是,收着也不是,遗弃也不是,
握在手中扎得手指生痛,突然惊觉,其实唐俪辞想要的,
就是她为他痛苦而已。

唐俪辞四人离开客栈,本要将林遄送上官道,让他返家。林遄却说什么也不肯独自归去,他定要先带着唐俪辞找到那辆关着沈郎魂的马车。而阿谁也不能离去,只有她知道白素车那两匹骏马的马蹄铁上刻画的是什么花纹。既然谁也不愿离去,四个人和一个婴孩只好同行,一起来到昨夜被大火烧得面目全非的谷底。

这谷底曾有的一切都已灰飞烟灭,沙石岩壁都烧得焦黑爆裂,树木化为焦炭,几块帐篷的碎布挂在焦黑的枝头随风轻飘,看起来荒凉又萧条。

从这里离开的道路只有一条,唐俪辞将小桃红给了玉团儿,要她护卫三人的安全,他沿着那道路往前走了一段,很快折了回来。

凤凤一见到他便扭头钻进阿谁怀里,再也不愿看他。

唐俪辞眼里就似从来没有凤凤,微笑道:"前边的路上马蹄印太多,要找到一个清晰的蹄印恐怕很难,要花费很多时间。但路只有一条,到路的分岔口去,如果风流店的马匹分头走,也许可以找到线索。"

"那就到路口去吧。"玉团儿想也不想,"找到马车就可以找到

沈大哥了。"

唐俪辞柔声道:"但是前面是山路,非常漫长的山路,要穿过密林和溪流,阿谁姑娘和林公子恐怕……"他的目光缓缓从两人面上掠过,停在阿谁脸上,"姑娘把马蹄的花纹画给我看,然后我送你们回去。"

林遆当即摇头:"跋山涉水,对我来说是常事。"

阿谁沉吟了一会儿,摇了摇头:"也许看到痕迹,我会想起更多的线索,能帮你找到风流店现在的巢穴。我毕竟在风流店中居住了数月之久,东公主、西公主,甚至余泣凤,我都很熟悉。"

"既然如此,那这样吧,"唐俪辞微微一笑,"玉姑娘背你,我背林公子,这样行动起来比较方便。"

阿谁一怔,玉团儿已拍手笑道:"不错,这样我们就不用等你们两个慢慢走了。"

阿谁点了点头,把凤凤用腰带牢牢缚在背后,玉团儿将她背起,唐俪辞背起林遆,两人展开身法,沿着林间小路纵身而去。

漫长的泥泞小路,遍布马蹄的痕迹,也有车轮压过的纹路,但纹路之上压着马蹄,马蹄之上尚有脚印,故而根本无法区分是哪一匹马或者哪一辆车的痕迹。但从留下的印记来看,从这里逃离的人马不少。

追出三里多路,玉团儿已微微有些喘息,唐俪辞脚步略缓,右手托住玉团儿的后腰,扶着她往前疾奔。负人奔跑,最靠腰力,玉团儿得他一托之助,振作精神往前直奔,两人一口气不停,翻过一座山岭,到达了山路的岔口。

山路的岔口处,蹄印和脚印还是往同一个方向而去,脚印少了,也许是有些人自树上飞掠的关系,而马车的痕迹仍然清晰可辨。

遍地马蹄印中,有几处蹄印比寻常马匹略大,蹄印的前缘留有一缕似花非花、似草非草的纹路。阿谁对唐俪辞点了点头,这就是白素车的马车,那是两匹雪白神俊的高头大马。

道路越来越宽敞,白素车马匹的蹄印清晰可辨,很快这车轮和马蹄的印记转向另外一条岔道,与人的脚印分开,进了一处密林。

唐俪辞和玉团儿穿林而入,道路上杂草甚多,已经看不清楚蹄印,但见碾压的痕迹往里延伸,又到一处岔口,马蹄和车轮的印记突然向两个方向分开,然而在往右的一处岔口的树枝上,挂了一丝白色丝绸的碎絮。唐俪辞微微一笑,往右而行,面前却是下山的道路,翻过这座山岭,眼前所见已是一座小镇。

镇前有个石碑,上面写着"乘风"两个大字,这座小镇也许就叫乘风镇。

一辆悬挂白幔、由两匹雪白大马拉着的马车正从一处题为"望亭山庄"的庄园门口出来,转向东方而去。

玉团儿"哎呀"一声:"就是这辆马车?但是你看马蹄跑得很轻,马车里肯定没人。"

林逋从唐俪辞背上下来:"窗上挂着的红线没了。"

阿谁也从玉团儿背上下来,低声问:"红线?"

"这辆马车的窗口上原来挂着一条细细的红线。"林逋指着那马车离去的方向,"但现在不见了。"

也许红线便是用来标明马车里到底有没有人的吧?四人的目光都望向"望亭山庄",这处模样普通的庭院如果是风流店的据点之一,那沈郎魂很可能就在里面。

"唐公子，你打算如何？"林逋眼望山庄，心情有些浮躁，"里面很可能有埋伏，我看还是不宜硬闯。"

唐俪辞目望山庄，极是温雅地微笑："我不会硬闯。"他拍了拍林逋的肩，将他推到阿谁身后，"你们三人找个地方先躲起来，不要惹事。"

玉团儿眼神一动："我会保护他们。"

唐俪辞笑了笑，摸了摸她的头："你要听你阿谁姐姐的话。"

玉团儿手握小桃红的剑柄："你要怎么进去？"

唐俪辞自怀里取出一枚银色的弹丸，递给阿谁，那是一枚烟幕弹，用力甩向地面除了会散布烟雾，还会炸开红色的冲天信号，是中原剑会的急救联络之物。

阿谁接过那枚银色弹丸，她在好云山上见过这东西，知晓它的用途。

唐俪辞并没有解释这信号弹的用处，他同样伸手抚了抚阿谁的头，五指抚摸的时候仿佛非常温柔。阿谁并未闪避，只是叹了口气，微笑着问："你要如何进去？"

"敲门。"唐俪辞柔声道，"我素来不是恶客。"他的右手刚从她头上放下，又伸入怀中取出一物，插在阿谁发髻上。阿谁微微一怔，玉团儿探头来看，那是一枚银色的发簪，做如意之形，样式虽然简单，花纹却很繁复，是非常古朴华丽的银簪，倒和唐俪辞手腕上的"洗骨银镯"有三分相似。

"是簪子……"玉团儿向来爱美，看见阿谁突然有这么一支漂亮的簪子，心里甚是羡慕。

唐俪辞柔声道:"这支簪子名为'洗心如意'。"阿谁伸手扶住那银簪,脸上本来含着微笑,却是再也笑不出来。

她尚未说话,唐俪辞又从衣中拿出一只小小的玉镯,对玉团儿微笑:"这只镯子叫作'不弃',有情深似海、不离不弃之意。"

玉团儿接过玉镯,戴在手上,那镯子晶莹通透,颜色如水,煞是好看,玉团儿高兴极了,忍不住笑了出来:"好漂亮,好漂亮的东西……"

唐俪辞见她高兴得手舞足蹈,浅浅一笑,山风吹来,他衣发皆飘,转身向山下望亭山庄而去。

洗心如意簪和不弃镯,虽然阿谁从未听说过这两样首饰的大名,但既然在唐俪辞怀里,那这两样东西决计价值不菲。人说少年公子一斛珠以换佳人一笑、引烽火以至倾国倾城,那是荒诞丧志之事,但……

但其实对女人来说,有人愿意做这样的事,不论他是怀着怎样的心思,总是……阿谁拔下了发髻上的银簪,默默看着唐俪辞的背影。

总是会沉溺……

但唐俪辞的宠爱有时候很轻、有时候很重,有时候是真的、有时候是假的……还有的时候……是有害的。

那支银簪,她戴着也不是,收着也不是,遗弃也不是,握在手中扎得手指生痛,突然惊觉,其实唐俪辞想要的,就是她为他痛苦而已。

他喜欢她和凤凤为他痛苦、为他伤心,最好是为他去死。

唐俪辞到了望亭山庄门口,拾起门环轻轻敲了几下,未过多时,一个头梳双髻的小丫头打开大门,好奇地看着唐俪辞:"你是……"

唐俪辞眉目显得很温和,弯下腰来柔声道:"我是来找人的,你家里有没有一位脸上刺着红蛇的叔叔?我是他的朋友。"

那小丫头约莫只有十三四岁,闻言点了点头:"叔叔在笼子里睡觉,但姐姐说不可以让人进来看他。"

唐俪辞越发柔声道:"要怎么样才能进去看他呢?"

那小丫头笑得天真烂漫:"姐姐说要和我做游戏,你赢了我就让你进去看他。"

"做游戏啊?做什么游戏?"唐俪辞微笑,眼前的小丫头杏眼乌发,长得煞是可爱,"你叫什么名字?"

那小丫头指着自己的鼻子:"我叫官儿,你叫什么名字?"

唐俪辞眉眼弯起:"我姓唐,叫唐俪辞。"

"唐哥哥,"官儿将门打开了一条缝,招手道,"进来吧。"

唐俪辞抬眼望去,门后并不是花园,天真烂漫的小丫头身后,是一个浅浅的水池,水并不深,却充斥着一股刺鼻的气味,水上悬着一条细细的绳索,直通对面的屋顶。不消说,这池水必然碰不得,而对面的屋宇简单素雅,一派安详,仿佛其中没有半个人似的。

官儿一跃而上那绳索,从怀里摸出一样东西握在手里:"我们来掷骰子,如果你掷的点数比我大,你就往前走,如果我的点数比你大,你就往后退。"她很认真地道,"如果你退到没绳子的地方,就跳下池子去;如果我让你走到对面,我跳下池子去。"

唐俪辞拍了拍手:"一言为定。"

官儿退到绳索的另一端,唐俪辞纵身上绳,两人相距二丈,绳索在他们脚下微微摇晃,映在水池里的影子也跟着摇晃不已。

"开始!"官儿右手高举,一松手,两个骰子跌入水池,两人目光同时一掠，她掷了一个"六点"，一个"一点"。但也就只是瞬间一掠，骰子在池中冒起一层白色气泡，遮去点数，竟似要溶解一般。

官儿拍手叫道："快点快点，不然骰子没了就不玩游戏了。"

唐俪辞微微一笑，衣袖一拂，那两粒骰子突然自水中激射而出，尚未落入他手中，双双在空中翻了个身，又一起落入水池。两人目光同时一掠，一个"六点"，一个"三点"，唐俪辞往前走了两步，抬手含笑："该你了。"

官儿眼珠子转了两转："哎，你为什么不伸手去拿呢？"

唐俪辞柔声道："我怕痛。"

官儿摇了摇头，自怀里又摸出两粒骰子，掷入水中。原先跌进水池的两粒骰子已经被池水腐蚀了一半，全然看不清点数。骰子入水，在池水中漂了漂，沉底后一个"三点"，一个"五点"。

唐俪辞拂袖负手，那池水激起一层水花，"啪"的一声，两粒骰子凌空跃起，抖出数十点水渍往官儿身上泼去。官儿吓了一跳，往上一跃避开池水，只见两粒骰子翻开来是两个六点，顿时一怔。就在她上跃之际，唐俪辞已往前欺进了四步，满脸温柔的微笑："不好意思，又是我赢了。"

官儿又探手入怀，摸出新的骰子："这次一定不会让你赢啦！"她松手让骰子跌入水中，翻出来的数字也是两个六点，最大不过。

唐俪辞微微一笑，官儿眼前一花，蓦地唐俪辞的脸已在她面前，与她脸对脸，鼻尖对鼻尖。她吓得尖叫一声，往后躲，唐俪辞如影随形，仍是与她面对面。

她见他那双眸子在眼前显得分外黑而巨大，仿佛一汪极深的黑池

103

之中正有狰狞的恶兽要浮出水面，只听他柔声道："官儿，要做游戏可以，但在作弊之前，你该确定和你玩的人不会突然和你说……'我不玩了'。"

"啪"的一声轻响，官儿"哇"的一声对着水池吐出一口鲜血，眼睁睁地看着自己的鲜血在池水中冒起一阵白烟。唐俪辞对着她的胸口轻轻拍了一掌，将她抱了起来，摆在绳子后的屋门口，摸了摸她的头，推开门走了进去。

她如破败的娃娃般被摆在门口，一动不能动，仰着头看着蓝天和太阳。

他没有把她扔下水池去，也没有杀了她。

她虽然只有十四岁，却已经杀过很多人了。

官儿的胸口起伏，喘着气，望着天，眼前一片开阔，什么人都没有。

官儿身后的房中，并没有人。唐俪辞推门而入，里面是一间佛堂，然而座上并没有佛像，幽暗的帘幕深处，本来应该供着佛祖的地方挂着一幅女子的画像，若非唐俪辞目光犀利，也许根本发觉不了。画像前点着一炷香。香刚刚燃尽不久，整个佛堂都还弥散着那缕淡淡的幽香。

唐俪辞仔细看了那画像一眼，那画像画得非常肖似，不是寻常的笔法，甚至调了一些罕见的颜料，在他看来那多半是柳眼所绘，画的是一个身着粉色衣裙的少女。少女的面貌和西方桃很相似，然而并不是西方桃。

她比西方桃略微年轻些，绾着蓬松的发髻，有几缕乌发飘散下来，垂在胸前，身上穿着一件很熟悉的桃色衣裙，和西方桃常穿的那件一模一样。这少女下巴甚尖，是张姣好的瓜子脸，眼睫垂下，似是看着地上，颈部右侧有颗小小的黑痣，就图画所见，她坐在桃花树下，树上桃花开得绚烂，地上满是花瓣，和她桃色的衣裙混在一处，煞是温柔如梦。

但这张画像，并不是实景，而是速写了一张少女的画像，然后加上其他的背景画成的。

唐俪辞目不转睛地看着那张画像，还原它原本的模样。这少女闭着眼睛倚着什么东西坐着，头发有些蓬乱，姿态也很僵硬，很可能……是一具尸体。

如果柳眼为一具尸体画了像，然后西方桃把它挂在此处供奉，那这画中的少女必定非同寻常。以佛堂四周的痕迹而论，这画挂在这里供奉已经有不少时日了，望亭山庄作为风流店的据点必定也有数年之久，难道就是为了供奉这幅画像吗？

四下里寂静无声，唐俪辞在画像前站了一阵，突然伸手把它揭了下来，收入怀里，穿过后门，自佛堂走了出去。

佛堂后是一片花园，假山流水、奇花异卉、高林大树，精妙绝伦地造就了一片人间奇景，仿佛这世间所有令人惊叹艳羡的美景都融入这不大不小的花园之中。

唐俪辞眉头扬起，微微一笑，建这庭院的人真是了不起，然而仙境似的庭院中仍然没有人，一切犹如一座空宅。

沈郎魂当真在这座山庄中？

唐俪辞撩开冬日梅树的枝干，只见石木掩映的地上静静地躺了一地尸首，不下二三十人，大部分是穿着黑色绣花紧身衣的妖魂死士，还有几人不知是谁。

尸体看似无伤,但眉心正中都有一点红印。唐俪辞抬起头来,只见树林之中,一个铁笼悬挂半空,那铁笼之外密密麻麻爬满了枯褐色的毒蛇,故而他方才一时没有看见。

铁笼中隐约似有一人。

"嘿嘿,是你……"半空中有人衰弱无力地道,语气淡淡的,却不失一股冰冷嘲讽的味儿。

唐俪辞叹了口气:"你说话真是像他,听说被人扒光了衣服,怎还会有无影针留在手上?"这满地的尸首,都是死在沈郎魂"无影针"下,自眉心射入,尚未察觉就已毙命。

"我的无影针一向插在发中,听说暗器高手能把几十种暗器揣在怀里,我可没有那本事,还不想莫名其妙被揣在自己怀里的毒针要了命。"笼子里的人咳嗽了两声,暗哑地道,"我听说……池云死了?是你杀的?"

"我杀的。"唐俪辞柔声道,"你怕吗?"

沈郎魂似乎笑了一声:"杀人……不就是杀人而已……咳咳,你什么时候把我从这笼子里弄出去?"

唐俪辞自地上拾起一柄长刀,跃起身来一阵砍杀,铁笼外的毒蛇一一跌落,终究是看清了沈郎魂的模样,他的确是全身赤裸,但好歹还穿了一条裤子。

他靠着笼子坐着,一动不动,浑身上下血迹斑斑,也不知受了多少伤。唐俪辞持刀在手,拈个刀诀,眉目含笑:"看伤痕,千刀万剐的。"

沈郎魂笑了一声："受了三十八刀……但还没死……"

"三十八刀,他们想从你身上逼出什么?"唐俪辞叹了口气,仍是拈着那刀诀,刀锋似出非出,"留你一条命,又是为了什么?"

沈郎魂苦笑了一声："当然是劝我趁你不备的时候给你一刀。"

唐俪辞叹了口气："看守你的人呢?不会只有地上这几十个不成器的死人吧?"

沈郎魂沙哑地道："白素车出门去了,原本院子里还有两个人,但现在不在。我听着你和官儿那死丫头在前面说话,出手射死了这群饭桶。那小丫头明知道后院没有人手,所以才要和你做游戏拖延时间,咳咳……"

"你劫走了柳眼,再见我的时候,不怕我杀了你?"唐俪辞的声音略微有些低沉,一阵风吹过,他眉目含笑,刀诀拈得很轻,仿佛全然没有出刀的意思。

沈郎魂静了一静："很早之前我就说过,在他把你害死之前,我会杀他。"他的语调淡淡的,"到现在我也还没杀他,难道还要向你道歉?去你的!"

"当"的一声脆响,唐俪辞挥刀断牢,挂在半空的铁笼应声而开："你骂人的时候,真是像他……"

唐俪辞一句话未说完,躺在铁牢中半死不活的沈郎魂右手一抬,将一柄一直压在身下的短刃插入了唐俪辞腹中。

"啪"的一声响,长刀落地。

唐俪辞站定一动不动,反倒是沈郎魂满脸惊诧,目不转睛地看着自己握住短刃的手,鲜血自伤口略微溅了些出来,喷上了他的手背。

他瞪大眼睛看着唐俪辞:"你——"

他以为这一刀绝不会中,所以他很放心,他刺得很重、很用力。

唐俪辞脸上瞬间没有什么表情,沈郎魂低声问:"你怎会——避不开——"

庭院中突然多出许多人影,有抚翠,有白素车,也有那位神秘的黑衣人。

沈郎魂愤怒地看着唐俪辞:"你怎会避不开?你明明起疑了!你明明知道要问我为什么他们不杀我、为什么只割我三十八刀,我明明告诉你他们要我趁你不备的时候给你一刀,你怎会听不懂?你怎会避不开?你怎会……"

"啪啪"两下掌声,白素车冷冷地鼓掌。抚翠咬着一只鸡腿,笑眯眯地看着沈郎魂:"不愧是金牌杀手,这一刀刺得又快又准,就算是一头猪也给你刺死了。你老婆的尸体就在左边客房里,拿去葬了吧。"

沈郎魂咬牙看着唐俪辞,唐俪辞对他笑了笑,探手入怀取出一件东西按入他手中,低声道:"去吧。"

沈郎魂全身都起了一阵痉挛:"你——你——你就是个白痴!"他大吼一声拔刀而起,鲜血喷出,溅在他浑身的伤口之上,凄厉可怖。唐俪辞顺势跌坐于地,手按伤口,咳嗽了两声,略有眩晕之态,身前鲜血点点滴滴,溅落在沙石地上。

沈郎魂低头一看唐俪辞按入他手中的东西,那东西缀满绿色宝石,黄金为底,竟是一支华丽的发簪。"啊"的一声,他纵声狂叫,全身瑟瑟发抖,这是春山美人簪!这就是能将荷娘的尸身从落魄十三楼里换回来的宝物!他紧紧握着春山美人簪,闯进左边客房,只听"砰"

的一声,他撞烂了一扇窗户,穿窗而入。

抚翠"哈哈"大笑,只听房内发出一声凄厉的狂吼,一只母猪的尸身自屋里横飞而出,尚未落地,已轰然被切割成糜烂的血肉,四散纷飞一地。

沈郎魂手握春山美人簪,双目血红,自屋内一步一步走了出来,他浑身是血,也分不清是人血还是猪血,犹如厉鬼上身,僵直地走了出来。

"东公主。"白素车淡淡地道,"杀了他以绝后患。"

抚翠"呸"的一声吐出鸡骨头,单掌一扬,对着沈郎魂的头颅劈了过去。白素车拔出断戒刀,一刀向地上的唐俪辞砍去。

"轰"的一声白雾弥漫,众人眼前突然失去目标,只恐是雷火弹,一起拔身后退。

一串红色火光冲天而起,抚翠大喝一声,连劈数掌将浓雾逼开,却见庭院中空空如也,沈郎魂竟然沉得住气没有冲过来拼命,而是将地上的唐俪辞救走了!

她颇觉诧异,悻悻地"呸"了一声:"没想到姓沈的溜得倒快,对唐俪辞竟是有情有义。"

白素车喝道:"他们身上有伤,分四个方向追敌!"妖魂死士应声越墙而出,向四个方向追去。

那黑衣人摇了摇头,低沉地道:"沈郎魂是江湖第一杀手,隐匿行踪之术天下少有,今日不慎让他脱逃,再要找到他非常困难。庆幸的是……"他冷冷地道,"他刺的那一刀,的确很卖力,唐俪辞就算不死,短期之内也无法行动。"

"是属下失职，未能一刀杀了此人。"白素车肃然道。

抚翠斜眼看她："素素，你刚才那一刀，很有争功的嫌疑啊……"白素车低下头来，既不承认，也不否认，眼神淡淡的。

沈郎魂背着唐俪辞翻出望亭山庄，几乎是同时，身后妖魂死士列队追来。他浑身是伤，体力远不如平时，背着一个唐俪辞更是举步维艰，奔出去数十丈已经力竭，心念电转，一时间竟想不出什么逃生的法门，情急之下低声喝道："怎么办？"

唐俪辞手按腹部伤口，咳嗽了一声："直走，转向左边的山丘。"

沈郎魂振作精神，奋起一口气奔向左边的山丘。

那山丘看起来不远，奈何以他现在的体力，腾跃之际只觉自己胸膛火烧似的难受，每呼一口气都像是死了一回。好不容易一路施展隐匿之术到了山丘之后，沈郎魂忍耐住胸中的气息，伏在草丛中抬眼一望。

树林草地之中坐着几人，两位女子和一位书生，甚至还抱着个孩子。

沈郎魂忍不住剧烈地咳嗽起来，吐出了一口血沫，唐俪辞心中的救星，难道就是这几个连江湖第三流角色也算不上的男男女女吗？

听到他剧烈的咳嗽声，山坡上的男女转过头来，沈郎魂背着唐俪辞跟跄地走了出去，那山坡上的人他全认得，和林遄虽然没有见面，但他跟踪柳眼的行迹，林遄和柳眼的邂逅他一直看在眼里。

阿谁尚未看清楚从草丛里钻出来的人是谁已经蓦地站了起来，玉团儿惊呼一声："沈大哥……他……他怎么会变成这样？"

沈郎魂喘了几口气，喑哑地道："风流店的人在后面，咱们必须……马上逃……"

阿谁紧紧地抓住唐俪辞："唐公子伤得如何？"

沈郎魂低声道："伤及……内腑……"

阿谁脸色惨白："怎会如此？"

沈郎魂低沉地道："是我受了抚翠的怂恿和挑拨……呸！是我刺了他一刀，多说无益，我们这许多人要怎么逃？"

"改……装……"唐俪辞微微睁开眼睛，手指着乘风镇许多民宅，低声道，"寻一间最……平凡无奇的，闯进去……把男女老少都绑了，然后我们……住进去……"他手指玉团儿。玉团儿并不笨，连连点头，转身飞奔而去。

江湖之中，最陌生的面孔就是她，纵然风流店对书眉居长期监视，但玉团儿的面貌是逐渐变化的，变得越来越年轻，所以此时此刻她最不易被人认出。

"我的伤……不要紧。"唐俪辞细细地道，眉眼并不看沈郎魂，靠在阿谁怀里眼帘微合，"刺中了……那颗心……而已……"他颤抖了一下，唇色显得苍白，脸颊仍然红晕，"但它仍然在跳。"阿谁紧紧抓住他的手，唐俪辞一下挣开，"我们逃不过风流店的追踪，只能冒险……"

他受伤的时候，特别排斥他人接近。阿谁叹了口气："我来替大家改装吧。"

未过多时，玉团儿回来了，指着镇边的一处小屋："那里。"

当下，沈郎魂背起唐俪辞，背上匆匆披着林遄的长袍，一溜烟往镇中掩去。林遄和阿谁等他们离去之后，再慢慢地跟上，他们两人不会武功，怀抱婴儿比较不易引起注意。

到了那民宅，沈郎魂暗赞一声小丫头聪明。这小屋在乘风镇的边缘，和其他人家还有少许距离，非常不引人注目，但房屋不小，显示家境并不太差。

玉团儿已把住在这屋里的五口人点了穴道，缚在床底下，擅闯民宅这等事她是做惯了的，半点不稀罕。沈郎魂将唐俪辞放在屋内床榻上，长长地吐出一口气，自己往地上一坐，半晌站不起来。

阿谁很快将这户人家柜子里的衣裳翻了一遍，取出两件女裙，自己和玉团儿先换上了，再翻出两件男人的衣服，让沈郎魂和林逋换了。

这户人家乃是农户，衣裳都很粗陋，阿谁从灶台里敲了些煤灰，拍在自己和玉团儿脸上，林逋略有书生气，瞧起来比实际年龄更小些，只是沈郎魂面上那块红蛇印记无法消除。玉团儿从灶台里夹起一块烧红的炭头："我把它烙坏了就谁也看不出来了。"

阿谁吓了一跳，连忙阻止，玉团儿这说法让她另有想法，她将自己的白色方巾撕成几条白布，沾了沈郎魂身上的血迹，把他半个头包了起来，装作头上有伤，连刺有红蛇的脸颊一并遮住。

玉团儿拍手叫好，但阿谁心里清楚，这等拙劣的变装，若是撞上了白素车或者抚翠，必定当场揭穿，此时此刻只能盼这些人都不来。

四人匆匆忙忙将自己收拾好了，一起望向床上的唐俪辞。

要将他改扮成什么好？若是改扮农夫，唐俪辞相貌秀雅、皮肤白皙，委实不像；若是不扮农夫，那要扮作什么？他腹部有伤，不能行走，风流店必定针对腹部有伤之人展开搜查。

阿谁跺了跺脚："唐公子，我看只能把你藏起来，就算你改扮成农夫，到时也必定被人看破。"

唐俪辞手按腹部，那一刀刺中方周的心，然而人心外肌肉分外紧实，沈郎魂的刀刃刺入其中并未穿透，所以血流得并不算太多，此时已渐渐止了。

眼见四人草率改装，唐俪辞摇了摇头，抬起手来："谁身上带了胭脂……水粉……"

玉团儿探手入怀，脸上一红："我有。"阿谁不施脂粉，身上从不带胭脂，倒是没有。

唐俪辞接过玉团儿递过来的一盒胭脂、一块水粉、一支眉笔，示意阿谁从灶台上取来一个鸡蛋。他腹上的刀伤刺得虽深，却并未伤及他本身的脏器，当下坐了起来，眼帘微微合上再缓缓睁开："沈郎魂。"

沈郎魂抬起头来，吐出一口气，淡淡地道："你难道会易容之术？"他虽是杀手，但罕遇敌手，对于乔装易容之术并不擅长。

唐俪辞浅浅地笑，这等勉力维持清醒的神态沈郎魂见过几次："我不会易容……"他扯下沈郎魂包头的白布，让沈郎魂坐在他身前的椅子上，"我只会上妆……"

林逋和玉团儿面面相觑，不知唐俪辞要将沈郎魂如何。只见唐俪辞敲破鸡蛋，将蛋清和水粉调在一处，手指沾上水粉，缓缓涂在沈郎魂刺有红印的脸颊上。

那水粉的颜色原本盖不住胭脂刺上的红，但唐俪辞等水粉干后，再往上涂了一层，如此往复，当涂到第四遍的时候，沈郎魂脸颊上的红蛇已全然看不出来，只余一片戴了面具般的死白。

这张死白的脸只怕比刺有红蛇的脸颊更引人注目，玉团儿心头怦怦直跳,只怕风流店的人突然闯进来,幸好喧哗声渐渐往远处去,白素车喝令妖魂死士往四方追去,此时越追越远,一时半刻不会折回。

唐俪辞将沈郎魂的脸涂成一片死白之后,略微沾了些胭脂,自脸颊两侧往鼻侧按,那胭脂本来大红,但他沾得非常少,按在脸上只显出微微的暗色,那片死白顿时暗淡起来。

林逋惊奇地看着唐俪辞的手法,经他这么一涂一按,沈郎魂的脸颊似乎瘦了下去,下巴尖了起来。唐俪辞将红色的胭脂抹在指上,轻轻按在沈郎魂眼角,随即用眉笔在他眼睑上略画。

沈郎魂只觉浑身僵硬,唐俪辞的指尖温暖柔腻,那眉笔画在眼睛上的感觉刺痛无比。等唐俪辞将眉笔拿开,他松了口气,对面三人一起"啊"的一声低呼,满脸惊奇。

玉团儿张口结舌地看着沈郎魂,沈郎魂相貌普通至极,但经唐俪辞这么一画,竟似全然变了一个人。

唐俪辞把他画得脸颊瘦下去,鼻子似乎就尖挺了起来,眼睛仿佛突然有神了许多,突然让人辨认出沈郎魂那双眼瞳生得非常漂亮,对着人一看,就像窗里窗外的光彩都在他眼里闪烁一般。

"天啊……你把沈大哥画成了……妖怪……"玉团儿低低地道,"怎么会变成这样……"

唐俪辞额上已有细碎的冷汗,手上搓了少许蛋清,拍在沈郎魂脸上,那些粉末的痕迹突然隐去,仿佛沈郎魂天生就长着如此一张俊美的脸。唐俪辞食指一划,在他右边脸颊上划出一道长长的伤口,鲜血沁出,很快结疤。经他一番整理,沈郎魂已是面目全非,判若两人,尤其脸颊上一道血疤引人注目。

唐俪辞浅浅地吐出一口气,微微一笑,指着林逋刚刚换下的儒衫:"你……你可以走了……给自己编个名号,就算施展武功也不要紧。"

林逋骇然看着面目全非的沈郎魂,玉团儿"扑哧"一笑:"我给沈大哥起个名字,就叫作'疤痕居士'潘若安怎么样?"

沈郎魂苦笑,拾起林逋的儒衫穿好,待他一身穿戴整齐,真是人人瞩目,任谁也想不出这位俊美书生就是沈郎魂。

阿谁为他整了整发髻:"沈大哥,去吧。"

沈郎魂点了点头,唐俪辞抬起手来,与他低声说了一阵密语,从怀里取出一样东西交给沈郎魂,他连连点头,大步向外走去。

这里紧邻望亭山庄,非常危险,能走一个是一个,唐俪辞难以行动,不得不留下,而沈郎魂离去,必是为了找到解决困境的方法。

必须想办法把风流店的人马全部引走,或者是找到举世无双的高手,在不惊动风流店的情况下将唐俪辞带离此地。

可能吗?中原剑会形势复杂难料,他只能向碧落宫求援。沈郎魂不动声色地走在乘风镇的街道上,先找了家酒馆吃了个饱,随后向北而去。

宛郁月旦会出手相助吗?沈郎魂心里其实没底,说不出地盼望望亭山庄里头的一干人等悉数暴毙,死得一个不剩。

三十七 ◆ 腹中之物 ◆

变成妖，真的会比人好吗？难道不是因为受不住做人的痛苦，所以才渐渐地变化为妖？方周死了、池云死了、邵延屏死了……有许多事即使再拼命努力也无法挽回，他所失去的岂止是人命而已？

望亭山庄安静了七八日，虽然每日都有不少人进出庭院，传递消息，但并没有人追查到沈郎魂和唐俪辞的下落。

抚翠以为那两人必定同行，但探子查来查去，也没有见到面刺红蛇的男子，腹部有伤的男人倒是抓了不少，但无一是唐俪辞。

左近的村镇也都搜过几次，也没有人见过与之相似的可疑人，沈郎魂和唐俪辞就如在那阵烟雾中消失了一般，毫无痕迹可寻。

冬日清寒，这几日下了几天雨雪，今日终是见了晴。唐俪辞已在镇边的民宅中养息了七八日，屋子的主人收了他一千两银子的银票，欢欢喜喜地藏在地窖中，平日一声不吭，对头顶发生之事不闻不问。

唐俪辞并未在阿谁三人脸上施以脂粉，他只是略教了几人绘妆的手法。阿谁几人在自己脸上涂上些炭灰和蛋清，将一张清秀的面孔涂得灰暗难看，眼下略微上了胭脂，显得一双双眼睛都是又红又肿，虽然不及唐俪辞手法高妙，却也和原来大不相同。

唐俪辞在自己脸上略施脂粉，打扮成一个女子，阿谁给他腹部伤口扎上布条止血，为防被人发现他腹部有伤，她索性在他腰上重重缠绕布条，将他扮成身怀六甲的孕妇。他那头银发引人注目，阿谁将墨研开，敷在束起的银发上，染为黑色，发上再包上暗色发带，遮住颜色古怪的头发。

凤凤就整日趴在唐俪辞的床上，唐俪辞倚床而坐，凤凤就趴在床尾，将头埋进被褥中，背对着他露出个小屁股。唐俪辞大部分时候并不理睬他，有时候天气着实寒冷，凤凤冻得哆嗦，才会替他盖盖被子，但唐俪辞一动手凤凤就大哭，仿佛被狠揍了一顿。

日子就如此过去了七八日，唐俪辞腹部的伤口逐渐痊愈，阿谁隔几日便为他换药，虽然伤口好得很快，但她心里没有任何欢喜之情。

沈郎魂那一刀刺得很深，并且和他腹上两道旧伤重叠，撕裂了旧伤的伤口，伤口很大，几乎看得清伤口下的脏腑。她第一次为他上药的时候，隐约看见了腹内深处有一团血肉模糊的东西，那就是方周的心吧……但……一瞥之间，她觉得那东西不像人心。

是一团……很不祥……很可怕的东西……

人心埋在腹中，经过数年的时间，到底会变成什么？依然是一颗心吗？

她没有机会再把它看仔细，唐俪辞的伤口痊愈得很快，到第八日已经结疤结得很好。养伤的时候，唐俪辞就坐在床上看书，她不明白为什么他还能看得下《三字经》《千字文》之类的书本。唐俪辞看得很慢，有时候残烛映照，窗外是纷纷雨雪，那书卷的影子映在他秀丽的脸颊上……仿佛有一种温柔，在那灯影雪声中缱绻。

林逋是饱学的书生，经卷的大行家，唐俪辞并不和他谈书本或者诗词，他看书只是一个人看，不和任何人交谈，也不发表任何看法。

倚床而坐，他对着一页书卷凝视很久，而后缓缓翻过一页，再看许久。

这种时候，他的心情想必很平静，虽然没有人知道他究竟在想些什么，但他的确很平静。

冬日的晴天，天高云阔，大门"咯吱"一响，玉团儿买菜回来，见屋里一片安静，吐了吐舌头，悄悄地往里探了探头。唐俪辞倚在床上看书，他今日并未改扮女子，阿谁支颐坐在厨房的凳子上，望着洗刷干净的灶台静静地发呆，凤凤坐在唐俪辞的床上认真地看屋顶上飞舞的两只小虫。

"唔……唔唔……"凤凤看见玉团儿回来，手指屋顶上的飞虫，"呜呜呜呜……"

玉团儿踏入门里一扬手，那两只小虫应手落下，凤凤立刻笑了，向她爬过来，又指指地上又指指墙上，柔润的小嘴巴嘟了起来："呼……呼唔……"漂亮的眼睛睁得很大，"咕咕咕……"

玉团儿见他嘟着嘴巴指指点点，眼神专注得不得了，却不知道他在说什么，凤凤爬过来抓住她的衣袖："呜呜呜……呜呜呜……"

"你再'呜呜呜'一百次我也不知道你在说什么啊！"玉团儿捏了捏他的脸，小婴儿的脸颊粉嘟嘟的很是可爱，但她手一伸刚刚捏住他的脸，凤凤一转头就咬了她一口，满脸不高兴，又爬进被子下躲了起来。

"哇！"玉团儿揉着手背，"会咬人……"

唐俪辞翻过一页书卷，悠悠地道："他叫你打死墙上和地上的小蜘蛛。"

玉团儿瞪了他一眼："你知道他在说什么，为什么不打？"

唐俪辞合起书卷："你帮他打死一次，明天你不继续帮他，他就会哭的。"他的手平放在被褥上，那床被子是水绿色的，映得唐俪辞的手白如玉，"你能时时刻刻帮他打蜘蛛吗？"

玉团儿歪着头看他："你真狠心，小时候你娘一定不疼你。"

唐俪辞坐得很正，摆的是一副端正华丽的姿态，仿佛他的面前是一座宫殿："你娘很疼你。"他微微一笑，"所以你什么也不怕。"

"我怕死。"玉团儿看见阿谁的目光转了过来，她转身就往厨房去，"我很怕死，除了死我什么都不怕。"

唐俪辞微微垂下眼睑，玉团儿提着菜篮和阿谁叽叽喳喳地说今日的午饭要做几道菜，他在想……姓玉的小丫头，除了死，什么都不怕。

要她死很容易。

唐俪辞摊开右手，他的手掌很白，褶皱很少，既直且润，这只手掌杀过很多人。有时候，他会在指甲边缘涂上一层"秋皂"，那是一种毒药，不算太毒，但它会令皮肤溃烂，留下深深的疤痕。

他喜欢在别人身上留下痕迹，最好是永远不会消退的那种。小时候，他在小猫小狗身上刻字，有时候刻得太深，流了一地的血，差点死了，游戏很无趣。后来他在人身上留下伤痕，凡是永远不会消退的，都让他很愉悦。

玉团儿什么也不怕，只怕死。要杀了她很容易，但她死了，便真的什么也不怕了。唐俪辞翻开刚才的书卷，垂下视线静静地看，人总是要有恐惧的东西，人人都一样。

"阿谁姐姐你刚才在想什么？"玉团儿把萝卜拿出来，在案板上摆了一溜，"凤凤叫人打蜘蛛你都没听见？"

阿谁摇了摇头，她方才全然在出神："没有，我在想唐公子。"言罢接过萝卜，在清水中洗了洗，开始削皮。

"想唐公子什么？"玉团儿掰了块脆萝卜就吃，咬在嘴里的声音也是一片清爽，"想他的伤好了没有？"

阿谁摇了摇头，轻轻笑了笑："不知道……想来想去，好像什么也没想，又好像想了很多很多。"

玉团儿凑到她耳边，悄悄地道："喂，阿谁姐姐，人的肚子上划了那么大一个口子还能活吗？他会不会是……妖怪？"

"妖怪？"阿谁怔了一怔，将装满萝卜的盆子放到一边，"能活下来是因为唐公子武功高强，底子很好吧？他当然不是妖怪。"

玉团儿小小地哼了一声："我觉得他挺像妖怪。"她蹲下身去点火，不再说唐俪辞了。

妖物吗……阿谁将切好的猪肉拌上作料，默默地看着灶上的铁锅，如果她不曾识得唐俪辞，或许也会以为这样的男人就是个妖物而已，但如今总觉得……再多几个人说他是妖物，他或许真的就……完全化身为一种"妖物"。

一种刻意完全掩盖了人性的妖物，以操纵他人的喜怒为乐，无所不能，无坚不摧，永远不死。

唐俪辞会化身成这种妖物，自从池云死后，这种趋势更加明显了。

但……变成妖，真的会比人好吗？难道不是因为受不住做人的痛苦，所以才渐渐地变化为妖？方周死了、池云死了、邵延屏死了……有许多事即使再拼命努力也无法挽回，他所失去的岂止是人命而已？唐公子就是……非常胆怯的人而已，他太容易崩溃了，为了不让人发觉和不让人耻笑，宁愿妖化。

阿谁将猪肉在锅里略炒，盖上锅盖闷着，抬起眼向屋外看了一眼，她看见唐俪辞摊开自己的手掌，细细地看手指，不知在想些什么。

玉团儿洗好了青菜，站起身来，正要另架一个炒锅，突听脚步声响，林逋匆匆自外面进来："阿谁姑娘，阿谁姑娘。"

阿谁放下锅铲："林公子？"

林逋手里握着一卷告示："今日乘风镇口那块碑上贴了一卷告示，说乘风镇中藏有妖孽，望亭山庄为除妖孽，每日要从镇里选一人杀头，以人命作法，直到妖孽现身被灭为止。

"妖孽一日不见，望亭山庄就杀一人。现在乘风镇的百姓已逃走大半，风流店的人也抓了不少人吊在山庄外面的树上，说一日杀一人。"

"风流店派出大批人马找不到我们，所以就设下诱饵，要我们主动现身去救人。"阿谁跺了跺脚，"他们已经开始杀人了吗？"

林逋摇了摇头："不，他们说今夜三更，如果抓不到妖孽就杀人。"听说这消息以后，他已让地窖里的一家人快快逃走，以免遭到风流店的毒手。

"他们抓了几个人？"唐俪辞的声音温和地传来，阿谁和林逋一惊，玉团儿抢先道："喂！你要去救人吗？你的伤还没好呢！他们就是要引你出去啊，你要是去了就中人家的计了。"

唐俪辞手握书卷，微微一笑："我的伤已经好了很多。"

"救人的事，我们来想办法，你万万不能去。"阿谁走到门口，低声道，"他们必定设下天罗地网要抓你。"

唐俪辞翻过一页书卷，并不看她，柔声道："你是想说你愿意替我去死吗?"

阿谁微微一震:"唐公子身负江湖重任,如果我死能够换唐公子平安,阿谁死不足惜。"

"砰"的一声,一片水花在阿谁面前溅开,几块碎瓷迸射,在阿谁脸上划开几道细细的伤痕。

玉团儿大吃一惊:"你干什么?"

林逋也是吃了一惊,唐俪辞听到阿谁那句"死不足惜"之后,猛地把书卷摔了出去,那书卷夹带着凌厉的怒气和真力,轰然击碎桌子,桌子上的茶壶飞了起来炸裂在阿谁面前,射伤了她的脸。

"你干什么?好端端的,摔什么东西?阿谁姐姐哪里得罪你了?"玉团儿把阿谁拦在身后,怒目瞪着唐俪辞,"她是为你好,换了我才不肯替你去死呢!你干吗弄伤她的脸?"

林逋一拉玉团儿的衣袖:"玉姑娘。"

玉团儿回过头来:"干吗?"

林逋手上加劲,把她拉出房外,关上了房门。

凤凤从被子里爬了出来,看着他们两个。

阿谁脸颊上的伤痕慢慢沁出细细的鲜血,唐俪辞看着一地七零八落的碎木和瓷片,眼中毫无悔意,冷冰冰地道:"总有一天,要你真心实意地为我去死。"

阿谁闭上眼睛,摇了摇头,低声道:"如果我永远不真心实意,你是不是永远不肯放过我?"

"就算找到了比你更顽固难驯的人,我也不会放过你。"唐俪辞阴森森地道,"绝对不会放过你!"

阿谁伤口处的血凝成一滴,缓缓顺腮而下,就如眼泪一般:"让我……让我真心实意地为你发疯为你去死,能让你得到什么?看我为你去死……难道当真……当真那么有趣,那么值得期待?"

"能让我高兴。"唐俪辞自床榻起身,弯腰捏住阿谁的下颌,将她的头微微抬起,"你是一样稀世珍宝,天生内媚能引诱所有的男人,你征服所有的男人,我征服你,岂不是很好?"他柔声道,"你也可以想象……这是因为我被你深深吸引,是我爱你的一种方式。"

"你不爱我!"阿谁一把将他推开,别过头去,胸口起伏,"有很多人爱我,有很多人为我癫狂,但我知道你没有!"

唐俪辞笑了,将她从地上缓缓扶起,脸颊挨着她的脸颊,缓缓下移,温热的唇来到她的耳后颈侧,轻轻呵了一口气。阿谁全身一颤,只听他柔声道:"这就是了,他们为你疯狂为你去死,你为我疯狂为我去死……这就会让我很高兴。阿谁姑娘……"他吻了下她的耳后,"你很荣幸。"

阿谁瘫倒在他怀里,唐俪辞的吻无疑比她经历过的任何一个男人都销魂,但眼泪自顾自地夺眶而出:"如果我为你去死,我死了以后你很高兴,我在九泉之下会非常伤心……你是不是从来……不在乎我会不会伤心?"

唐俪辞细细看着倒在臂弯里的女人,柔声道:"当然,你伤心是你的事。"

阿谁幽幽地道:"你曾经说过,你觉得我好,希望我永远活着、希望我笑、希望我幸福。"

"我说过,我说的时候满塘月色,荷花开得很大。"唐俪辞微笑,声音越发温柔,"花香酒色,那时候你很疲惫,很想念孩子。"

阿谁睁着一双眼睛无神地望着房梁,缓缓地问:"那句话……是假的吗?"

唐俪辞将她抱起,慢慢吻了下她的额头:"那句话是你想听的。"

阿谁缓缓地道:"我只是想要一个人带着凤凤,不想认识什么唐公子、郝侯爷、柳尊主……不需要任何男人来爱我,我自己可以过得很好。"

"但那不是幸福。"唐俪辞搂住她的腰肢,将她整个人横抱起来,转过去对着冬日的阳光,"要有一个人能紧紧地抱着你,抱着你看朝阳,看夕阳;在你伤心的时候紧紧地抱着你,在你做梦的时候紧紧地抱着你,在你做错事的时候紧紧抱着你;从来不责怪你,永远都觉得你美丽……"他吻着她姣好温润的后颈,那种温热混合着唐俪辞特有的柔腻气息,"那才是幸福。"

阿谁靠在唐俪辞怀里,与他一起看着阳光,颤声道:"你为什么不期待'幸福',却要期待有人为你去死?"像他这样的人,要找到真心相爱的女人有什么难?为什么他不肯?为什么他只期待有人真心实意地为他去死?

"就算是'幸福',也未必能永远。"唐俪辞柔声说道,"而'死'能。"

阿谁迷离地看着眼前的阳光,抱着她的这个男人真的是……疯了吧?眼泪一滴一滴地往下落,她不知道自己在哭什么,是很想要理解这个男人,很想知道为什么他会如此疯狂,很想知道他到底深深渴望着什么、缺少了什么?很想说服自己要同情他、很希望他能幸福,但——要她敞开心扉等待唐俪辞一点一点侵入她的心占据她的灵魂，任凭自己的人生崩溃，弃凤凰于不顾，她无法得到这样的勇气……

"我……怎么样都爱不上你……我心里想着别人……我心里……"她喃喃地道，"我心里……"

唐俪辞将她轻轻放下，自己在椅子上坐下，徐徐含笑："你心里想着谁？"

"傅……主梅……"她踉跄退开两步，远远靠着墙站着，眼神一片迷离。

唐俪辞抬起眼看着她，她再度顺着墙滑坐到地上，他的眼神很奇怪，非常奇怪……她眼里的唐俪辞在蒙眬中变形又变形，说不上是变成什么东西，耳边听他柔声问："为什么？"

为什么？她望着眼里不住变化的妖物，嘴边旋起浅浅的微笑，痴痴地道："因为小傅他很好，他比你好。"

银角子酒楼的白衣小厮，春天的时候带着他的乌龟到郊外走走，去看有没有一样大的母乌龟，回来的时候折了一支柳条。那雪白的衣裳、青绿的柳条……湛蓝的天空和无尽的白云，那时候她跟在后面一直看着看着，一直幻想有一天他能看到自己，有一天能和他一起赶着那乌龟，到更深的山谷里去找那只母乌龟……

她的梦很虚幻，很小。

所谓梦，就是荒诞无稽的妄想。

傅主梅……

唐俪辞从椅子上站了起来，退了一步，反手扶住了床柱。这不是他第一次听到有人说"小傅他很好，他比你好"，上一次说这句话的

125

人是唐樱笛。唐樱笛是他父亲，他父亲说一个他从来没放在眼里的下人比他好，不但比他有天赋，品性和才能也比他好，他父亲对傅主梅充满了期待和赞赏。

那个晚上之后，他有意请了其他三个人一起喝酒，朋友们都到齐了，他便在酒里下毒，顺便还放了一把大火，他要带着傅主梅一起去死……可，他打开了越界的通道，以至于他们四个人的人生就此改变不能回头。

三年了。

他以为他已经摆脱了那个噩梦。

傅主梅原来是一个魔咒，不论他走到哪里、无论他有多优秀多出色多努力，在傅主梅面前永远一文不值。那个傻瓜不必付出任何东西，大家都觉得他好；因为他笨，所以他只要付出一点点努力，大家就都觉得他尽力了，都要为他鼓掌、为他欢呼喝彩。

只要他在场，大家的注意力就都被他吸引，人们总是喜欢只要呼喊一下名字，就会露出笑脸、响亮回答的白痴。那就是个白痴而已，遇到问题的时候不知道怎么解决，永远只会问他的白痴！既没有品位也没有眼光，连该穿什么样的衣服都要来问他的白痴！他让他坐就坐、站就站、趴下就趴下的白痴！一个因为莫名其妙的理由中毒，连累自己差点丧命于洛阳的白痴！

因为小傅他很好，他比你好。

听到这句话的瞬间，他真想杀了这个女人，如果不是他已经听过一次，真的会杀了这个女人。

没有人……想过他为了能这么优秀付出了多少吗？

为什么总会觉得那种白痴比较好？

只是因为大部分人做不到那么白痴吗？做不到对任何人都露出笑脸、做不到听到谁呼唤自己的名字都回答、做不到有人叫你坐就坐、叫你站就站、叫你卧倒就卧倒……喊！那是狗做的事吧？对谁都摇尾巴，还是只笨狗才会做的事，但就是讨人喜欢。

一滴冰凉的水珠滴落在手背上，他抬起手背掠了一下额头，浑身都是冷汗。

阿谁以迷茫的眼神怔怔地看着他，在他看来那是一种可以肆意踩躏的状态，他随手从地上拾起一块碎瓷，握住那块碎瓷慢慢地弯下腰，慢慢往阿谁咽喉划去。

阿谁一动不动，仿佛并没在看他在做什么，她陷在自己迷离的世界之中，眼前的一切全是光怪陆离。

碎瓷的边缘一寸一寸地接近阿谁的咽喉，连他自己也不明白，究竟是想在阿谁脖子上划上一道重重的伤口，还是真的就此杀了这个女人……

"喂！你在干什么？"

眼前一道粉色的光华闪过，"嗒"的一声微响，唐俪辞手中的碎瓷乍然一分为二，跌落下来，阿谁咽喉前挡着玉团儿的脸。玉团儿手握小桃红，对他怒目而视："你发高烧糊涂了吗？你要杀人吗？你想杀谁啊？莫名其妙！还不回床上睡觉！"

阿谁悚然一惊，抬起头来，茫然地看着唐俪辞。

唐俪辞看着玉团儿和阿谁，那一瞬间阿谁几乎以为他要把她们俩一起杀了，但他手握碎瓷，握得很紧，握得鲜血都自指缝间流了出来：

"小丫头,把你阿谁姐姐扶出去,煮碗姜汤给她喝。"他说得很平静。

他竟然能说得很平静。

玉团儿指着他的鼻子,怒道:"下次再让我看见你对阿谁姐姐不好,我才要杀了你!"

唐俪辞充耳不闻,平静地道:"出去。"玉团儿还要开口,唐俪辞那沾满鲜血的手指指着门口,"出去。"

阿谁拉着玉团儿的手,跟跄着走了出去。

唐俪辞看着那关闭的门,右手伤口的血液顺着纤长的手指一滴一滴地滑落,腹中突然一阵剧痛,他习惯性地抬起左手按上腹部,突然惊觉,那长期以来如心脏搏动的地方——不跳了。

方周的心不再跳了。

他彻底死了吗?

是被沈郎魂那一刀杀死的吗?

紊乱疯狂的心绪遭遇毫无征兆的巨大打击,唐俪辞屏住呼吸,努力感觉着腹内深藏的心,腹内剧烈地疼痛,但他只听见自己的心跳急促而慌乱,方周的心一片死寂,就如从不曾跳动过一样。

他愕然放下按住腹部的手,抬起头来,只觉天旋地转,天色分明很亮,但眼前所见突然一片黑暗。

在焦玉镇丽人居,众人未见柳眼,却得了一封柳眼所写的书信。那书信中的内容随着各大门派返回本门派而广泛流传,这七八日来已是尽人皆知。风流店在丽人居外设下埋伏,意图控制各派掌门,计谋为唐俪辞所破,各大门派均有感激之意,但事后唐俪辞并未返回好云山，不知去了何处。

碧落宫。

宛郁月旦听着近来江湖上的各种消息，神情很温柔，浅浅地喝着清茶。

傅主梅坐在一旁，也喝着茶，但他喝的是奶茶。碧落宫中有大叶红茶，他很自然地拿了大叶红茶加牛奶拌糖喝，这古怪的茶水男人们喝不惯，碧落宫的婢女们却十分喜欢，学会了之后日日翻新，一时往奶茶里加桂花糖、一时加玫瑰露，凡是整出了新花样都会端来请傅公子尝尝。傅主梅从不拒绝，并且很认真地对各种口味一一评判指点，很快大家便都能调制一手柔滑温润、香味浓郁的好奶茶。

"小傅杯子里的茶，总是比别人泡得香。"宛郁月旦闻着空气中淡淡的奶香，微笑着说，他的声音很闲适，听起来让人心情愉快。

傅主梅听他赞美，心里也觉得高兴："小月要不要喝？"宛郁月旦其实对牛奶并没有特别的爱好，却点了点头，傅主梅更加高兴，当下就回房间调茶去了。

铁静看着他的背影，脸上露出淡淡的微笑，这位傅公子当真好笑，从头到脚没有半点武林中人的模样，只要有人对他笑一笑，他便高兴得很。

宛郁月旦手指轻轻弹了弹茶杯："听到柳眼的消息，红姑娘没有说要离开碧落宫？"

铁静轻咳了一声："这倒没有听说。"

宛郁月旦微笑："那很好。"

铁静看着宛郁月旦秀雅的侧脸："但听说，近来江湖上出现的风流店新势力，七花云行客之首'一阙阴阳鬼牡丹'，有意寻访红姑娘的下落。"

"我想要寻访红姑娘下落的人应当不少。"宛郁月旦眼角的褶皱舒展得很好看，"但我也听说了一个奇怪的消息。"他的手指轻敲桌面，"我听说赵宗靖和赵宗盈已经找到了失散多年的'琅邪公主'，正上书皇上给予正式封号。"

铁静奇道："难道红姑娘不是公主？她不是公主，怎会有那块'琅邪郡'玉佩？"

宛郁月旦眼睫上扬："听说被奉为公主的，是钟春髻。"

铁静真是大吃一惊，瞠目以对，碧落宫和雪线子的"雪茶山庄"毗邻多年，他从不知道钟春髻竟然是公主之尊："钟姑娘是公主？但从没听她说起过她的身世。"

宛郁月旦摇了摇头，脸色甚是平静："钟姑娘不是公主。"

铁静低声问："宫主怎能确定？"

宛郁月旦缓缓地道："因为她是雪线子的亲生女儿，雪线子既然不是皇帝，她自然不是公主。"

"钟姑娘是雪线子的女儿？"铁静头脑乱了一阵，慢慢冷静下来，这其中必然有段隐情，"那雪线子为何说钟姑娘是他拾来的弃婴？只肯承认是她的师父？"

宛郁月旦沉吟了一会儿，突然微笑道："其实……铁静，你把门带上，不许任何人进来。"

铁静莫名其妙，奔过去关上了门。宛郁月旦从椅子上站起来，在屋里踱步踱了两个圈，举起一根手指竖在唇前："嘘……等大家都走开了。"

铁静忍不住笑了出来,要说宫主沉稳吧,他有时候却仍是孩子气得很:"宫主要说故事了?"

宛郁月旦点了点头,他也不回那把雕龙画凤的椅子,就地坐下,拍拍身边。

铁静跟着他往地板上一坐,抬起头来望屋顶:"宫主,这会让我想起小时候。"

宛郁月旦愉快地微笑:"钟姑娘是雪线子的女儿,其实不是什么复杂的故事,你知道雪线子前辈素来喜欢美人,他年轻的时候脾气也是这样。虽然他在三十六岁那年娶了一房老婆,但喜欢美人的脾气始终不改,他那老婆又难看得很……所以有一次……呃……"他有些难以启齿,想了半天,"有一次他在路上救了个相貌很美丽的姑娘,那姑娘以身相许,雪线子前辈一时糊涂,就做了对不起妻子的事。"

铁静听着前辈的风流韵事,甚是好笑:"他喜欢美人,怎会娶了丑妇?"

宛郁月旦悠悠地道:"这事他就没对我说过,但以前辈的武功脾气,如果不是他心甘情愿,谁能勉强得了他?总之,他在外头惹了一段露水姻缘,那姑娘十月怀胎,就生了钟姑娘。姑娘抱着孩子寻上雪茶山庄,非要嫁雪线子前辈为妾,结果雪线子前辈的发妻勃然大怒,当即拂袖而去,不见了踪影。"

"这……这只能怪前辈不好。"铁静又是想笑,又是替雪线子发愁,"之后呢?"

宛郁月旦悄悄地道:"前辈迫于无奈,孩子都生啦,他只好娶了那美貌女子为妾。"铁静叹了口气，谁都知道如今雪线子无妻无妾，孑然一身，谁知他也曾有娇妻美妾的一日。

宛郁月旦继续道："他那发妻听说他成婚的消息，一气之下孤身闯荡南疆，就此一去不复返。雪线子思念发妻，于是前往南疆找寻，一去就是两年，等他寻到妻子，已是一具白骨，听说是误中瘴毒，一个人孤零零地死在密林之中。"

铁静安静了下来，心里甚是哀伤，宛郁月旦又道："等他安葬了妻子，回到雪茶山庄，却发现妾室坐在山前等他归来，身受高山严寒，已经病入膏肓，无药可救。"

铁静戚然，重重吐出一口气："两年？"

宛郁月旦点了点头："他去了两年，回来不过一个月，妾室也撒手尘寰，留下两岁的钟姑娘。他从不认是钟姑娘的生父，我想……也许是因为愧对他的发妻和妾室，也可能是不想让自己的女儿知道娘亲是因他而死，总之……"他悠悠叹了口气，"前辈的前半生不尽如人意。"

"但钟姑娘怎会被误认为是琅邪公主？"铁静低声问，"她只怕不知道自己的身世，一旦真相大白，岂非欺君之罪？"

宛郁月旦摇了摇头："这事非常棘手，能极易掀起轩然大波。红姑娘虽然并无回归之意，但柳眼必然知道她的身世。"他轻轻呼出一口气，"她痴恋柳眼，必定对他毫无保留，而柳眼若是知道，或许鬼牡丹也会知道。一旦鬼牡丹知道红姑娘才是公主，他就会拿住红姑娘，威胁钟姑娘。"

"威胁钟姑娘和赵宗靖、赵宗盈，以禁卫军之力相助风流店？"铁静声音压得越发低沉，"可能吗？"

宛郁月旦又摇了摇头:"禁卫军不可能涉入江湖风波,就算要用其力,也是用在宫里。"

铁静骇然:"鬼牡丹想做什么?"

宛郁月旦叹了口气:"我不知道。"

两人一起沉默了下来,方才轻松愉快的气氛荡然无存。

过了好一会儿,铁静低声问:"这种事,唐公子会处理吗?"

宛郁月旦微微一笑:"会。"

铁静苦笑:"这等事全无我等插手的余地,唐公子真是奔波劳碌,时刻不得休息。"

宛郁月旦静了一会儿:"他……"铁静静待片刻,只听宛郁月旦的声音很温柔,"他若是没有这么多事,想必会更寂寞。"

两人坐在地上,一只雪白的小兔子跳了过来,钻进宛郁月旦怀里,他轻轻抚了抚兔子的背:"江湖腥风血雨,我觉得很无趣,但有人如果没有这腥风血雨,人生却会空无一物……"

"宫主!宫主——"门外突然有脚步疾奔,随即一人"砰"的一声撞门而入,铁静一跃而起,喝道:"谁?"

宛郁月旦站了起来,只见闯进来的人满身鲜血,碧绿衣裳,正是本宫弟子。

铁静将他一把抱住,那弟子后心穿了个血洞,眼见已经不能活了,紧紧抓住铁静的衣裳,喘息道:"外面……有人……闯宫,我等挡不住……宫主要小心……"话未说完,垂首而死。

宛郁月旦眼神骤然一变,大步向外走去。铁静将人放在椅上,紧随而出。

但见偌大碧落宫中一片哗然,数十名弟子手持刀剑与一人对峙,碧涟漪长剑出鞘,正拦在来人之前。

宛郁月旦瞧不见来人的模样,却能感觉一股冰冷入骨的杀气直逼自己胸前,仿佛对面所立的,是一尊斩风沥雨而来的魔,天气冰寒森冷,那尊魔的身躯之内却能燃烧起炽热的火焰一般。

持戟面对碧落宫数十人的人,正是狂兰无行。方才,他走到碧落宫门口,看门弟子认得他是狂兰无行,知道此人在宫内疗养甚久,也未多加防范,结果朱颜一戟穿胸,杀一人重伤一人。

"宛郁月旦?"朱颜的声音冷峻,带有一股说不出的恢宏气象,仿佛声音能在苍茫大地间回响。

宛郁月旦站在人群之前,右手五指握起收在袖内:"正是,阁下受我救命之恩,却不知为何恩将仇报,杀我门人?"他的声调并不高,声音也不大,然而一句话说来恩怨分明,不卑不亢。

朱颜长戟一推:"受死来!"他对宛郁月旦所说的话充耳不闻,褐色长戟挟厉风而来,直刺宛郁月旦胸口。

碧涟漪大喝一声,出剑阻拦,长剑光华如练,矫如龙蛇,与长戟半空相接,只听"嗡"的一声长音,人人掩耳,只觉耳鸣心跳,天旋地转。碧涟漪持剑的右手虎口迸裂,鲜血顺剑而下,他架住朱颜一戟,手腕一翻,刷刷三剑向他胸口刺去。

"碧大哥,回来!"宛郁月旦在那满天兵刃破空声中喝了一声,他的声音几乎被长戟破空之声淹没。碧涟漪却听见了,身形一晃,乍然急退。

朱颜往前一步,蓦地袍袖一拂,只见他紫色袍袖上密密麻麻扎满了肉眼几不可见的细细银针,他抬头森然地望向宛郁月旦。宛郁月旦右手拿着一样形如鸡蛋的东西,对他晃了一晃,微微一笑。

那是"五五四分针",淬有剧毒,这种机关暗器使用起来手法复杂,常人一双手一起用上也未必能操作得宜,宛郁月旦却是用一只右手便全部射了出去。

朱颜长戟以对,刃尖直对宛郁月旦的胸口,谁都看得出他正在盘算如何对准宛郁月旦的胸口,然后飞戟过去,先击碎宛郁月旦的胸骨,再击穿他的胸膛。

"宫主……"碧涟漪接住朱颜方才一戟,气血震荡已受了内伤,眼见朱颜举起长戟,就要掷出,他低低地叫了宛郁月旦一声,尽力提起真气,准备冒死挡住这一击。

这一击和方才一戟必定不可同日而语,狂兰无行为何会突然折返要杀宛郁月旦,其中的缘故他并不明了,但绝不能让此人在碧落宫中为所欲为,更不必说让他杀死宫主!

就算他死!也绝不会让狂兰无行伤及宛郁月旦一分一毫!

长戟挥舞,在空中翻了个触目惊心的圆,朱颜挥戟在手,微风吹过他杂色的乱发,光洁的刃面上映着他妖邪的面容,"呼"的一声,长戟应手而出。

带起的风并不是很大,和人们想象中的惊心动魄并不一样,碧涟漪长剑挥出,横掠出数十道剑影斩向那长戟。朱颜手一翻戟一横,"当当当"一连数十声,戟扫如圆,嗡然一声,一柄长剑脱手飞出,闪烁着日光的影子落向一旁。

在众人的惊呼声中,碧涟漪口喷鲜血,一连倒退三步,"砰"的一声撞上铁静的身子才站住。铁静将他扶住,指节握得"咯吱"作响,硬是忍住没有作声,站在宛郁月旦身旁。

如果连碧涟漪都对付不了,他更不能。

"霍"的一声,长戟再度翻了个圆,一模一样的姿势,刃尖直指宛郁月旦。朱颜脸上带着一抹冰冷的嘲讽,似乎在笑碧落宫偌大名声,却着实不堪一击。碧落宫弟子各握刀剑,暗暗准备朱颜这一戟若是击出,自己要如何招架、如何为宛郁月旦挡下一击。

"呜"的一声,长戟再度晃动,风声依然很小,众人的刀剑不约而同地挥出,但听"噼里啪啦"一阵脆响,如跌碎了一地瓷盘,刀折、剑断、人伤!一柄长戟自数十柄刀剑的重围中霍然突出,仿佛丝毫不受阻碍,直刺宛郁月旦胸口!

刃如光、戟似龙,追风耀日,天下无双!

"宫主!"众人齐声惊呼,铁静袖中链挥出,"当啷"绕了那长戟一圈,然而戟上蕴力极强极烈,细长的钢链一摧而断,丝毫没有阻碍长戟前进!

电光石火的瞬间,宛郁月旦甚至来不及往旁侧退一步!

"当"的一声脆响!

那柄所向披靡的长戟突然从中断裂,刃尖微微一歪,擦着宛郁月旦的衣角飞过,轰然插入他身后的砖墙,灌入四尺之深,足以将砖墙对穿。众人骇然抬头,只见一物盘旋飞回,落入一人手中,刚才正是这人出手断戟,救了宛郁月旦一命。

来人一身白衣,发髻微乱,右手持刀,左手还端着一杯茶,正是傅主梅。

朱颜眼见长戟被断,并不在乎,抬起头来,狂傲的眼神往傅主梅身上灼烧而去:"是你。"

傅主梅左手端茶右手持刀,似乎有些摸不着头脑,将茶往宛郁月旦手里一递,他握刀在手:"是我。"

朱颜右手向前,五指微曲,摆出了一个奇怪的架势:"小子,你要是败不了我,碧落宫满宫上下我人人都杀,鸡犬不留!"

傅主梅眼帘微闭,缓缓睁开,他的眼神变得清澈而凛冽,空气也似变得更冷更清寒。渐渐地,他的周身都似笼罩着一层白雾:"我在这里,就不许任何人伤害碧落宫里任何一样东西。"

一人自庭院后摇摇晃晃地走来,手里提着一壶酒,往嘴里灌了一口,醉眼蒙眬地看着朱颜和傅主梅二人。朱颜那五爪式是一门罕见的绝技,叫作"狂颜独雁",比起任何一派名门的爪功都不逊色,傻小子的飞刀绝技虽然惊人,但未必避得过朱颜的五爪。这醉酒观战的人是梅花易数。

微风徐吹,傅主梅身周清冷的空气缓缓地往朱颜身前飘拂,朱颜右足一顿,一身紫袍突然战栗颤抖,衣角纷飞,再过片刻就似地上沙石也跟着那衣角战栗颤抖起来,日光之下,随衣角战栗颤抖的影子就仿佛无形无体的黑蛇,不住地翻涌长大。

碧涟漪略调了下气息,让铁静、何檐儿等人护着宛郁月旦缓缓后退。碧落宫众越聚越多,队列整齐,阵势庞大,数名元老也一起站出,将朱颜和傅主梅团团围住。

"呵——"一声低吟,朱颜口中吐出一口白气,刹那间身形已在傅主梅面前,五指指甲突然变黑,一股浓郁的腥臭之气扑鼻而来。那并非指上有毒，而是气血急剧运作，连自己的指甲都承受不住那种烈度，刹那间焚为焦炭。傅主梅看得清楚，御梅刀飞旋格挡，寒意弥散，就如于指掌间下了一场大雪。

"啪啪"声响，两人瞬间已过了五十余招，观者皆骇然失色。朱颜指上真力高热可怖，五指掠过之处，略微带及傅主梅的衣裳，那衣裳立即起火。傅主梅刀意清寒如冰，刀刃过处，火焰立刻熄灭，刀上所带的寒意令冬日水汽成霜，经朱颜指风一烤，白霜化为水雾纷纷而下。他二人一白一紫，就在众人围成的圈子里动手，指刀之间忽雨忽雪，纷纷扬扬，气象万千。

"难得一见……"闻人鏊喃喃地道，"这两人都是百年难得一见的奇才。"

宛郁月旦虽是看不见，却能想象得到众人眼前是多么令人惊骇的景象，微微一笑。

碧涟漪看着那二人动手的奇景，两人的招式变化都非常快捷，咽喉前不到五寸的空间之中刀刃与指掌不断变化招式，有许多戳刺点都不住重复，但那两人能以一模一样的力度和角度格挡。

超乎寻常的集中力……而若非彼此都有高超的控制力和稳定性，若非遇上了同样意志力惊人的对手，绝不可能迸发出如此奇景，就如一曲高妙动人的琵琶正弹到了最快最绵密的轮音。

弦拨愈急、音愈激越，杀伐声起，如长空飞箭万马奔腾，金戈舞血空余长歌哭，刹那间人人心知已到弦断之时！

"嗡"的一声响振聋发聩，傅主梅的刀终于寻得空隙，对朱颜的右肩直劈而去！那一刀精准沉敛，"刀"之一物，最强之处不就是劈和砍？这一刀劈落，刀风穿透朱颜五指指风，刹那间"嗡"然震动之声不绝，人人掩耳，仿若傅主梅不是只出一刀而是撞响了一具巨大的铜钟，身后屋宇的窗棂"咯咯"作响，裂了几处。朱颜侧身闪避，然而刀意远在刀前，刀未至，"噗"的一声他肩上已开了一道口子，鲜血泉涌而出！

朱颜的眼骤然红了，瞬间腮上青红的一片赫然转为黑紫之色，"哈——"的一声吐声凝气。闻人壑脱口大叫"**魑魅吐珠气！**"，碧涟漪夺过身边弟子的长剑，御剑成光华，不由分说一剑往朱颜背上刺去。

魑魅吐珠气，是一门吃人的魔功，但凡修炼这种内功心法的人无一例外都会突然死去，并且全身发黑、血肉消失殆尽，只余下一具骷髅般的干尸。

武林中对这门功夫闻之色变，其恶名不下于《往生谱》。七十年前曾有一人练成这门武功，而后滥杀无辜，最后神志疯狂自尽身亡。听闻他之所以能练成"魑魅吐珠气"，是因为他体内脏腑异于常人，共有两颗心、两个胃、两副肝脏。

眼前朱颜竟能施展"**魑魅吐珠气**"，难道他也一样天赋异禀？魑魅吐珠气悍勇绝伦，听闻强能摧山裂地，拍人头颅就如拍烂柿子，并且身中"**魑魅吐珠气**"的人，也会全身发黑、血肉消失殆尽而死……

"漪！"闻人壑失声惊呼。朱颜发黑的五指已对着傅主梅的胸膛插落，指上五道黑气如雾般喷出，傅主梅御刀在先，刀光乍亮，朱颜右肩上的伤口再开，"刺啦"一声似乎是断了骨头，然而那五指已触及傅主梅的胸前。

碧涟漪适时一剑斩落，朱颜右手蓦地收回反抓，碧涟漪剑刃在朱颜身后斩出一道伤痕，朱颜的五指业已插入他胸膛半寸！傅主梅大喝一声，血光飞溅，御梅刀如冰晶寒月般倒旋而回，朱颜的一条右臂被他一刀劈了下来！

"小碧！"傅主梅斩落朱颜右臂，那条手臂自碧涟漪胸前跌落，他一把抱回碧涟漪，片刻前冷静自若的神态荡然无存，"小碧！小碧小碧小碧！"

碧涟漪手里仍牢牢握着长剑，忍住涌到嘴里的一口热血，低沉地道："我没事！保护宫主！"

傅主梅连连点头，连忙奔到宛郁月旦面前将他挡住，想想不妥，又把碧涟漪抱了过来，交给铁静，脸上全是惊慌失措。

碧涟漪看在眼里，略微咳了两声，这人自己身中剧毒的时候全不在意，看到别人受伤却是一副快要哭出来的表情……

"怎么办？怎么办？"傅主梅眼睛转向断了一臂的朱颜，实际上根本没在看他，"小碧你痛吗？痛不痛？"

宛郁月旦的声音很温柔，沉静得仿佛能够抚平一切伤痛："他没事。"

铁静咬住牙勉力维持着一副冷淡的面容，他的剑在碧涟漪手上，碧涟漪没有松手，那剑就像牢牢地握在自己手上一样。

碧落宫众拔出刀剑，互击齐鸣，脸上均有愤怒之色。

朱颜断了一臂，缓缓站了起来，他连一眼也没有瞧自己断落的手臂，只是目不转睛地看着傅主梅，突然转过身去，厚重的紫色长袍发出一声震响，拂然而去，右肩伤处血如泉涌，他垂下眼睑，大步离去。

即使是断了一臂的狂兰无行,依旧无人敢挡。

碧落宫弟子让开一条去路,朱颜踏过的地方一地猩红,成片的血迹,沾染了血迹的脚印,身后是弃置的断臂和半截长戟插入墙角,冬日的风吹过,不知怎的,给人一种异常落寞的感觉。

三十八 ◆ 碧血如晦 ◆

阿谁低声道:"其实我很多时候都以为距离明白你只差一步,但这一步始终非常非常遥远。"

"呃……咳咳……咳咳咳……"

玉团儿再度端来一盆热水,阿谁坐在床边扶着不断呕吐的唐俪辞,他浑身冷汗,从方才将阿谁赶出去之后一直吐到现在。一开始吐的是食物和水,渐渐地连血都吐了出来,到现在没什么可吐的了,仍然不住地干呕。

玉团儿发现他不对劲破门而入时,唐俪辞已经说不出话,除了呕吐和咳嗽,他一句话都没有说。阿谁拿着热毛巾不断地为他擦拭,他那身衣服还是很快被冷汗浸透,冬日气候寒冷,摸上去冰冷得可怕,就像衣裳里的人完全没有温度一样。

"他……他是怎么了?不会死掉吧?"玉团儿看得心里害怕,低低地问阿谁。

阿谁默默地为他擦拭,受恐吓和伤害的人是她吧?为什么这个施暴和施虐的人看起来比她更像受害者?他看起来比她更像是……要死去的样子?他……他……

他心里究竟……想要她怎么样他才不会受伤害呢?难道是因为她

不肯听话，不肯心甘情愿真心实意地爱他，不肯为他去死，所以他才会变成这样？她的眼圈酸涩，怎能有人如此霸道、如此疯狂、如此自私、如此残忍？但……但他就是这么疯狂又脆弱，就是让人完全放不下……

好像一个……拼了命要赢得喜欢的人关注的孩子……那么拼命，那么异想天开，那么羞涩，又那么卑微可怜，脆弱得仿佛得不到重视就会死掉一样。

阿谁的眼泪在眼圈里转，你……你……那么脆弱，可是你最伤人的不是你的脆弱，是那个你想要赢得关注的人，根本不是我。

是吧？你想得到谁的关心？想得到谁"可以为你去死"的爱呢？

我觉得那根本不是我。

阿谁的眼泪顺腮而下，我根本不敢爱你，因为你根本不会爱我，可是每当你做了伤害我的事，为什么我也总是会觉得伤心、觉得失望呢？无论我心里想得有多清楚，总是会很失望，我想……那是因为我看着你对别人都好，保护所有人，却偏偏要伤害我，我觉得……很不甘心吧？

她望着唐俪辞的眼神渐渐变得温柔，在水桶里换了一条毛巾，你把我当成了谁的替身？是谁对不起你，没有关心你宠溺你，让你如此伤心和失望呢？

她想……她已经触摸到了唐俪辞心中的空洞，只是……救不了他。

"阿谁姐姐！你摸摸这里，他这里很奇怪。"玉团儿正在扯唐俪辞身上的衣服，要为他换一身干净的中衣，按到他腹部的时候，感觉到一团古怪的东西，比寻常人要略微硬了一点。

阿谁伸手轻按，那团东西约莫有拳头大小。她一用力，唐俪辞眉头蹙起，浑身出了一阵冷汗，虽然他不说话，但一定非常疼痛。

这就是那团她瞧见了一眼，但觉得不像人心的东西。

沉吟了好一会儿，她让玉团儿出去。

关上房门，她解开唐俪辞的衣裳。唐俪辞的肌肤柔腻光洁，但裸露的肌肤上有许多伤痕，较新的伤痕总共有两处，许多旧伤不知从何而来。

解开他衣裳之后，她轻轻按压。那团东西在腹中埋得很深，唐俪辞衣裳半解，一头银灰色的长发散在身侧，练武之人全身筋骨结实，曲线均匀，没有一丝赘肉。也许是呕吐到脱力，唐俪辞一动不动，任她摆布，眼睫偶尔微微颤抖，就是不睁开。

她为他擦干身上的冷汗，换了一身干净的中衣，坐在床沿默默地看他，看了好一阵子，心中流转而过的心事千千万万，说不出的疲倦与迷茫。

"唐公子，"她低声道，"你……埋在腹中的心可能起了某种变化。"唐俪辞闭着眼睛，一动不动，就似根本没有听见。

她继续道："它……也许比沈大哥的刀伤更可怕。"

唐俪辞仍然一动不动，但她知道他并不是神志不清。等了好一会儿，唐俪辞仍然没有回答，她尽量柔声问道："怎么了？觉得很难过吗？"她的手抬了起来，鼓足了勇气轻轻落在唐俪辞头上，缓缓抚了抚他的灰色长发。

唐俪辞的右手微微动了下，她停下手，看着他右手五指张开，牢牢抓住她的衣袖。他并没有睁眼，只是那样牢牢地抓住，雪白的手背上青筋绷紧,像要握尽他如今所有的力气,好像不牢牢抓住一点什么,他就会立刻死掉一样。

她没再说话,静静地坐着陪他。

天色渐渐暗了,黄昏的阳光慢慢自窗口而来,照在她淡青色的绣鞋上,绣线闪烁着旧而柔和的光泽。

夜色慢慢降临,整个房间黑了起来,渐渐地看不清彼此的面容。

唐俪辞仍然牢牢握着她的衣袖,他的呼吸突然急促起来,那种急促而紊乱的呼吸持续了好一会儿:"它为什么不跳了?"

他说了一句话,但她全然没有听懂:"什么……不跳了?"

他的呼吸更为烦乱焦躁:"它为什么不跳了……"阿谁怔怔地看着他,不知道他在说什么,他的手越握越紧,"好奇怪……好奇怪……"

他反反复复地说"好奇怪",她不知道他觉得什么很奇怪,慢慢抬起手,再一次轻轻落在他头上,第二次抚摸他的长发,比第一次更感觉到害怕,但如果她不做点什么,也许……也许他便要崩溃了吧?

好奇怪……为什么从来不觉得会改变的东西,总是会改变?相信的东西本来就很少了,却总是……总是……会变坏、会不见……唐俪辞用右手紧紧抓住阿谁的衣袖,抬起左手压住眼睛。

为什么他们不爱他?他是他们亲生的……但他们总是希望他从来不存在……为什么傅主梅会比较好?从来都不觉得的,到现在也不觉得的……为什么阿眼要变坏……为什么方周会死……为什么池云会死……

好奇怪……为什么连方周的心都不跳了?

他已经这么拼命努力,他做到所有能做的一切……为什么还是没有守住任何东西?

一只温暖的手落在他额头上,他没有闪避。

"我……想……我是怎样也不能明白你在想些什么的吧?"阿谁低声道,"其实我很多时候都以为距离明白你只差一步,但这一步始终是非常非常遥远。你说好奇怪,是在奇怪一些什么呢?"

她的手缓缓离开了他的长发:"我常常觉得奇怪,什么叫作天生媚骨,它又是怎样吸引人?为什么总会有不相识的男人会喜欢我……我很不情愿,一直都非常不情愿,也会害怕,但是从来都没有人想要知道我的想法。很多人说爱我,却说不清我到底好在哪里;有人为我倾家荡产,为我抛妻弃女,甚至为我而死……可是他只把我当作女奴。"

"如果只是想要一个女奴的话,是我或者是别人有什么不同呢?"她幽幽地叹了口气,"我觉得很空洞,这些年来发生的种种让我觉得很累,但不论我认识了多少人,其中又有多少人对我非常友善,仍然……没有人想要知道我心里……到底觉得怎样。"

她说着,不知不觉地再次轻轻抚摸了下唐俪辞的长发:"是我表现得太平静了吗?我觉得我不该诉苦,也许最痛苦的是受我这张面容蛊惑的男人们,他们为我尽心尽力,甚至为我丧命,是我亏欠了他们,所以我不能诉苦,我该尽量对他们好,尽量让他们不觉得愤怒和失望……"

她的声音停住了,过了好一会儿,她缓缓地道:"我不停地照顾人,遇见这个就照顾这个,遇见那个就照顾那个……而在男人们心中,我先是一个奴婢,而后变成了一个娼妓。"

她望着唐俪辞，眼神很萧索："我做错了什么……非得变成这样？"

唐俪辞压在左眼上的手臂缓缓放了下来，他睁开了眼睛，但没有看她，只是静静地看着屋梁。屋内一片黑暗，他的一双眸子在黑暗中熠熠生辉，就如窗外的星星一样。

"咚咚"两声，门外玉团儿轻轻敲了敲门，悄声问："阿谁姐姐，他死了没有？"阿谁淡淡一笑，拉开唐俪辞的手，站起身来开门出去。

玉团儿就站在门口，指指屋内："他死了没有？"

阿谁摇了摇头："他没事，只是心里难过。"

玉团儿奇道："他也会心里难过？"

阿谁握住她的手："无论是谁都会心里难过，你也会，对不对？"

玉团儿"嗯"了一声，又道："但再难过也没有用，他总是比较不想我的啦。对啦，快要三更了，林公子问要怎么去救人呢？再不去望亭山庄外面就只剩下人头了。"

救人？

阿谁恍惚了一下，只是一日而已，却仿佛过得很长很长，怎么去救人呢？她捋了下头发："妹子，你的暗器手法如何？"

玉团儿瞪大眼睛："不知道呢！我打过树林里的鸟和野猫。"

阿谁探手入怀，取出白素车给她的那柄"杀柳"："这是一柄削铁如泥的宝刀，我想风流店既然把人挂在树上，应该有绳索，你把绳索射断，他们应该就能下来了。"

玉团儿接过"杀柳"，却问："要是他们被点了穴道呢？要是他们的手脚也被绳子绑住怎么办？他们都不会武功呢！就算下来了怎么跑也跑不过风流店的追兵。"

阿谁低声道:"要你出手射断绳子就已经很危险了,如果风流店的人向你追来怎么办?我不知道怎么保护你,也不知道怎么保护林公子。"

玉团儿"哎呀"一声:"阿谁姐姐也有不知道怎么办的时候,我以为你什么都不怕呢!"

门槛一响,林逋负手而来:"望亭山庄外点起了许多火把,就算要悄悄靠近也不容易,已经有两个人被吊了起来,刀架在颈上……"他摇了摇头,目中流露出淡淡的悲悯之色,"只怕……"三人面面相觑,连累无辜之人为己丧命,于心何忍?

阿谁突然道:"有一个办法,我去自投罗网,说唐公子已经走了,让他们放了那些人。"

玉团儿连听也不想听:"胡说八道,他们抓到你会立刻杀了,哪会听你的话?"

阿谁摇头:"他们不会杀我,但若是你或林公子被找到,那便不一定能活命。"她咬了咬牙,往里看了一眼,"凤凤就拜托——"

她的话音戛然而止,林逋转过身来:"怎么?"

阿谁指着唐俪辞的房门,凤凤还坐在床上,刚才还躺在床上的唐俪辞却不见踪影,不知去了何处。

"他难受成那样,要怎么去救人?"玉团儿失声道,"刚才我还以为他要死了呢!怎么一下子就不见了?"

阿谁怔怔地看着空荡的床榻,他是去救人了吧?

当人……心智狂乱到他那样的地步之后,还知道要救人吗?

他只能救别人,却一直救不了他自己。

狂兰无行走了。

他带给碧落宫的惊心却还没有消散，碧落宫致命的弱点仍在，缺乏第一流高手作为中流砥柱，虽然说有朱颜这等武功的高手少之又少，世上最多不过三五个，但今日若是傅主梅不在，不免就当真被朱颜横扫而过。

朱颜虽然已经离开，他带来的满地血污还未擦拭，碧落宫一度人心惶惶，但很快众人便忘了惊惶，转为对碧涟漪的伤势担忧。

碧涟漪伤得很重，除了受朱颜强劲真力震伤内腑，危殆的是胸口结结实实地中了"魑魅吐珠气"。朱颜五指所留下的伤口很快发黑，所流的鲜血却异样地红，望之甚是可怖。

闻人鍪让碧涟漪服下治疗内伤的药丸，对那邪门的"魑魅吐珠气"却是束手无策，那胸口的伤口无法愈合，不住地流血，灼热的真气沿着碧涟漪的血脉往内腑侵蚀，若非碧涟漪本身根基深厚，只怕早已在"魑魅吐珠气"下烧成了一具焦黑的干尸。

房中，傅主梅正在为碧涟漪运功逼出"魑魅吐珠气"，闻人鍪配合他的运气扎针，但这种邪门武功强劲非常，究竟能不能救得了人，谁也说不准。宛郁月旦在碧涟漪房里待了一阵，静静地退出，不打扰碧涟漪休息。

和碧涟漪的房间隔了几个院子，红姑娘坐在房里，她听见外边喧哗了好一阵子，但并没有出去查看到底发生了什么事。看着碧落宫弟子匆匆集结，而后陆续返回，她听大家私下议论，是狂兰无行闯入碧落宫，要杀宛郁月旦。众人都很义愤，狂兰无行分明是碧落宫所救，此举恩将仇报，未免太过丧心病狂。

红姑娘心知，朱颜要杀宛郁月旦必然是受了桃姑娘的挑拨。她和真正的"狂兰无行"朱颜并不相识，所见的都是中毒之后失去神志的朱颜，但听说过朱颜的少许传闻。听说他痴恋一名女子，当年加入"七花云行客"便是为了那名女子，如今要杀宛郁月旦多半也是为了那名女子，那名女子姓薛，叫作薛桃，她曾经见过薛桃的画像，生得几乎和桃姑娘一模一样。

她是不知道那位薛姑娘究竟好在哪里，但能令狂兰无行这样的人物为之出生入死，必然是与众不同的女子。怔怔地想了好一会儿，想到连她自己都不知道自己在想些什么，她幽幽地叹了口气，尊主有了消息，却依然不知身在何处，她必须想法子让宛郁月旦将柳眼找到，然后藏匿到一处无人知晓的地方。在风流店中，她尚有一小股心腹，凭着尊主的九心丸，有她代谋，日后尊主仍有问鼎江湖的机会。

"我看我们还是去看下吧……"庭院外隐约传来人声，方才折返的几名碧落宫弟子又折了回来，"碧大哥伤得很重，现在不去看，也许……也许……"

另一人"嘘"了一声："别说了，听了怪伤心的。"

第三人也道："嗯，虽然碧大哥总是跟着宫主，和咱们不熟，不过刚才他挺身救人，虽然不敌那个狂兰无行，但是真是很有英雄气概。"

第一个说话的人的声音很哀戚："我一直以碧大哥为表率……"

说着说着，那几人渐渐地走过了。

红姑娘怔怔地看着门口，碧涟漪受了重伤，就要死了？她已有几天没有见到碧涟漪，但他生得什么模样她记得清清楚楚，一个俊朗挺拔的男子，坚毅、沉静，而且温柔，真的要说他有什么不好，只能说他不好在他不是柳眼。

碧涟漪的武功很高，高过碧落宫内很多人，但他说为碧落宫鞠躬尽瘁，便是为碧落宫鞠躬尽瘁，一点也不假。

碧涟漪当然没有柳眼俊美，当然……也没有柳眼那种仿佛无论如何都不会高兴的阴郁，没有那种缺乏了什么的空寂。他既不会弹琴，也不会写词，但……但他怎能就这样死了呢？她奔到门口，看着那几人的背影渐渐地远去，碧涟漪就快死了，当真吗？

碧涟漪房中。

傅主梅为他运功已过了大半个时辰，闻人謇甚是心焦，换了旁人，源源不断地使用真力救人，但傅主梅显然并未想会不会伤到他自己，而只是想尽力逼出碧涟漪胸口邪门的真力。

但傅主梅运了如此久的真力，只见碧涟漪胸口起伏，那焦黑的伤口与胸口略显苍白的肌肤相映，观之十分可怖，却不见好转。

闻人謇在碧涟漪全身大穴下了十二支银针，配合傅主梅的运功，只能勉强阻止碧涟漪胸口那剧烈的热力不过度侵入他的气血，一时间也想不出什么新的办法。

柔和的阳光渐渐地倾斜，冬日的阳光总是格外温暖，慢慢照入房内。碧涟漪的呼吸逐渐急促，纵使傅主梅和闻人謇全力施为，也终是难以阻止他的伤势逐渐恶化。

一道人影随着阳光慢慢映入房内。

闻人謇回过身来，站在房前的是红姑娘，他打心底不喜欢这个效忠风流店的年轻女子,眼见她站在门口,重重"哼"了一声,转身便走。碧涟漪身上的银针已经插完,有傅主梅在此,料想这女子也不敢对碧涟漪如何。

傅主梅虽在运功,却可以睁目说话,眼见红姑娘站在门口,很想对她笑一下,但又怕她突然生气,于是想笑又不敢笑,憋得满脸通红。

红姑娘见状,极淡地一笑,缓步走了进去。

碧涟漪慢慢睁开眼睛,看了她一眼,随即合上。傅主梅觉得碧涟漪胸口的真气略略一乱,随即安定,心里顿时说不出地佩服,如果换了是他受了这种很可能治不好的重伤,心爱的人来看望,心情一定会很激动吧?

"你……"红姑娘弯下腰来看碧涟漪,声音很轻,"快要死了吗?"

"咳咳……"碧涟漪睁开眼睛,"是。"

红姑娘目不转睛地看着他,仿佛在试探他有没有说谎,看了一阵,她缓缓地道:"你……你要是为了我去死,或许……我是不会来看你的。"晚风吹拂,她伸手摸了一下头发,那姿态很娴雅,"就像我如果为了尊主死去,他也一定不会来看我一样。但是我没有想到你……你还可以为了别的东西拼命……"

傅主梅呆呆地听着,他似乎听懂了一些,但大部分是不懂的,很认真地反驳了一下:"啊,你是在说阿眼吗?他不会喜欢你为他死的,他会很难受的。"

红姑娘没有理睬他,仍是淡淡地道:"这就是男人吗?"

"我不会让碧落宫受任何损伤。"碧涟漪的眼神很平静,仿佛并不觉得自己受的是无药可治的伤,也仿佛并不觉得痛苦,"只是如此而已。"

红姑娘看着他胸前的伤口:"就算自己受到这样的伤也不怕?"

碧涟漪道:"不怕。"

"你不怕死吗?"红姑娘低声问,"就这样死了,你这一生什么都没有,只为碧落宫而活,不遗憾吗?"

碧涟漪闭上眼睛,声音虽然很轻,却依然很低沉:"不遗憾。"

红姑娘看着他,他的确连睫毛都未颤动一下:"你……你真的是个很坚定的人。"她的声音起了一丝轻颤,"你难道从来没有……怀疑过、害怕过?从来没有不甘心,从来不患得患失吗?"

碧涟漪沉默,傅主梅目瞪口呆地听着她说话,只觉得自己的头脑本就不太聪明,听红姑娘说话是越听越糊涂了。

"我不相信人能这样坚定。"她继续低声道,"有一种……有一种……"她缓缓地道,"有一种不想让任何人担心的嫌疑。"

碧涟漪微微一震,傅主梅觉得碧涟漪体内稳定运转的真气突然乱了,红姑娘的声音拔高了:"我不相信有人能没有遗憾,不管是要死的人还是继续活着的人,只要是活着的人……我觉得每天都有遗憾,总有事情没有做完,总有各种各样的希望,总有计划和对将来的想法!总会有很多事做错、很多事失败、很多事没有指望,那就会不停地后悔和遗憾!

"就像你喜欢我,而我不但不把你当回事,还一而再再而三地伤害你那神圣不可侵犯的碧落宫!你说你不遗憾吗?你说你不想改变吗?你敢说没有期待吗?"

她顿了一顿:"即使是快要死了,正是因为你快要死了……不肯承认你不甘心,要掩盖你的遗憾,装出一副不会让任何人担心的样子,那才让人觉得……"她的声音低了下去,过了一会儿,她道,"很遗憾,很不甘心。"

傅主梅极力护着碧涟漪的真气不走入岔道,这一瞬间碧涟漪的内息紊乱得几乎找不到头绪。

"咳咳……"碧涟漪胸口的伤处变得更为焦黑,傅主梅觉得他的声音比内息平和了一百倍不止,"红姑娘,请回吧。"他平静地道,"天色不早了。"

"喂,这次你要是不死,我……"红姑娘并不走,缓缓地道,"我……有一个想法。"

碧涟漪道:"姑娘,早回吧,你打扰我……"

红姑娘打断他的话:"以后,你不要为了碧落宫去死,我也不要为了尊主去死,好不好?"她低声问,"好不好?"

傅主梅睁大了眼睛,他有些懂了她的意思,碧涟漪胸口起伏,气息有些乱:"我……"

"我一点也不希望你死,你知道吗?你是我一生之中,唯一真心关心我的人。"红姑娘继续低声道,"我……我想以后对你好些,所以……不要装出一副不会让任何人担心的样子,不要以为这样就有人相信你死得其所。你这样只会让人更担心。"她突然淡淡一笑,"不要死好不好?"

"红姑娘,"碧涟漪唇边也有丝淡淡的笑意,"你不是一直很有勇气,早已决定为了柳眼牺牲自己,随时可以为他去死?"

红姑娘转身往外走去:"嗯,但我今天开始明白,为了什么东西去死,未必就是一件……"她走出了门外,低声道,"……一件什么好事。"

傅主梅看着她头也不回地走掉:"小碧,我觉得她真的再也不会为了阿眼去死啦!"

碧涟漪闭目咳嗽了几声:"你收手吧。"

傅主梅吃了一惊:"为什么?"

碧涟漪低沉地道:"一个时辰了,再继续下去你会内力耗竭,元气大伤,如果朱颜再来……咳咳……"他的脸色越来越苍白,"碧落宫危殆。"

"我不会放手的。"傅主梅叹了口气,"反正现在朱颜又没有来,如果啊如果的,如果的事都还没有发生……你伤得很重,我怎么能放手呢?"他是不如碧涟漪想得周到,也没有什么退敌的妙计,但要他放手看碧涟漪死去,那是万万不可能的。

"咳咳……"碧涟漪突然剧烈呛咳起来,"我……"

"别装出一副不会让任何人担心的样子,"傅主梅把他那略带童稚的声音努力放柔和了些,"红姑娘说得没错,她担心你,我也担心你,大家都很担心你。现在这样很好啊,我觉得她有一点点改变了,以后可能真的会对你比较好哦,你没觉得很期待吗?"

"我……"碧涟漪突然张口吐出一大口血来,"但是我……"一瞬间,堵在他胸口的那团阻塞突然冲破,真气畅通无阻,伤口处的血顿时止了。

傅主梅松开手,碧涟漪咳嗽不止,一连吐了好几口血,那鲜血喷了出来烫得犹如烈火一般,溅落在床榻上,被面竟受热扭曲成一团。

"咳咳咳……"碧涟漪几乎不能呼吸,那团仿佛能将血肉烧成焦炭的灼热真气吐出之后,胸中似乎充满了鲜血,而无法呼吸到空气。

"喂!小碧?"傅主梅见他吐出那些古怪血液,就知道他的双肺和气管一定被烫伤了,手忙脚乱地扶他坐起来,幸好闻人壑插下的十二根银针起了作用,静坐片刻,出血渐渐止了,碧涟漪极微弱地呼吸着,却是一句话也说不出来了。

小碧有救了。傅主梅让他靠着墙闭目养神,小心翼翼地从床上下来,生怕惊扰了碧涟漪的任何一根头发。

一切都会慢慢好起来的,小碧对红姑娘的感情、碧落宫的未来、江湖的未来、阿俪的未来……他揉了揉头发,总是相信什么都会变好的,却其实不是什么都会真的变好呢!但不管以后是不是真的会越来越好,他也一样是这样期待的。

日爱居。

碧涟漪重伤之后,宛郁月旦在他房里待了一会儿,很快回到自己的住所。铁静随侍在宛郁月旦身后,见他自己摸索着拿了一件衣裳、几两银子、几瓶药丸,打成一个包裹。

刚刚发生朱颜闯宫之事,铁静分外谨慎,见他打了个包裹,失声问道:"宫主要外出吗?"

宛郁月旦微笑:"我要出去几天。"

铁静皱眉:"我去通知檐儿,宫主要去何处?"

"我这次出去,不带任何人马。"宛郁月旦提起方才他打好的包裹,整了整自己的衣裳,"也说不准什么时候回来。在我回来之前,宫中事务交由碧大哥主持打理，碧大哥若是伤后虚弱，你和檐儿可先询问毕长老，再征求闻人长老的意见。"

铁静吃了一惊："宫主你不带任何人马？那怎么可能？宫中上下无论是谁都不会放心宫主这样出门，让铁静和檐儿与你同去。"

宛郁月旦转过身来，对铁静招了招手。

铁静关切地走近："宫主有何吩咐——"突觉腰侧一麻，宛郁月旦的右手自他腰间放开，铁静骇然颓倒，宫主用腰间"麒麟刺"击倒了他，为什么？只见宛郁月旦对他露出歉然而温柔的微笑，双手用力将他拖动，一直拖到自己床榻旁边。

宛郁月旦本想把铁静抱到床上躺好，然而手上气力不足，终究是抱不动，只得让铁静躺在地上，将床榻上的锦被取下来盖在他身上，又把玉枕也挪下来放在铁静头下，仔仔细细整得铁静全身上下妥帖舒服，方才站了起来。

铁静看他整理锦被，心里越来越惊骇，宛郁月旦做出这种准备，那是当真打算一人离开，但他双目失明，一个人要怎么离开？又能去哪里？

正在疑惑担忧之时，门外一阵窒闷的微风吹入，带来一种熟悉的热力，铁静看到一个人影映在墙壁之上，来人身材高大，满头乱发，微风吹来的时候，似乎还隐约带了血腥之气。

难道是——铁静瞧见那人影缺了右臂，心中惊骇已经到了无法表述的地步，难道是——狂兰无行？不可能的！他刚刚才铩羽而去，他刚刚被傅主梅砍断一臂，他刚刚才身受重伤，怎么可能突然返回？哪有人能如此悍勇？

157

"来得真快。"宛郁月旦的声音响了起来,与门外吹入的热风相比,他的声音纤弱柔和,略微带了一点雀跃,像个猜中灯谜的孩童,"能使八尺长剑和丈余长戟的勇夫,想必不会知难而退,应是越战越勇。我料先生必然再来,却想不到这么快。"

朱颜的声音不见丝毫重伤后的疲弱,仿佛他从来就没有那条右臂:"你打好包裹,是自信我不会杀你?"

宛郁月旦的眼角略略上扬,黑白分明的眼睛睁得有些认真:"我一向很有自信。"

朱颜右臂的断口已敷药包扎,也不知他单凭一只左手是如何做到的,包扎得十分妥当。他左手挂着一支竹竿,虽是一支竹竿,握在他手上实与长戟并无差别:"杀你,不费吹灰之力。"

"碧落宫与先生无冤无仇,先生要杀我,应当有什么理由吧?"宛郁月旦背着那打得有些乱的包裹,看似一个干净稚弱的温柔少年,"是先生有什么心愿不能达成,而有人允诺你了吗?"

他柔声道:"杀我,即使先生悍勇绝伦也必然会惹上许多麻烦。如果先生相信宛郁月旦之能,可否告诉我,有人允诺了你什么?有什么必须用我的人头去换,而别无它法?"他望着朱颜的方向,神态很温和,"碧落宫对先生,从来没有伤害之意。"

朱颜目光流转,如果宛郁月旦看得见,那目光非常凌厉,充满了茹毛饮血般的暴戾之气,这等妖魔般的眼神持续了甚长时间。朱颜低沉地道:"我要找一个人。"

宛郁月旦自怀里缓缓举起一张画卷:"先生要找的,可是这位姑娘?"

朱颜目光一掠，刹那间左手竹竿爆裂，竹节被焚为灰烬。他一字一字低沉地问："这幅画像，你在哪里找到的？"

这时，一人声音不高不低、不快不慢地道："这幅画像是我的。"

宛郁月旦微笑，一人自屋梁飘然而下，相貌俊美，面上一道伤疤让人印象深刻，正是化身为"潘若安"的沈郎魂。

原来沈郎魂恰在今日早晨赶到碧落宫，草草说明唐俪辞所处的困境，并把唐俪辞在望亭山庄揭下的那幅画像交给了宛郁月旦。

那幅画像和西方桃非常相似，悬挂在风流店隐秘的据点之中受供奉，必定是关系重大的人，并且很可能已经病重或者去世。

唐俪辞希望宛郁月旦能着手查明画中人究竟是谁，如果画中女子已经去世，方周那失落的冰棺说不定便是被西方桃取去给这名女子使用，这女子必定牵涉风流店中一项重大秘辛。

宛郁月旦自是瞧不见那画中女子的相貌，但他已从梅花易数那里详细听说狂兰无行和假名"西方桃"的玉箜篌都对玉箜篌的表妹薛桃有一段情，这画中女子如果长得和"西方桃"非常相似，不是薛桃又是谁呢？

而狂兰无行如此武功，世上除了"情"之一字，还有什么能令他赴汤蹈火，甚至泯灭恩义毫不在乎呢？刚才狂兰无行突然而来，他没将这画像带在身上，此时却是早已准备妥当。

果然画像一出，狂兰无行气势骤变，沈郎魂适时现身，宛郁月旦心平气定，微笑道："这位姑娘可是薛桃？"

朱颜目不转睛地看着那画像，画中人的相貌几乎和西方桃一模一样，但在他看来显然有天壤之别："她人在何处？"朱颜目中璀璨的光芒越闪越盛，凌厉骇人，"说！"

沈郎魂平静地道："这幅画像是我的。"

朱颜暮地抬目看他，沈郎魂淡淡地道："这幅画像是我和唐俪辞唐公子在望亭山庄内找到的，望亭山庄是风流店的秘密据点，画如果在那里，我想人也许也在。"他却不说这画中人姿态古怪，仿佛并非活人。

宛郁月旦眼角细细的褶皱微微舒展，舒展得很清朗："玉箜篌……"他一说到"玉箜篌"，朱颜身上的杀气骤然浓烈了许多，宛郁月旦只做不知，继续道，"……对薛姑娘也有情，以他的为人，即使今日你取了我的人头回去，他当真会把薛姑娘交还给你吗？"他的双眸莹莹，隐约包含了凄楚之意，眼角却仍在微笑，"或者说——他会把什么样的薛姑娘——交还给你？"

朱颜负手在后，静静地沉思，他武勇绝伦，但并非莽夫。玉箜篌阴毒狠辣，得不到的东西绝不可能平白放手："你说——他会还给我一具尸首？"他低沉地道，"他敢吗？"

宛郁月旦反问："他不敢吗？"

朱颜"嘿"了一声："你的意思就是要我到望亭山庄去找人，而不能等玉箜篌交出人来，以免他丧心病狂，杀了薛桃。哼！你以为我不知你之意——你与他都想拆掉望亭山庄，只是你们无此能力——"

"不错。"宛郁月旦微微一笑，坦然承认，"我希望先生能将望亭山庄夷为平地，你想救薛桃姑娘，我也有想救之人，你想杀玉箜篌，我也想杀玉箜篌，如此而已。"他缓缓地道，"我不想在望亭山庄中见到一具尸首，亦不想先生在望亭山庄中见到另一具尸首，我等武功不足，不能撼动望亭山庄，但要找到薛姑娘的下落，先生亦需要我等相助，不是吗？若是此行救不出薛姑娘，宛郁月旦仍在先生股掌之间，要杀要剐，悉听尊便。"

朱颜霍然拂袖，森然道："可以！"他不在乎与谁合作，亦不在乎和谁对话，任何方法都可以，只要能让他尽快见到薛桃。

他必须见到薛桃，他有——一句话要对她说！

沈郎魂看了宛郁月旦一眼，他到碧落宫来求援，只希望碧落宫能派遣相当人手到乘风镇救人，却不料宛郁月旦亲自出行，不带一兵一卒。更没有料到碧落宫遭逢狂兰无行之劫，宛郁月旦敢以性命相博，险中求胜。这位少年宫主温柔纤弱，站在狂兰无行面前便如一只白兔，但话说得越多，便越来越感觉不到他的"弱"，反而一股优雅的王者之气，自他一举一动中散发。

他只看到宛郁月旦的智与勇，却不知其实宛郁月旦决定与虎谋皮，并不完全是因为他无意让碧落宫众去乘风镇冒险，也不完全是因为要从朱颜手下取得一线生机，而是他真的希望通过望亭山庄一行，能对狂兰无行有所帮助。

宛郁月旦是情圣，而狂兰无行是情癫。

执着于感情是一件美好的事，但非常执着，执着到不在乎遭人利用，到最后仍然得不到所要的结果，那便是一件悲哀至极的事。

闻人暖死了，他希望薛桃并没有死。

即使薛桃已经死了，他也不希望狂兰无行在践踏了道义与名望之后，在西方桃手中见到薛桃的尸体。

情圣对于情癫，总是有一份同情。

161

夜黑如寐。

望亭山庄门口火把高举，二十个身着绣花黑衣的蒙面人站成一排，山庄门口左近的树林里，树上挂满了人，而山庄门口竖起了两根木桩，上面悬挂了一个孩童、一个老人。两人都被绑住四肢，却没有堵住嘴巴，孩子哭得声嘶力竭，老人沙哑的呻吟微弱地响着，不远处树林里的亲人一样撕心裂肺地哭喊着，悲号的声音虽然响亮，在这个寂静的夜里却显得异常孤独，势单力薄。

抚翠端着一盘卤猪脚，坐在木桩下不远处津津有味地吃着，白素车站在一旁，她不看抚翠的吃相，也不看挂在木桩上的两人，目光平静地望着一片黝黑的远处，似在等待着什么。

大半个夜过去了，唐俪辞一行人并没有出现，白素车仔细观察，无边无际的黑暗中仿佛江湖、天下只剩下火光映亮的这一角，只剩下身边的二三十人，什么公义、正道、善恶、苍生都在黑暗中泯灭了。

她看着黑暗，目不转睛，每个晚上都是如此黑暗，每个晚上她都渴望看见心中想见的面容，希望能给予自己继续走下去的勇气，但无论她如何去想，窗前什么都没有出现，甚至连丧命在她手下的枉死鬼都没有前来向她索命。

池云死了……

她比想象中要感到悲哀，她从未打算嫁给池云，对于这一点她毫不愧疚，但她也从来没有善待过池云，对于这一点……她觉得很悲哀。如果他们并非如此这般相识，如果不曾有风流店之乱，如果不曾有唐俪辞，如果她不是被父母指定嫁给池云，也许……也许……一切就不会是这样的结局。

夜色很浓,像能吞噬一切,即使火把燃烧得很艳,手指依然很冷。

"嗯——我看是不会来了,砍了。"抚翠将卤猪脚吃了一半,看似满意了,挥了挥手,毫不在乎地道,"砍了!"

两位黑衣人"唰"的一声拔出佩剑,往木桩上两人的颈项砍去,长剑本是轻灵之物,两人当作长刀来砍,倒也虎虎生风。

"且慢。"遥远的树林中有人说了一句话,声音略微有些虚弱,语气却很镇定,"放人。"

他只说了四个字,抚翠把嘴里的猪脚叼住,随即吐在了盘子里:"呸呸!唐俪辞?你当真还没死?"

树林中缓缓走出一人,他的身后有不少男女老少匆匆奔逃,都是刚刚被人从树上解下的。

白素车缓缓眨了眨眼,她一直看着那个方向,眼神几乎没有丝毫变化,仍旧目不转睛地看着来人的方向,仿佛眼内没有丝毫感情。

唐俪辞穿着一身藕色的长衫,那是阿谁用农家的被面帮他改的,衣裳做得很合身,只是比之他以往的衣着显得有些简陋。橘黄的火光之下,他的脸色显得很苍白,步伐不太稳定,一直扶着身边的大树。

白素车的瞳孔微微收缩,即使是这样的状态,他也坚持要出来救人吗?

抚翠"哈哈"大笑,手指木桩:"马上给我砍了!"那二十名黑衣人不待她吩咐,已把唐俪辞团团围住。那二人长剑加劲,再度往木桩上两人的脖子砍去。

剑到中途,"当当"两声,果然应声而断,抚翠一跃而起:"看来沈郎魂在你身上刺的那一刀,刺得果真不够深。"

唐俪辞仍旧扶着大树,方才击断长剑的东西是两粒明珠,此时明珠落地,仍旧完好无损,在火光下熠熠生辉。

抚翠笑嘻嘻地站到木桩之前:"哎呀,这珠子少说也值个百两白银,唐公子出手的东西果然不同寻常,就不知道万窍斋那些堆积如山的金银珠宝今夜能不能救得了唐公子的命了。"

唐俪辞脸色很白,白素车见过他几次,从未见他脸色如此苍白,只见他看了木桩上的人一眼:"放人。"

"笑话!"抚翠手一抖,一条似鞭非鞭、似剑非剑的奇形兵器应手甩出,那兵器上生满倒刺,比软剑更软,却不似长鞭那般卷曲自如,"今天杀不了你,我就改名叫作小翠!"

唐俪辞手按腹部,精神不太好,浅浅地看了抚翠一眼:"你知不知道——我杀韦悲吟只用了一招?"

抚翠脸色微微一变:"呸!你怎知我杀韦悲吟不用一招?素素退开,今夜我独斗唐公子!"白素车本来拔刀出鞘,闻言微微躬身,退了下去。

"一个人?"唐俪辞微微吁了口气,"不后悔?"

抚翠兵器一抖,便如龙蛇一般向他卷来:"五翠开山!"

唐俪辞右手五指微张,众人只见数十只手掌的影子掠空而过,"啪啪啪"一连三声,抚翠那长满倒刺的奇形兵器鞭梢落在唐俪辞手中,抚翠身上中了三掌,"哇"的一声口吐鲜血。

唐俪辞手一抖,那古怪兵器自抚翠手里脱出,他就像抓着条银蛇一般抓着那兵器,眼神很是索然无味,淡淡地道:"像你这种人,完全是废物。余泣凤、林双双、韦悲吟加上一个不知姓名的武当高手,四个人尚且奈何不了我,你以为你抚翠比那四人高明很多吗?我只是有些头昏,还不到落水狗的境地。"

抚翠勃然大怒,翻身站起:"该死的!"她探手从怀中拔出一把短刀,欺身直上,她身材肥胖,这短刀上戳下斩,却十分灵活。

唐俪辞仍是右手一拂,形态各异的掌影掠空而过,那柄短刀刹那间又到了唐俪辞手中。

抚翠一呆,尚未反应过来,冰冷的夜风掠面而过,唐俪辞已从她面前过去,点中那两名刽子手的穴道,夺下一柄长剑,瞬间光华闪烁,鲜血飞溅,那二十名黑衣人惨号倒地,死伤了一大片。

白素车刚刚拔出刀来,唐俪辞的手已按在了她刀背上:"不要让我说第三次,放人。"白素车尚未回答,那些侥幸未伤的黑衣人已连忙把挂在木桩上的两人放了下来,那两人一落地,顾不得向唐俪辞道谢,相扶着落荒而逃。

"我的确是不太舒服,"唐俪辞淡淡地看着白素车,"但还没有到拆不掉望亭山庄的地步,要杀你们任何一个对我来说都不是难事。"

他抬起手臂,支在白素车身后的树干上,看着白素车:"你们之所以还活着,是因为我恩赐了……真叫笑,堂堂风流店东公主抚翠、堂堂白衣役主白素车竟然没有明白……"

白素车微微后仰,唐俪辞说这话的时候眼神很寂寞,说话的人是绝对地强,但这种强充满了空虚,没有任何落脚之地一般。

她冷淡地道:"那两个村民的性命,在唐公子眼里犹如蝼蚁。你既然不是来杀人,难道当真是来救人吗?"

"人命……不算什么，我杀过的人很多。"唐俪辞眼角微勾，却是笑了一笑，"我从来不喜欢被人威胁。"

他雪白的手指指向树林，而后慢慢指了指白素车身后的一片黑暗："人命也好，蝼蚁也好，都应当由我恩赐幸运，从而感激我、拥戴我——生，是由我恩赐而生；要死，也要我恩准了才能死……"他柔声道，"屠戮老弱病残这种事我不恩准，听懂了吗？"

白素车漠然地看着他，眼里仿佛闪过莹莹的光彩，又似从头到尾都是那般冷淡："听懂了。"

唐俪辞微笑："很好。"他的手从白素车的刀上缓缓离开，"下次再让我看到今天这种事，我见谁杀谁，谁的狗命也不留。"

白素车收刀，抚翠的眼神既惊愕又不甘心，不能理解一个人难道当真能全知全能到这种地步？

唐俪辞侧过脸来，淡淡地看了抚翠一眼："你想死吗？"

抚翠"哇"的一声吐出一口血："老子和你拼了！"她再度跃起，三刀三十三式向唐俪辞扑来。唐俪辞一甩袖，"砰"的一声，抚翠离地飞起，后心撞在一棵大树之上，狂喷鲜血。

白素车眼见形势不妙，清喝一声"撤"，与剩余的人手一起急速退回望亭山庄。"咯吱"一声，山庄大门紧闭，仿佛那层薄薄的木板当真阻拦得了门外的凶神一般。

抚翠不住地吐血："你——当真——咳咳咳……"

唐俪辞垂下衣袖，漠然地看着望亭山庄紧闭的大门，眼神冰冷，充满杀气，却是站着一动不动。

抚翠边吐血边笑："哈哈……咳咳咳……以你的能耐，冲进去杀一个片甲不留，不是什么难事，但你为什么不进去？你心虚是不是？哈哈哈……你怕，望亭山庄中藏龙卧虎，什么人都有，你怕了……"

突然，"噗"的一声闷响，抚翠的笑瞬间止住，张口结舌成一张诡异的笑脸，一柄长剑自唐俪辞身后射来，贯穿她的胸口，再钉入身后的大树。

鲜血溅起，落在地上犹如水花回归大海，抚翠的血早已在身前汇成了血泊。在她厉声怪笑的时候，唐俪辞右足一动，足后跟撞在一柄长剑剑柄上，就此杀了抚翠。

他甚至连转身都没有。

闯进去吗？

唐俪辞冰冷而充满杀气地看着望亭山庄，站着一动不动。

"唐公子，"女子的声音自树林中传来，"你……"话声戛然而止，唐俪辞微微侧身，眼角所见，站在树林中的女子，是阿谁。

一地的鲜血和……尸首。

阿谁茫然地看着唐俪辞，他又站在一地的鲜血和尸首中，回过头来的眼神就像缺了灵魂一般，就好像如果他没有把持住，就会屠戮天下一样。

"你……还好吗？"她低声问，也许她不问会更好一些，但她一向只是个木偶，在该做什么事的时候就做什么事，所以她便如木偶那般问，并且丝毫没有期待得到回答。

"你来干什么？"唐俪辞柔声问，声音轻柔优雅，语气略略有丝飘，听起来很华丽。

"我来找你。"她木然地回答，"你的身子还没好，今日还没有

167

吃下去半点东西，一个人闯到这里来，大家都很担心。"

唐俪辞没有回答，他不回答很自然，唐公子嘛，不论是微笑的唐公子、温柔的唐公子、清醒的唐公子，还是狂乱的唐公子，永远是那么高高在上，大部分人在他眼里都如蝼蚁一般，他要救便救、要杀便杀，正如旁人的关心他要理睬便理睬，不理睬便不理睬一样。

阿谁不知不觉叹了口气，树林里的玉团儿探出头来："喂！你还没死啊！怎么又杀了这么多人？"林遥站在玉团儿身侧，眼神也很是关切。

"你们来干什么？"唐俪辞慢慢地道，"这里很危险。"

玉团儿白了他一眼："是啊，这里很危险，是你不声不响地偷偷跑到这里来，害人到处找的嘛！你要是没受伤，我才不理你呢！乱七八糟的奇怪的人，一会儿躺在床上爬不起来，一会儿又跑到这里杀人来了。怪物！大怪物！"她对着唐俪辞吐舌头，瞪眼睛，一副很嫌弃的样子。

唐俪辞看着她，看了好一会儿，突然笑了出来："呵……"

玉团儿问道："笑什么？有什么好笑的？"

唐俪辞伸手握住被冷风吹起的长发："我很久……没有听到这种话了。"

阿谁不解地望着他，他悠悠转身往回走去："走吧，很冷。"

玉团儿和阿谁面面相觑，这人总是喜欢说一些让人听不明白的话。

唐俪辞走过阿谁身前，忽地伸出手来，握住她的手腕，牵着她往回走。阿谁默然地跟着他走，按照他的兴致受他摆布，是唐俪辞的乐趣，何况……如果她不肯听话的话，他就会像要死掉一样。

很久没有听到有人骂他"怪物"了，小的时候，因为不怕受伤，经常被人叫作"怪物"。只有一个人不觉得他是怪物，在打架的时候帮他，陪他度过了很长很长的时间……

唐俪辞握着阿谁的手腕，面含微笑地走在前面，现在骂他怪物的小丫头，在某种程度上和当年坚持不认为他是怪物的人很像。

突然之间，唐俪辞的心情仿佛很好。阿谁尽力不去想他握着她手腕的手，他既然有闯来救人的能力，为什么不离开乘风镇？这里是风流店的据点，仍然非常危险不是吗？正在困惑之中，突觉手上一沉，唐俪辞往她肩上一靠，整个人倒了下来。

"唐……"阿谁连忙把他撑住，却见他眼睫低垂，鼻息轻浅，不知是睡着了还是昏倒了，总之，整个人倒了下来。

玉团儿伸手来抱人："怎么了？"

阿谁摇了摇头："不知道……"

玉团儿摸了摸唐俪辞的额头："哇！很热呢。"

阿谁也摸了一下："从刚才到现在都在发烧吧，吐了那么多水出来，今天什么也没吃，大冬天这么冷穿着件单衣跑这么远……唉……"她低声叹了口气。

玉团儿抱着唐俪辞快步走在前面："但他真的救了很多人呢！乘风镇的村民一个也没被杀，都逃走了。"

阿谁微微一笑，是啊，他总是救很多人，而大家总是怀疑他、害怕他、说他是怪物，包括自己在内。

将唐俪辞送回屋内，他的高热一时半刻退不了。阿谁做好了饭菜，大家都多少吃了一点，再多煮了些米汤，一半给凤凤喝，一半等着唐俪辞醒来喝。

"要是望亭山庄那些坏人知道他又昏了,一定要杀过来了。"玉团儿一边用筷子戳碟子里的青菜,一边说,"怎么办?"

阿谁摇了摇头:"现在望亭山庄的人应该不敢过来,要试探唐公子的状况可能也要到明日,明日唐公子就会醒来。"

林逋插了一句话:"我有一个想法,不知当不当说。"

阿谁微微一怔,温和地道:"林公子不必与小女子如此客气,但说无妨。"

林逋道:"我觉得唐公子留在乘风镇不走,一半是因为身受重伤,一半是因为他对望亭山庄可能会有所行动,也许他有试探望亭山庄的意思。所以不论唐公子醒还是不醒,我们都还不能离开这里,也许我们可以帮唐公子弄明白望亭山庄里的秘密。"

"秘密?什么秘密?"玉团儿诧异地看着林逋,"有什么秘密?那山庄里全部都是坏人。"

林逋点了点头:"比如说——今夜唐公子杀了抚翠,但望亭山庄里应当不止白素车和抚翠两名高手,其他的人哪里去了?为何不出来阻拦?"

阿谁一凛,余泣凤去了何处?经常和抚翠在一起的那名黑衣人又去了何处?望亭山庄内谜团重重,今夜难道有什么特别行动?他们留下抚翠和白素车意图擒拿唐俪辞,是因为轻敌,但抚翠死后白素车不向外撤走,反而撤入山庄内,难道她当真料准唐俪辞不会闯进去杀人?还是因为——

其实余泣凤等人就在庄内,有什么特殊原因导致他们不能现身?

如果是这样的话,今晚确实是探查望亭山庄的好机会,刚才唐俪辞站在山庄前久久不走,或许正是这个意图,可惜心有余而力不足。

"望亭山庄内今夜必有要事,如果今夜不查,也许再无机会。"林遹的神情有些凝重,"所以我想……如果他们有特殊的事要做,连抚翠的死活都顾不上,那也许我装作普通百姓去试探,说不定可以……"

阿谁连连摇头:"不成,林公子不是武林中人,连累你涉入武林中事已是不该,不能让你涉险。"

林遹微微一笑:"阿谁姑娘也并非武林中人……"

阿谁怔了一怔,淡淡一笑:"但已是抽身不得了。"

玉团儿插嘴:"我去查行不行?"

阿谁拉住她的手:"你还没有找到他,如果今夜去冒险然后遇到了危险,再也见不到他,难道不会很伤心吗?"

玉团儿怔了一怔:"啊!那我就不去了,那怎么办?你去吗?望亭山庄又不是丽人居,他们都认得你耶!不可能的,他们都知道你背叛了。"

"风流店所建的房子都是依据破成怪客留下来的机关之术造成的,我在其中两处住过不短的时间,我想也许望亭山庄也是一样。"阿谁眺望着窗外无限的黑暗,"它应该有七条暗道,我可以从暗道进去。"

玉团儿惊诧地看着她:"不行不行,你去了,要是撞到了里面的人,要怎么出来?不就死在里面了吗?凤凤还在这里,你要是死了,他怎么办?"

阿谁摊开右手:"把'杀柳'还我。"

171

玉团儿吓了一跳，探手入怀握住那柄小刀："你要拿它做什么？"

阿谁咬了咬唇："我想带它在身上，或许会比较安全，我也不想死在里面。"

"哟！几日不见，越发大胆起来，弱不禁风的小姑娘也想夜探望亭山庄，可见风流店真是越混越回去了。"

熟悉的声音突然从窗外传来，玉团儿欢呼一声："沈大哥！"

窗外一人探出头来，唇挂微笑，正是沈郎魂。他已经抹去那一脸彩妆，恢复本来面目，只是唐俪辞的手指在他脸上留下的伤痕却抹不去，将那条红蛇从中划断，看起来更是古怪。

"姑娘真是胆大心细，不会武功却有自信能夜探望亭山庄的人，江湖上除了姑娘，恐怕没有第二人。"窗外又有人柔声道，声音很温柔，"姑娘对风流店的机关密道很熟悉是不是？看来今夜真的要借助姑娘之力了。"

阿谁转过头去，窗外一人浅蓝衣裳，容颜纤弱秀雅，微笑起来的样子令人感觉舒畅。另一人她却认得，失声道："狂兰无行！"

站在那蓝衫少年身边的人高出蓝衫少年一个头，单手持长戟，脸色青白，颧骨上有一抹妖异的青红之色，本来样貌俊朗，因为那抹青红却显得说不出地张狂可怖，正是狂兰无行。

狂兰无行身前的蓝衫少年便是宛郁月旦，两人跟着沈郎魂日夜兼程，赶到乘风镇的时候正好是今夜，在窗外听见了玉团儿和阿谁的一番对话。

"他怎么样了？"沈郎魂推门而入。

阿谁指了指房间："睡着了，刚刚救了被风流店所擒的村民，杀了抚翠。"

沈郎魂咳嗽了一声:"他的伤还没好吧?就能杀了抚翠?"

玉团儿点了点头:"他还想杀阿谁姐——嗯——"阿谁一把捂住她的嘴,玉团儿呛了口气,从她手里挣了出来,"总之,就是很奇怪啦!好像怪物一样。"

宛郁月旦微笑:"他的伤势如何?"

阿谁轻轻吁了口气:"外伤是全好了,但好像有什么东西不跳了,他说:'好奇怪,为什么不跳了?'"

"不跳了?"宛郁月旦微微沉吟,"是因为沈大哥那一刀吗?那一刀刺入,可有什么不同?"

沈郎魂怔了一怔:"有什么不同?"

"你是一流杀手,出刀杀人,伤到何种程度,难道不自知吗?"宛郁月旦摸索着走进屋来,"既然你有心杀人,既然已经得手,他怎会不死?"

沈郎魂又是一怔,那日刀刺唐俪辞的情形蓦地浮上心头,回想了许久,他抓了抓头发:"那一刀刺下去,他没死我也很奇怪,是刀尖刺到了什么东西。"他自腰侧拔出那柄短刀,细细地看刀尖,"的确是刺到什么东西,阻挡住了,否则我那一刀绝无可能失手。"

朱颜本来冷眼旁观,对唐俪辞为何中刀不死漠不关心,听几人越说越奇怪,忽地伸手拿起那柄短刀,凝神看了一眼:"刺中骨头。"

沈郎魂苦笑:"依照刀尖所见应是刺中了骨头,但若是我一刀刺中了他的腰骨,他怎么还爬得起来?"他刀上功力非同寻常,就算刺中一块大石也能崩裂碎石,何况是人的骨头?"何况我全力出刀,只是刺入两寸有余,整柄短刀尚未全部刺入就已受阻。"那种位置,不可能是腰骨,腹部也不可能再有其他骨头。

他拍了拍头:"是了,唐俪辞说过刺中了那颗心。"

"心?"宛郁月旦诧异。

沈郎魂将唐俪辞腹中方周的心的来历草草说了一遍,阿谁恍然:"原来他说'不跳了',指的就是方周的心不跳了,也许是中了一刀的缘故。"

朱颜却冷冷地道:"就算是两颗人心也阻拦不住你手下一刀,必定是刺到了骨头,心里面难道会长骨头?"

心……阿谁的心顿时沉了下去,她见过唐俪辞腹中的东西,那的确不像是一颗"心":"但那如果不是方周的心,会是什么?"

朱颜听而不闻,他本就无心谈论唐俪辞,只低沉地问:"何时出发?"

宛郁月旦微笑:"阿谁姑娘引路,让沈大哥和朱前辈与你同去,今夜必能找到望亭山庄中的隐秘。"他探手入怀,将那张薛桃的画像递给阿谁,"姑娘可有勇气今夜一行?"

阿谁展颜微笑:"这便走吧。"她看了凤凤一眼,又看了唐俪辞的房门一眼,当先向外走去。

房内,唐俪辞仍在昏睡,丝毫没有察觉门外的变化。

沈郎魂和朱颜跟着阿谁向望亭山庄后门走去,宛郁月旦留了下来,说是困倦了。

玉团儿指着林遗的房间让他去睡觉,宛郁月旦瞧不见她指的方向,很自然地往前走去,走入唐俪辞的房间,顺手关上了房门。

玉团儿瞪大眼睛看着林逋,林逋也是惊愕地看着那紧闭的房门,但凝神静听了半天也没听出门内有什么不同寻常的动静。

难道宛郁月旦感觉不出唐俪辞就躺在床上?他会睡在哪里?椅子上?桌子上?地上?玉团儿支颔看着那扇门,一个晚上都在想这个古怪的问题。

三十九 ◆ 佳人何在 ◆

阿谁静静地听着，悲哀的、疯狂的、紊乱的故事……是从什么时候开始，自己对各种各样的悲哀已经麻木？只有……只有对唐俪辞感到失望的时候，她才会感到伤心，然后才知道原来自己的心还在。就像现在，她就不知道自己的心到哪里去了……胸口空空荡荡，像灵魂已出窍很久很久。

望亭山庄的后门外，是一片山林，林中有一条山涧流入望亭山庄，作为山庄用水的来源。阿谁踏着月色，张望了一下月亮的方向，沿着山涧默默地走着，沈郎魂和朱颜跟在她身后，走出去约莫十七八丈远，渐渐看见那山涧边搭着一间房屋，屋里亮着灯，十分安详的模样。

阿谁停了一下，低声道："那屋里有密道，不过多半会有不知情的人住在里头，两位莫伤了无辜之人。"

沈郎魂大步上前，敲了敲门，只见门里住的是一位脸色苍白的年轻人，见有人敲门，满脸惊恐之色。朱颜一低头，当先而入，眼里浑然没有此人，那人"咿唔"发出了两个音，却是个哑巴。

阿谁心里歉然，却也不能多言，对他微微点头，随即在屋里转了一圈，撩起床下的一块木板，露出一条黔黑的通道："这里或许是一个暗道口。"

这个暗道设置和好云山那里的一模一样，那哑巴突然看见自己床下多了个暗道，万分惊诧，目瞪口呆。阿谁三人沿着台阶缓步而下，很快隐没在通道之中。

这条暗道潮湿阴冷,似乎建成以来从未有人走过,并且这是一条出口,并非入口,有许多狭窄的关口只利于由内向外行走。幸而阿谁身材窈窕,沈郎魂和朱颜内功精纯,在狭窄的地方通行无碍,走下去三十多级台阶,眼前仍一片漆黑。

沈郎魂晃亮火折子,眼前出现的仍然是一片黝黑的潮湿通道,阿谁往前便走,他面上不动声色,心里却微微吃了一惊。

很大胆的女子,仿佛不惧面前是否有妖魔邪物、是否有洪水猛兽。如果方才他们未曾及时赶到,这女子是不是真的会独自一人前来探查?她一个人救了林逋,她一个人带孩子,她选择离开唐俪辞,和荷娘全然不同,她似乎并不觉得自己软弱。斜眼看了下朱颜,朱颜眼帘微垂,直向前走,似乎根本不在乎带路的是不是个女人。

通道很窄,窄得不可能绕过朱颜挡到阿谁前面去,然而非常直。沈郎魂的脚步声几不可闻,阿谁的脚步声也很轻浅,唯有朱颜的脚步声清晰可闻。朱颜丝毫不掩饰自己的步伐,犹如他丝毫不对隧道提起警戒,不论前面发生任何事,他都有绝对把握还击,然后杀人。

地面上那房屋距离望亭山庄不过十七八丈,在这黝黑的隧道中三人却似走了有半个时辰那么久,前方才微微透出了光亮。

那是一种幽蓝的光亮,在黑暗中看来就似有幽灵在前边窥探一般。

阿谁对沈郎魂挥了挥手,沈郎魂悄然熄灭了火折子,三人慢慢地向那蓝光靠拢。射出蓝光的是木板的缝隙,阿谁让开缝隙,朱颜凝目望去,只见木板之后是一个很狭窄的地方,点着一盏小小的油灯,之所以会透出蓝光,是因为油灯下放着一个淡蓝色的大箱子,丈许长短,三尺来宽，看起来像个棺材。那棺材的材质非石非木，便是在木板后也感觉得到那股冰寒，似是一口冰棺。但棺材里并没有人。

木板后没有半个人在。朱颜左手一推，眼前的木板刹那间化为灰烬，丝毫没有发出声音，他踏过木板的灰烬，进入了望亭山庄，眼前所见是一口幽蓝的冰棺，因为这口棺材，小小的木质地窖里凝满了白雾，甚至结了一些碎冰。

沈郎魂跟在朱颜身后，三人踏入望亭山庄，放有蓝色冰棺的地方是个很小的地窖，有一列台阶向上。沈郎魂心中一转，已经恍然，这条地道一路向外，又修得如此狭窄笔直，只供一人进出，而只要放下一样阻路之物就足以阻止后方有人追踪。

朱颜大步往前走去，双眸微闭，步伐声却隐没了，他似乎也想到了这可能是放有薛桃的棺材，虽然闭上了眼睛，他却能低头绕过障碍，通畅无阻地往前走。

台阶并不长，登上十几级台阶，阿谁紧紧握着手中的"杀柳"，从朱颜背后望去，上面是一个更大的房间，房间里放着许多铁笼子，铁笼子上锈迹斑斑，令人不寒而栗。

沈郎魂的目光在那些铁笼子上一转，淡漠得似乎他自己不曾被这些铁笼关过，三人再度悄然前行，铁笼子后放着一些瓷罐子，同冰棺一样散发着冰寒之气，多半里头放有寒玉或者冰块。

再往前行，阿谁突然全身起了一阵鸡皮疙瘩，前头的房间里挂着几具尸首，尸首她见过几次，并不害怕，但这几具尸首有的被挖去眼睛，有的被割去鼻子，有的被切去一部分内脏，模样十分可怖。

沈郎魂轻拍了下她的肩，阿谁咬了咬牙，只作不见，依旧低头往前走。

她已经隐约感觉到，望亭山庄内的隐秘，只怕是超乎想象地可怖。穿过那挂着死人的房间，已是熟悉的风流店格局，和飘零眉苑相同，前头有长长的华丽走廊，左右两边都是白色的房门。从这里望出去，所有的门都半开着，静悄悄的，似乎没有半个人居住。

朱颜往前便走，他的耳力非同寻常，他往前走便说明左右的房间里的确没有人。沈郎魂让阿谁走在中间，悄然无声地跟在最后。

走到走廊的一半，朱颜突然顿住，凝身倾听。

有几不可察的声音从头顶传来，那声音并不在这走廊之中，而在三人头顶三尺之处，先是"吱呀"了两声，随即有人轻轻叹了口气："……果然，柳眼不在的话……"其余的听不清楚，似乎是刻意放低了声音。

随即，有人冷冷地道："我今日才知道，原来桃姑娘是个男人。"这声音冰冷清脆，正是白素车的声音。

"嘿！唐俪辞撕破了他脸上的皮肤，如果不能换上去，'西方桃'要再出江湖难矣。"一个低沉得几乎难以辨认的男声淡淡地道，"夺取中原剑会的计划也许不能实现。"阿谁认得这是那蒙面黑衣人的声音。

随即，一人怪笑一声："难道不假手中原剑会或者少林寺就不能得天下？桃儿只是喜欢博个好名，他若肯听我的话，江湖、天下，甚至皇位兵权，哪样不在我手？"

沈郎魂暗暗"呸"了一声，这是鬼牡丹的声音，抚翠为唐俪辞所杀，他们却都不现身，原来是因为西方桃被唐俪辞抓伤面部，集中在此讨论如何治疗。

"罢了,他将我打下山崖,中原剑会有人亲眼所见。"西方桃的声音依然柔美动人,"即使他回到剑会,一时三刻也难成大器。"

西方桃突然笑了一声:"我本以为唐俪辞为人谨慎小心,不至于当面和我翻脸,但看来并非如此……"几人各自笑了几声,对唐俪辞夜袭西方桃之事颇为轻蔑,西方桃语调婉转温柔,"我的伤不要紧,请表妹上来吧,我好久没有见到她了。"

表妹?沈郎魂心里暗叫一声不妙,只听轰然一声,身前土木纷飞,朱颜手握长戟,一戟向上击穿走廊顶部,顶上砖石四下飞溅,露出一个人头大小的洞穴来。

随着砖石落下,上头暗器随之射下,上头说话的人显然也颇为意外地底会被人击穿一个洞来。

朱颜一跃而起,一戟再出,轰隆声响,那人头大小的洞穴崩塌成一个足供成人出入的大洞,他穿洞而出,如地底鬼神现世一般落在地上。

"朱颜?"地上的人讶然声起,似是谁也没有想到自地底穿出的人会是朱颜,白素车看了他一眼,顿了一顿,随即往另一条隧道退去。

朱颜目光一掠,已看到四散退去的人群中,有一个穿着粉色衣裙的女子,他疾掠而去,一把抓住那女子的手臂,那女子回头嫣然一笑,五指轻柔地往朱颜面上拂来,朱颜倏然倒退,那五指指风如刀,披面而过竟是划过两道伤痕。

沈郎魂拉着阿谁跃上,那穿着粉色衣裙的"女子"正是西方桃,在西方桃回头一笑之际,沈郎魂隐约看见西方桃脸颊之侧的确是受了些擦伤，但并不严重。

而阿谁的目光落在西方桃手里拉着的另一人身上，那是个瘦小的人，穿着一袭褐色的长袍，看不清楚男女，她脱口而出："薛姑娘！"

沈郎魂和朱颜立刻抬头向那褐衣人望去，西方桃拉着那褐衣人的手，刹那间便消失在漫长的隧道中。朱颜一戟击去，砖石碎裂，桌椅翻倒，人影却依然消失无踪。

沈郎魂一瞬之间并没有看清那人的脸："你怎知她是薛桃？"

阿谁紧紧握着拳头，声音有些发颤："她……她的脸……"她抚摸着自己的脸，"她的脸被剥去了一半，我想她……她的脸在桃姑娘脸上。"

沈郎魂变了脸色："西方桃竟把自己表妹的脸皮贴在自己脸上？这种惨绝人寰的事，他怎么干得出来？"

朱颜自咽喉深处发出一声低低的号叫，长戟挥舞成圆，面前砖石所砌的墙壁节节碎裂，他倚仗功力之强悍绝伦，大步往隧道深处走去。

"先生且慢……"阿谁振声呼唤，却见砖石如蛛网般裂开，朱颜深入黑暗之中，早已去得远了。

沈郎魂脸上肌肉一动，侧耳倾听，四周一片寂静，仿佛方才聚集在这里的一群人都化为幽魂消散了。环目四顾，这是一个幽暗的大房间，前后各有隧道口，白素车等人是从后面撤走，而玉箜篌拉着薛桃却是从前面撤走。

朱颜正是追向前面幽暗的隧道。

"看来薛桃还没有死，真是个意外的好消息，但为何桃姑娘要这样对她？又将她的脸皮换到自己脸上？"沈郎魂深为不解。

181

阿谁低声道："我看她行走之时手足并不灵活，可能真的身上有病，桃姑娘……玉箜篌将她藏起来，说不定是想替她治病。"

沈郎魂苦笑："那会把薛桃的脸皮剥去一半，贴到自己脸上吗？会想把自己打扮得和薛桃一模一样吗？我看是玉箜篌自己有病，把薛桃折磨得不成人形吧？"阿谁黯然，有些人的想法常人永远难以琢磨，比如玉箜篌，比如唐俪辞。

这间大房间里仍旧有许多硕大的瓷瓶，瓶中仍旧散发着寒气。沈郎魂凝神静听，左近确实没有人声，他探手摸出一块手帕，按在瓶顶瓷盖之处，将盖子揭开。

幽幽的油灯光下，那瓶子里放的是一截斩断的手臂，然而手臂洁白细腻，五指纤细，看起来并不可怖。

沈郎魂与阿谁面面相觑，看着身周许许多多的瓷瓶，难道这些放有寒玉的瓷瓶之中，都装了人身的残肢？如此可怖的地方是用来做什么的？

阿谁的双眸微微一动："这些……这些……能装回人身上吗？"

沈郎魂脸色阴沉："这些……这些都是死人，怎能装到活人身上？除非……除非……"

阿谁低声道："除非风流店之中，有一位医术古怪，能把薛桃的脸皮换到玉箜篌脸上，又能把这些东西装回活人身上的名医……"

沈郎魂连连摇头："谁有这等能耐？如果当真有这等能耐，手足残缺的人就可以重获新生，眼盲之人也可复明。如果真有这等名医，岂会默默无闻？"

"他们刚才在谈论柳眼。"阿谁继续低声道，"柳眼给薛桃画像的时候,她的脸皮还没有受损,他们说'柳眼不在的话……',那意思是不是说柳眼不在就没有办法给玉箜篌医治脸上的伤?是不是说……这位隐秘的名医,就是柳眼?"

沈郎魂摇了摇头:"柳眼若是会这等换皮奇术,怎不给自己换皮?"柳眼只消给自己换了一张谁也不认识的脸皮,江湖上再多人追杀又能奈他何?

阿谁想了一阵:"告诉唐公子的话,他或许可以猜到真相。"

"至少我们知道,薛桃和玉箜篌刚才聚集在此,应当是此地有什么东西可以治疗伤病。"沈郎魂随口道,"但究竟是如何治疗,可能是一项机密,就算是风流店的重臣,也很少有人知道。"

阿谁点了点头:"往前走,前面应该有通向地面的路,也许可以找到薛姑娘的房间。"

沈郎魂再揭开一个瓷瓶,那瓶中放的是一只齐膝而断的脚,脚趾精巧,肤色雪白,乃是一只女子的脚,证实了这些瓶子里的确都是人的残肢。

阿谁仍旧走在前边,右手握着杀柳,往隧道走了一段,她忽地伸手扳开墙壁上的机关,一个暗门静静地打开,露出了另外一条通路。

她低声道:"这应该是通向地面的路,朱颜往前边追去的话,隧道的尽头是一处坑穴,一般有毒蛇和烈火。"

沈郎魂"嘿"了一声,想及飘零眉苑中的机关,果然非同寻常。

这条向上的通道刚刚有人走过,在台阶的拐角处挂着几缕杂色的丝线,阿谁扯下一根:"这是绸衣。"

沈郎魂扣住她的肩膀,往旁一扯,两人闪入通道的死角之中,台

183

阶上不远处有人走过,忽地似有所觉,举着蜡烛一步一步往下走:"谁在下面?"

这说话的人声音稚嫩,是官儿:"谁在下面?再不说话我一刀杀了你!"她以那孩童般的嗓音恶狠狠地道,"出来!"

蜡烛的光线一步一步地接近,阿谁突然低声唤了一声:"官儿。"

"谁?"官儿快步往这里走来。阿谁往前迈了一步:"是我。"

官儿高举蜡烛,沈郎魂忽地出手将她擒住,官儿大吃一惊,尖叫一声:"有鬼——"

阿谁"嘘"了一声:"是我。"

官儿手中的蜡烛跌落在地,燃烧起一片火焰,她看清了阿谁的脸:"你……阿谁姐姐!"她突然扑了过去,"阿谁姐姐,你没有死吗?在好云山的水牢里,我以为他们把你弄死了……"

沈郎魂倒是吃了一惊,这狠毒的小女孩儿竟然认得阿谁,随手在官儿身上点了几处穴道,任由她扑到阿谁身上。

阿谁抱住她,摸了摸她的头,温柔地道:"我没死,唐公子救了我。"

官儿紧紧地抱着她,闻言怔了一怔:"唐公子?"

阿谁点头:"你见过他了吗?"

官儿低声道:"见过了,他没有杀我。"

阿谁的眼神变得怔忡:"是吗……"唐俪辞没有杀她,杀官儿对他来说不费吹灰之力,没有杀她是唐俪辞的一种仁慈吗?

唐俪辞杀过很多人,但杀的都是意图对他造成伤害的人,像官儿这种无法伤害他的孩子,他便不杀。

实情……就是这样吗?和平常人没有两样,之所以会给人滥杀无辜和心狠手辣的印象，是因为他太狠了，出手的时候不惧染上腥风血雨，没有丝毫怜悯，就像他杀池云一样。

但……其实杀人就是杀人，充满忏悔和怜悯，满怀歉意地杀人，和不带感情地杀人，结果有什么不同呢？

都是杀人而已，一人生，一人死，或者是一人生，很多人死。

"阿谁姐姐，我被关起来了，他们说要把我关在下面，一直关到……关到死。"官儿颤声道，"因为我答应主子要拖住唐俪辞，但我做不到，让他拿走了薛姑娘的画像，那幅画像本来该被换成菩萨画像的……"

阿谁眉头微蹙："把你一个人关在这里？是东公主的主意吗？"

官儿点头："但我听说，她……她被唐公子杀了。"

阿谁叹了口气："不错，你在这里被关了一夜了？没有出路吗？"

官儿看了沈郎魂一眼："他是什么人？"她低声问，"你们是来……来做奸细的吗？怎么进来的？"

"我们来找薛姑娘。"阿谁放开她，为她捋了一下头发，"你知道玉箜篌把她藏在哪里吗？"

官儿眼珠子转了两转，黯然道："一向只有阿谁姐姐对我好，带我出去吧，出去以后我保证不再杀人，一定……一定回去找我娘，一定变得听话，再也不跑出来了。"

阿谁握住她的手："官儿，我只是不想你死在这里，刚才说的话要你自己相信才有用，如果是说来骗我，真的没有意义。"

官儿微微一震："我……我……"她拍了拍自己的头，"我不知道薛姑娘被藏在哪里，但我知道他们在做什么！"她紧紧地抓住自己的衣袖,"我知道主子把薛姑娘关起来了,因为她想要逃走,主子就把她绑在床铺上,绑了一年……两年……绑了好多年,然后薛姑娘的手足就慢慢变得不能动弹了。她得了一种怪病,手足不断地发抖,不受控制,然后有一天主子就把她的手筋脚筋都挑断了,从那以后虽然她不再发抖,却不能走路,也不能写字了,不管到哪里都要有婢女伺候,永远也逃不出风流店。

"主子为了弥补薛姑娘被挑断手筋脚筋的痛苦,答应她一定会治好她的病。然后,主子就找了许许多多的年轻女子,砍断她们的手脚藏在寒玉瓶中,希望能给薛姑娘换上……"

官儿捂住耳朵尖叫一声:"那根本是不可能的!但没有人敢说,谁说不可能主子就杀谁,所以谁也不敢说。一直到尊主来了,尊主是个不可思议的人,你知道为什么我……我们这些做婢女的很感激尊主?因为我们这些无关紧要的小孩子,一旦长到主子觉得合适的年龄,说不定也会……也会被拿去断手断足……

"但是尊主来了!他做了一种药,让薛姑娘慢慢地能站起来,如果主子当年没有挑断薛姑娘的经脉,说不定她真的可以和常人一样。再也不用拿年轻女子的筋脉来试验,我们得救了!但主子一点也不满足,主子还是想要给薛姑娘换筋脉,想要她能够站起来。有一次,薛姑娘仗着脚刚好一点,从望亭山庄逃出去了……"

"逃出去了?"沈郎魂吃了一惊,要从戒备森严的望亭山庄逃出去无疑难若登天,薛桃居然能从这里逃出去?

官儿点了点头,低声道:"主子很生气,打了薛姑娘一个耳光,不小心弄伤了薛姑娘的脸。"她指了指下巴,"这里。"

沈郎魂咳嗽了一声："玉箜篌果然从头到尾都很丧心病狂，然后呢？"

官儿低声道："然后薛姑娘下巴这里的皮肤就被撕下来一块，愈合之后，样子非常丑。薛姑娘对主子不理不睬，主子非常生气，有一天，主子叫尊主把自己身上的一块皮肤换给薛姑娘，然后把薛姑娘带着伤疤的皮肤换到自己脸上。"

官儿黯然道："主子……是真的很喜欢薛姑娘，所以才做了那样的事，结果薛姑娘的皮肤和主子出奇地相合，那块疤很快消退，而薛姑娘却把主子换给她的皮肤扔进火炉烧了。"

地上的蜡烛渐渐融化，剩余一地烛泪，火光慢慢减弱，一切又缓缓陷入黑暗。

阿谁静静地听着，悲哀的、疯狂的、紊乱的故事……是从什么时候开始，自己对各种各样的悲哀已经麻木？只有……只有在对唐俪辞感到失望的时候，才会感到伤心，然后才知道原来自己的心还在。就像现在，她就不知道自己的心到哪里去了……胸口空空荡荡，像灵魂已出窍很久很久。

"原来如此，这就是望亭山庄的隐秘。"沈郎魂的声音并不好听，也没有什么特色，却令人安心，"这条通道难道并不通往地面？"

官儿低声道"本来通往花园，但是东公主叫人用石头把门堵死了。"她咬了咬牙，突然狠狠地道，"但我知道有另外一条路，有另外一条路可以出去！只是我一个人打不开。"她拉着阿谁的手，"跟我来！"

幽暗的隧道，如豆的灯火。

187

冰冷潮湿的砖墙，纵使有再华贵美丽的桌椅床榻，有再精致不过的衣裙，有明镜珠椟、胭脂美玉，那又如何呢？

一个消瘦的背影被灯火拉得很长，一头黑发长长地垂了下来，一直垂到床榻，也不知多久不曾剪过，褐色的衣裳，分不出男装或是女裙，掩盖住扭曲变形的双腿。她坐在床上，背对着门口，虽说朱颜闯入望亭山庄来找她，她却并没有显得很开心。

沉闷的爆破声由远及近，那个人的脚步声逐渐靠近，薛桃坐在黑暗之中，静静地看着墙上的青砖。

风流店并没有多少人阻拦朱颜，一路的兵刃之声都是朱颜的长戟突破机关和墙壁的声音。薛桃静静地听着，残破的颜面上两道泪痕在微弱的烛光下闪闪发光。

异样的寂静和狰狞的爆破声之中，遥遥传来歌声，那是玉箜篌的歌声，不知在唱些什么。

"砰"的一声巨响，薛桃房间的门口烈风骤起，房间内的桌椅都受那炽热的真气所袭，不住地震动起来，"咯吱咯吱"裂了几道纹路。

薛桃回过头来，只见门口站着一人，身材魁梧、长戟指地，那气势犹能翻江倒海，指日破天。她看见他断了一臂，还没来得及开口说句话，来人虎臂一掠，已将她夹住，旋风似的离开。

房间里瞬间空无一物，华贵灿烂的桌椅床榻倾倒一侧，柜子的门被旋风卷开，里头精致秀雅、颜色鲜艳的衣裙展露无遗，随着那强劲的风离去，屋里那如豆的油灯微微一晃，自行熄灭。

没有任何人阻拦，朱颜就这么带走了薛桃。

一个人自隧道另一边慢慢地走来，手里握着一只烛台。

烛台上插着一支蜡烛,蜡烛是红色的,一路走一路滴落步步烛泪。

玉箜篌仍旧穿着那身"西方桃"式的桃色女裙,披散了头发,静静地走到薛桃房前。他看了一地狼藉的房间很久,慢慢蹲下身拾起散落在地上的一件女衣。

他没有让任何人阻拦或者追击朱颜。

他伸手抚上自己受创的脸颊,其实他没有想到朱颜竟会放弃杀宛郁月旦,折回来救走薛桃。如果朱颜这次不来,如果朱颜当真提了宛郁月旦的人头来,他的确打算杀了薛桃,给朱颜一具想念已久的尸首。

但朱颜闯了进来,按照他的性子,应当在朱颜找到薛桃之前就杀了她,他得不到的东西谁也别想要,事实却不是这样。

朱颜冒死闯了进来,薛桃的眼泪夺眶而出,他心里并没有感到嫉恨或者怨毒,反而很平静。这种情形,她一定幻想了很多年,一定很期待心上人如英雄一般来救她,救她离开这个地狱……他有些不忍心毁去这种幻想,虽然他要毁去很容易。

已经很久……没有看见表妹高兴的表情,虽然他此时也并没有看见薛桃高兴的表情,但他在想象。因为这个想象,他慢了很短的一段时间,朱颜已破开重重机关,闯到了薛桃门前,于是他索性不阻拦,就让朱颜这么带走了她。

她应当会很高兴,既没有死又遇到了心上人。玉箜篌想象着薛桃的快乐,一颗心飘飘荡荡,仿佛乘着风,感觉并不算太坏。囚禁了她十年,再囚禁下去,她会死……而他也会跟着一起死……

但纵使玉箜篌心思千变万化,也想象不到被朱颜带走的那一刻,薛桃并没有展颜欢笑,而是无声流泪。

四十 ◆ 伤心欲绝 ◆

他想要被人"可以为他去死"地爱着,但是……其实没有谁真实地爱着他,因为没有一个人不怕他。

官儿拉着阿谁的手,往隧道的另一头走去,阿谁知道这条路通向地底,而非通向地面的花园。

沈郎魂听着远处机关被毁的声音越来越远,心下不免充满警戒,官儿这小丫头究竟要把他们带到哪里去?

幽暗的油灯镶嵌在隧道的墙壁上,地面上在飘雪,而地底下有些闷热,青砖铺就的通道上有些积水,但看得出已经很久没有人走过了。

阿谁眼波流转:"这里可是通向水牢的路?"

官儿点了点头,脸色有些苍白:"不错,这里和关住你的水牢一模一样,薛姑娘就是从这里逃出去的。他们都以为水牢里是一条死路,但他们在水牢里养水蛇,那些水蛇钻啊钻的,在入水口下钻松了石头,留下一个很大的缺口。薛姑娘是从缺口游出去的,她从这里逃走以后,主子就把水牢关了,他叫我把出路堵死,但我……"她咬牙道,"我只是用石头把它堵住,随时都可以掰下来的,这件事除了我自己,谁也不知道。"

水牢的门口是一扇铜门，阿谁幽幽地看着那熟悉的铜门，她本以为自己可以很平静，身子却有些微微战栗起来，黑暗、疼痛、游动的水蛇、濒死的恐惧、坚不可摧的铁镣……官儿和沈郎魂丝毫没有察觉她的恐惧，她面上的神色很平静。

只见铜门上挂着数十条铁链和一把巨锁，将此门牢牢封死，果然是一条死路。沈郎魂自怀里摸出一条细细的铁丝，伸入锁孔之中，见他拨弄了几下，那巨锁应声而开。

官儿惊奇地看着他，沈郎魂对这等行径不以为意，双手一推，铜门轰然而开，映入眼中的果然是封闭多时的水牢。

窒闷的空气扑面而来，阿谁闭上眼睛，胸口窒闷，说不出地想呕，关于水牢的记忆挥之不去，那门内是充满恶意的地狱，仿佛她往里面再看一眼，就会突然发现其实她没有得救，她仍然在那黑暗恐怖的水牢之中，现在的一切不过是濒死之时所做的梦。

强烈的恐惧充斥心头，胸口烦恶欲呕，她咬了咬牙，突然想到……原来……原来太强烈的情绪，真的会让人呕吐。那唐俪辞在听她说"喜欢小傅"之后，几乎将她杀死，而后剧烈地呕吐，也是出于强烈的感情吧……

她睁开眼睛，所有的恐惧突然变成了酸涩，那……那些强烈得让他呕吐的感情，究竟是出于愤怒，还是出于其他的什么……恐惧吗？失望吗？伤心吗？

他想要被人"可以为他去死"地爱着，但是……其实没有谁真实地爱着他，因为没有一个人不怕他。

"扑通"一声，沈郎魂跳入水中，摸索着自水底搬开一块大石，水牢中的水刹那间流动得更为剧烈，空气也似清新了一些。

官儿将隧道壁上的油灯拿了进来，但灯光昏暗，水流之下仍是一片黝黑，看不清任何东西。

水中仍然有不明的东西在游动，很可能是水蛇，沈郎魂摸索了一阵："这下面的确有一条通道，官儿你可以从下面逃走。"

官儿看着那黑色的水面，心里显然很是害怕："你们呢？你们不走吗？"

"我想找到薛姑娘，印证你说的话。"沈郎魂平静地道，"何况我和阿谁姑娘进来，就是为了助狂兰无行将薛姑娘从这里救走，现在他不知去向，至少我等也要确认他和薛姑娘平安无事才能离开。"

官儿怒道："你疯了？现在是他在上面捣乱，主子才没心思来找你们，大好时机，你们要是不走，过一会儿到处都是主子的人，你们还想逃到哪里去？"

阿谁低声道："沈大哥说得没错，我们要先找到薛姑娘。"

官儿跺了跺脚："你们……你们都有毛病，冥顽不灵！我不知道薛姑娘住在哪里，这下面九条隧道，看你们怎么找去！"

阿谁探手入怀，摸出一袋铜钱："官儿，姐姐没有什么可以帮你，你若逃出去，这点钱给你当路费。以你的能力，或许真的有一天可以找到你娘，不要自暴自弃，不要杀人，否则将来你定会后悔的。"她拍了拍官儿的头，"去吧。"官儿呆在当场，突然放声大哭起来。

沈郎魂静听上边机关摧破之声，奇怪的是虽然机关之声不绝于耳，却没有听见有人动手的声音。他拉住阿谁的手："我觉得情势不对，快走，追上狂兰无行。"

阿谁点了点头，沈郎魂抓住她沿着来路疾奔，穿过这条久无人迹的通道，原路折返，自狂兰无行走过的地方急追而上。一路上竟然没有任何人阻拦，仿佛风流店的重要人物都悄然自这四通八达的地下迷宫里撤走了。

一路都是残损的机关，很快，沈郎魂和阿谁就到了薛桃那间凌乱不堪的闺房，一眼可见她已经被狂兰无行带走。沈郎魂一眼掠过，心头一凉，拉着阿谁往外便闯，然而人影一闪，一人拦在门口，对着二人浅浅一笑。

来人黑发及腰，桃色衣裙，正是玉箜篌。沈郎魂手握短刀，阿谁脸色微变，看玉箜篌的神色，他似乎已经在这里等了很久。

"两位匆匆而来，难道不喝一杯酒水再走吗？"玉箜篌浅笑嫣然，那容颜当真是娇美绝伦。在他一笑之际，身后人影闪动，余泣凤、白素车、红蝉娘子等人位列其后，遥遥还有一位黑衣蒙面人站在不远处。

玉箜篌手中斜斜握着一柄短剑："想不到阿谁丫头竟然是位巾帼英雄，在丽人居楼头救林遄也就罢了，今夜竟然敢带人潜入——难怪柳尊主为你神魂颠倒，郝文侯为你送命，也难怪唐公子为你动心了。"

"唐公子岂会为我这种女子动心？"阿谁低声道，"桃姑娘高估我了。"

玉箜篌盈盈地笑："我只要把你吊在门外的木桩上，就知道他到底有没有为你动心！"他从头到尾没有看沈郎魂一眼，却柔声问，"沈郎魂，你还想动手吗？"

沈郎魂怒目看着玉箜篌，抚翠虽然死了，但她将一头母猪称作他妻子，骗他刺唐俪辞一刀，害得唐俪辞重伤，自此他与风流店仇深似海！

虽然明知不敌，但是他紧握短刀，目中没有半分退让之意："不男不女的人妖！风流店从上到下没一个是人，全部是比母猪还不如的畜生！"他轻轻将阿谁往身后一推，"你快走，这里你认得路。"

阿谁知他要搏命为她断后，清秀的脸颊煞白，她将紧握在手中的"杀柳"递给沈郎魂，咬了咬牙："我马上便走！我……我一定会救你！"言下，她转身狂奔而去，隐没在黑暗的通道之中。

玉箜篌不以为意，望亭山庄天上地下都是他的天地，都在他股掌之间，阿谁不会武功，不论跑到哪里，他都有把握把她抓回来。眼前的沈郎魂左手"杀柳"，右手短刀，杀气腾腾地挡在面前，玉箜篌嫣然而笑："清虚子，余泣凤，三十招内，我要拿下沈郎魂。"

那一直蒙面的黑衣人动了一下，余泣凤换了一柄剑，是一柄剑身漆黑如墨的怪剑，两人缓步走上前来。

玉箜篌施施然自沈郎魂身边绕过，沈郎魂大喝一声，短刀突出，刹那间那黑衣人的手掌已拍到了他肩头，沈郎魂沉肩闪避，余泣凤长剑递出，隧道里强风骤起，沈郎魂不得不收回短刀，与二人缠斗在一起。

玉箜篌隐入通道之中，此时他愉悦的心情，就像一只捉老鼠的猫，期待着那只老鼠给他一些新鲜的乐趣。

阿谁沿着隧道往前狂奔，这里的通道和好云山的一模一样，风流店其实并没有机关设计的人才，所有精妙的设计都抄袭自破城怪客的秘籍，而破城怪客早就被狂兰无行杀了，再无可能对这些机关进行修改。

　　她很快地穿过几个门，逃向那个黑暗可怖的水牢，她一定要快，必须在沈郎魂战死之前让唐俪辞来救他！一定要救他！不能再让沈郎魂死在这里！绝不能……

　　很快，通道的四面八方都有人在走动，她知道玉箜篌发布了追查她的命令，狂兰无行不知何处去了，也许他已经带走薛桃，但他全然不顾她和沈郎魂的安危。

　　对狂兰无行而言，世上只有薛桃是重要的，其他人的性命犹如蝼蚁，毫不在乎。她并没有对狂兰无行感到失望，世上或许就有一两个这样的男子，眼里除了苍穹星宇，便只剩一人吧？对薛桃而言，是何其幸运，而对他人而言，又是何其不幸。

　　隧道的一端传来脚步声，她忍住急促的呼吸，往门后一躲。两位白衣役使自通道疾奔而过，都往通向花园的出口处去找她，她静静数着那风声，站起身来继续往地底深处奔去。

　　"人在这里！"通道一侧突然冒出一人，疾若飘风向她抓来，阿谁吃了一惊，身后有人将她一拉，"当"的一声金铁交鸣，身后的人娇吒道："找死！"一柄剑自那人胸口贯入，那人惨叫一声，阿谁才看清原来是看守通道的剑士。

　　身后救了她一命的人拉着她的手往前奔去，身材娇小出手狠辣，却是官儿。

　　"你为何不走？"阿谁低声问。

　　官儿紧紧咬着她那鲜艳可爱的下唇："我……我娘其实早就死了，在生我的时候就死了，我只是……只是一直想象她还活着，想象我只要找到她就会有人在乎我照顾我,但……"她突然哭了出来,"但她早就死了。我一直是个坏孩子,但不管我杀多少人,主子也不会在乎我,他随时都可以杀了我,只有阿谁姐姐疼我,我不想你死在这里。"她边跑边哭,"我其实早就可以逃出去,但是我不知道逃出去以后要怎么办,所以一直不敢逃出去……"

"傻孩子!"阿谁紧紧抓住她的手,"别哭,等你长大了,等你学会珍惜自己的时候,一定会有人在乎你的。你会嫁人,会有孩子,你会长大,再想起这些事的时候就不再觉得难受了。"

官儿哭道:"我要怎么样才会长大?"

阿谁热泪盈眶:"和我一起逃出去,只要你出去,你不再杀人,你做好孩子,就会长大。"

两人转到通向水牢的那条路,官儿抹了把眼泪:"阿谁姐姐,你要救沈郎魂就快走,我……我还有样东西要拿。"

阿谁回过头来,颤声道:"你——"

官儿脸上满是泪痕,哭道:"快走啊!你不怕他很快死掉吗?你要救他的不是吗?快走啊!"

阿谁全身颤抖:"你……你拿了东西以后,一定要跟上来!"官儿用力点头,牢牢握着手中的剑。

阿谁的身影没入水牢的铜门,官儿锁上铜锁,将一切恢复成无人来过的模样,往另外一条路跑去。

没有什么必须要拿的东西,只是……要让一个人安全地离开,必须有另一个人留下。她们心里都很清楚,但无论是决意赴死的,或者是断然离开的,她们都具有超乎常人的勇气,即使一切是如此沉重,沉重得并非这两个柔弱的女子所能承受。

官儿捂着脸往另一条路狂奔，眼前突然有人影闪动，两名白衣役使沿路追来，喝道："小丫头！刚才是你杀了剑士，是不是？"

官儿抬起头来："我没有！"

白衣女子冷笑："你的剑上还有血痕，小丫头，主子养你几年，想不到是养了条吃里爬外的野狗！阿谁哪里去了？"

官儿尖叫一声："我不知道！"

"唰"的一剑，白衣女子拔剑向她刺来："我在你身上砍上十剑八剑，看你说不说！"

阿谁跳下漆黑的水牢，沉重的大门在身后合上，水中不知名的生物游动，响起"哗啦"的水声，一切是如此地熟悉而恐怖。她的心剧烈地跳动，伸手在水下摸索，渐渐地摸索到一个不大的空洞，一咬牙，对着那空洞钻了过去。

空洞后是彻底的黑，四周都是潮湿冰冷的岩壁，她不知道前方有没有出路，只能奋力地往前爬去。水流自前涌来，不住呛入她的口鼻，她一边咳嗽一边爬行，四周无比狭小，一抬头便会撞到石壁，仿佛随时都会在这绝望的通道中窒息而死一般。

但她必须奋力前行，沈郎魂撑不了多久，官儿随时都有危险，而且听说……听说有一位不良于行的女子，为了逃离地狱，曾经走过这条路，证明这条路对于四肢健全的她而言，绝不该认为是条困难的路。

她必须再快点、再快点、再快点！

似乎只是爬行了很短的时间，而她不知实际过了多久，眼前突然出现了亮光，阿谁浑然不知自己是如何从那溪水的洞穴中爬出来的，总之，她很快便出来了。

外面寒风刺骨，这条溪涧上结了很薄很薄的一层冰，夜空下着微雪，阿谁狼狈不堪地爬起身来，这地方竟然距离乘风镇的住所不远！

正当惊喜之时，她突然瞧见泥雪混杂的地上躺着一人，就离她不远。她摇摇晃晃地往房屋奔去，路过那人身边的时候，仍是看了一眼——只看了这一眼，她突然呆了！

那人是薛桃！

薛桃……狂兰无行冒死救出的薛桃、玉箜篌费尽心思要把她留住的薛桃，怎会像无人捡拾的布偶一般，被遗弃在这荒山野岭的雪夜？阿谁突然生出莫大的勇气，停下脚步又看了她一眼——她的胸口有伤！她的胸口被什么东西击穿，流了很多血。

但她还没有死，残余半边脸颊雪玉秀美，眼角含着的一滴眼泪已凝结成冰。阿谁双手将她抱了起来，不知哪里来的力气，抱着她向住处狂奔而去。

快点、快点，她要再快一点！

她有很多很多事要对唐俪辞说！很多重要的事！很多人命……

眼泪夺眶而出，她觉得肩头无比沉重，人命、人命、人命……许许多多的人命，她到底要怎么做才能圆满？到底要怎样努力才能挽留住一些什么？她只是阿谁，她已经觉得负担不起，而在唐俪辞肩上又是何等沉重？他又负担得起吗？

"砰"的一声，阿谁奔到门口，撞门而入。门内，玉团儿吓了一跳，眼见阿谁伤痕累累，顿时大叫一声。林遒匆匆出来，将阿谁和薛桃扶起，宛郁月旦开门出来，阿谁喘息未定，手指门外："沈大哥……在望亭山庄被围困……快去救他，还有官儿……"

"放心，唐公子已经去了。"宛郁月旦弯下腰来握住她的手，微笑得很镇定。

阿谁呆了一下，听到这句话她觉得天旋地转："他已经去了？"

宛郁月旦颔首："他从床上醒来，听说你带着沈大哥和朱颜去闯望亭山庄，就立刻赶去了。不怕，有唐公子在，谁也不会出事的。"

阿谁看着他，颤声问道："他的身体……"

宛郁月旦举起手指在头侧画了个圈，微笑道："他只是情绪激动，我让他服了安神的药，喝了姑娘做的米汤，已经比刚才好了一些。你放心，有唐公子在，不会让任何人受伤。他是个能为了别人去拼命的人，而以唐公子的能耐，他拼命去做的事，有什么是做不成的？"

阿谁眩晕地看着宛郁月旦，这个人说唐俪辞是一个能为了别人去拼命的人，为什么能说得这么肯定？这么顺其自然？

"他……"宛郁月旦用手帕缓缓擦去她脸上的泥水和落雪，温柔地道，"我见过另外一个能为了不相干的人去拼命的人，他是因为博爱，他对每个人都好，希望每个人都快乐，为此他可以拼命。这样的人，人人都喜欢，都会赞美。"

"但唐公子不是这样的，他会为了别人去拼命，不是因为他博爱，而是因为他很脆弱。"阿谁慢慢眨了眨眼睛，她眼里有残雪的融水，看上去一切都是蒙眬一片，只听宛郁月旦柔声道，"他太寂寞了，太想被人关怀，所以他拼命地拯救别人，通过拯救别人……他能得到一些满足，他会觉得自己很重要。

"他对方周不死心、对柳眼不死心、拼命地去救池云，那都是因为真正关怀他的人很少，他记在心里，他不肯放弃。但了解他的人很少，唐公子表达情绪的方式很激烈，大部分的人都怕他，因为他总像一个人能完成几十个人，甚至几百个人做的事，仿佛只要他存在，别人就不需存在一样。

"但其实不是这样的，他只是太寂寞，他需要那种高高在上的姿态……太想要被关心，太想要被重视，他不能和普通人一样。"

我……真的一直都很笨。阿谁眼里的水流了下来："是……"

宛郁月旦柔软地叹了口气："我说句不该说的，阿谁姑娘，你不能不了解唐公子。我想他执着于你的原因，不是因为什么其他的理由，而是因为你……你身上有一种……母亲的感觉。"

阿谁眼里的水再次流了出来，分不清是雪水还是泪水："我明白了。"这个第一次见她的温柔少年，像能将一切迷雾看清，她终于明白唐俪辞想从她身上得到什么，终于明白他想得到谁"可以为他去死的爱"，终于明白为何她从来没有感受到他在爱她，为何他对她很好但她总是会感到失望——原来——

原来如此……

只是因为如此……

她哭了出来，伏地痛哭，他只是想要一个能为他去死的母亲，但她却一直会错了意。

她永远不可能是他的母亲，但她一样对他关怀备至，可是……可是……他所要的只是母亲，不是别的其他的什么。

而她真的……永远不可能是他的母亲。

沈郎魂与余泣凤、清虚子已经过了二十二招，以真实实力而言，沈郎魂或许能接余泣凤百招，但必定败于两百招以内，但他不是剑士，他是杀手。杀手最清楚如何生存，所以即使他明明接不下余泣凤与清虚子联手的任何一招，他却能支撑到二十二招。

但二十二招已是极限，沈郎魂心里很清楚，第二十三招将是他的绝境。余泣凤已摸熟了他闪避的路子，清虚子掌法沉稳，丝毫不为他眼花缭乱的刀法所混淆，第二十三招两人默契已生。

于是，余泣凤剑扫右膝，清虚子跃高向沈郎魂后心击落，沈郎魂避无可避，大喝一声，短刀和杀柳齐出，硬架身前身后的一剑一掌！

白素车在一旁观战，神色冷淡，却又不离开，似乎正看得有趣，忽地她目光微微一闪。沈郎魂见她目光，瞬间犹如有灵光闪过脑海，蓦然放弃招架身后的一掌，杀柳寒光闪烁，脱手飞出，夹杂数十枚"射影针"激射余泣凤胸口咽喉！

余泣凤在他这门暗器下吃过大亏，急急舞剑遮挡，沈郎魂短刀扑出，连下杀手，竟是逼得余泣凤连连倒退。

身后，清虚子一声清喝，与一人动上了手，只听"砰"的一声双掌相接，余泣凤脸色一变，撤剑后退。

白素车略微顿了一顿，对着沈郎魂微微一笑，随即退去。

沈郎魂松了口气，回过头来，却见唐俪辞一人独立，清虚子竟是退得比余泣凤更快，沿着隧道的另一端退走了。

"身子无恙吗？"沈郎魂松了口气，"阿谁好吗？真没想到她当真能及时找到你。"

唐俪辞仍是穿着那件褐色的单衣，一头银灰色的长发垂在身后并未梳理，闻言蹙眉："阿谁？她人呢？"

沈郎魂吃了一惊："你不是见到她人，才赶来这里的？"

唐俪辞道："听说你们三人来闯望亭山庄，我料朱颜不可能与你们两人同路太久，所以来看看，果然……"

沈郎魂变了脸色："阿谁不知是否从玉箜篌手下脱身，我让她独自回去找你。"

唐俪辞微笑："不妨事，我会将这里从上到下、从头到尾，仔仔细细地搜一遍，生要见人，死要见尸。"沈郎魂长长地吐出一口气，脸上挂满苦笑，这人无论什么时候，都是这副样子。

自余泣凤和清虚子惊退之后，望亭山庄的隧道里又复空无一人。

沈郎魂环视四周："你是怎么进来的？"

唐俪辞往后一指："望亭山庄上面的花园里空无一人，地上有一层薄雪，有些地方雪化了，有些地方雪没化，雪化开的地方应有暖气，我寻到一处入口，下来便听见余泣凤的剑鸣。"

沈郎魂"哈哈"一笑："他那把剑如果无声无息，我这条命岂不是白送了？"

唐俪辞背手在后，眼角微挑，转身往来路走去："走吧，他还在里面，逃不了的。"

黑暗的隧道里没有一个人，前方道路上却像遍布恶鬼的双眸一般，充满了杀机和恶念。

玉箜篌现在并没有和余泣凤、清虚子在一起，他慢慢地寻找着阿谁的踪迹，却看到了一具又一具尸首。

有白衣役使，还有一个是专门看守通道的剑士，有些人是一剑穿心，有些人是中了见血封喉的剧毒，而那射出的暗器也非常奇异，乃是骰子。

第七具尸体。

玉箜篌轻轻叹了口气，前面不远处有很轻的脚步声，听起来是个小孩子正在往前疾奔："官儿。"

那脚步声突然停了。

玉箜篌负着手慢慢地走了过去，通道里微弱的灯光下，不远处全身瑟瑟发抖犹如老鼠一般的小女孩正是官儿，他凝视了她好一阵子："你真了不起。"

"我……我……"官儿手里的剑已经丢了，满身满脸的血，模样狼狈不堪，但她仍然活着，那些阻拦她的人已经死了。

"白衣役使几十人，被邵延屏放跑了一大半，只剩下十三人，你一个人杀了六个，在好云山一战里战死的人也没有这么多。"玉箜篌柔声道，"我本来应该赏你。"

官儿面无人色，踉跄着退了几步："她们要杀我。"

玉箜篌嫣然一笑："我知道。小丫头，小小年纪不但心狠手辣，而且吃里爬外，若非如此我也不想杀你。"他柔声道，"你是个人才，真正的人才，你才十四岁就能杀七个比你高大、强壮，甚至武功练得比你好的人，你有天分，可惜——很可惜——你不听话。"

"我……我如果现在听话，主子能饶我一命吗？"官儿突然扑地跪倒，拼命磕头，"我不想死，我还没有找到我娘，我错了，我鬼迷心窍，主子你饶了我吧！我好害怕，不要杀我。"

玉箜篌笑了："我可以不杀你，阿谁呢？你把她弄到哪里去了？"

203

官儿蜷缩在墙角，全身仍然不住地发抖："我不知道，我没见到她。"

玉箜篌"哧"的一笑："你真没见到她？"他仔细地看着自己修剪整齐的五指，活动了一下指节，似乎正在思考要如何挥出一掌姿态会更加飘逸。

官儿越抖越厉害："我……我见到她往其他方向跑了，但没和我一路。"

"放屁！"玉箜篌破口骂了一声，声音震天动地，官儿脸色惨白，却听他柔声道，"你若没见到她，你们若不是同行，你若不是要掩护她，你犯得着连杀七人吗？你疯了吗？胡话就少说了，她到哪里去了？"

官儿咬牙："我不知道。"

玉箜篌提起手掌："你再说一次不知道，我可就饶不了你了。想一想，你还这么年轻，又这么聪明漂亮，又那么怕死……人生还有许多可能，还没有嫁人生子，要是就这么死了，你不会觉得很遗憾吗？我再问你一次，她到哪里去了？"

官儿反而颈项一昂，大声地道："我不知道！你杀了我，我也不知道！"

"你真是出乎我的意料。"玉箜篌"哧哧"地笑了起来，摇了摇头，"很可惜，当初收养你的时候如果知道你是这样的苗子，我该一早杀了你！"言下手掌一挥，"啪"的一声，官儿脑浆迸裂，当场惨死，临死之时犹自紧紧抿住嘴唇，当真死也不开口。

风流店中竟然有小丫头对阿谁讲情谊，这真是件匪夷所思的怪事。

官儿的血溅上玉箜篌的鞋面,他取出怀中的绣花手帕慢慢地擦着,慢条斯理,擦得非常仔细。

就在他挥掌杀官儿的同时,余泣凤和清虚子同时飘身而退,唐俪辞闯入隧道,一切似乎才开始,但对官儿来说已经太迟了。

她始终没能长大。

遥远的通道中传来惊呼奔跑之声,玉箜篌眼神陡然一变,刹那间充满了暴戾狠毒之色,手握那柄短剑,沿来路退去。

通道之中,白素车和余泣凤正疾奔而来,清虚子自另一个转角飘身过来,玉箜篌掠目一看:"真是没出息。"

白素车容色肃然,躬身一礼:"唐俪辞有备而来,我等不是他一人之敌。"

玉箜篌"哼"了一声:"把水牢打开,去查缺口是不是有人通过?"白素车应声而去。

玉箜篌双目流转,看了余泣凤和清虚子一眼,轻轻一笑。这一笑便笑得余泣凤和清虚子垂首无言,他们二人都是一代宗师之能,却被唐俪辞吓得掉头就跑。

"其实你们两位足可以和唐俪辞过上两百来招……"玉箜篌柔声道,"他重伤初愈,说不定在这两百招里就会力竭,说不定你们其实会赢。"他顿了一顿,冷冷地道,"现在可有一点后悔了吗?"

余泣凤阴沉着一张脸不说话,清虚子面戴黑纱,看不出神色,但显然脸色也不好看。玉箜篌负手站在通道中,余泣凤和清虚子各站两旁,黑暗的远处什么声音都没有,但谁都知道唐俪辞和沈郎魂正沿路而来。

唐俪辞虽然武功高强，沈郎魂也不是弱者，论实力，他们决计抵挡不过玉箜篌、余泣凤和清虚子。但唐俪辞有音杀之术，音杀之术惊世骇俗，少有人能抵挡，即使玉箜篌也不行。

玉箜篌却并不撤走，他不撤走的原因很简单，望亭山庄之中除了余泣凤和清虚子，还有鬼牡丹。唐俪辞的音杀之术再厉害，也需要有闲暇吹奏，有几位武功绝伦的高手，绝对能确保唐俪辞没有施展音杀之术的时间。

漫长的隧道遥遥亮起一团灯光，随即熄灭，往前又亮起一团灯光，又再熄灭。那是嵌在隧道两侧的油灯被吹灭之前的亮光，油灯的光线很暗淡，只照得隧道里分外地黑。油灯一节一节地熄灭了，仿佛漫长的隧道一节一节地变短了一般。

唐俪辞来了。

玉箜篌负在身后的手悠闲地转了几转，对眼前侵近的浓郁黑暗没有半点在意。

乘风镇的小屋内。

阿谁沉沉睡去，她奔波了一夜，又屡经刺激，身体和精神都已疲惫不堪。

玉团儿让她睡在凤凤身边，凤凤却又不睡，精神很好地坐在床上东张西望，看看宛郁月旦，又看看玉团儿，乌溜溜的眼睛又圆又大，仿佛看得很好奇。但他似乎也知道娘亲累了，只是东张西望，不吵不闹，右手牢牢地抓住阿谁的衣袖。

玉团儿和林逋正合力将薛桃抱上床榻，玉团儿刚刚给她胸前的伤口上了药,但伤得很重,简单地敷些金疮药不知是否有效,而当初柳眼用来医治林逋的黄色水滴又不知要到哪里去找,只得听天由命了。

宛郁月旦坐在一旁,刚才玉团儿把她所知的阿谁、柳眼和唐俪辞的事叽叽咕咕说了一遍,以他的聪明才智,不难了解其中的关键之处。

而阿谁把薛桃横抱了回来,究竟是谁在她胸口刺出这样的伤口却不得而知,答案似乎很明确,又很令人迷惑。

薛桃和朱颜在一起,有谁能伤得了她?即使伤得了她,朱颜却又为何留她一个人在荒山野岭?答案只有一个:重伤薛桃的人,正是朱颜。

但他为什么要杀薛桃?

难道他不是为了薛桃赴汤蹈火?不是为了薛桃要杀宛郁月旦,甚至为了薛桃逆闯望亭山庄,突破重重机关才将她救出的吗?怎会转眼之间就对她下这样的重手?

"小月,"玉团儿对着薛桃凝视了好久,"她好漂亮。"

宛郁月旦却看不见,只得微笑:"是吗?"

玉团儿点点头:"我要是有这么漂亮,不知道他会不会多想我一点,唉……"

宛郁月旦道:"这个……世上也不见得人人爱美,我听说有些人特别喜欢胖姑娘,有些人特别喜欢老姑娘,所以男人想不想念一个女人,在很大程度上是看她有没有给自己留下深刻的印象吧?呃……深刻的好印象。"

玉团儿看着宛郁月旦:"我要是长着你的嘴巴就好了,我喜欢你嘴巴的形状,小小的,像小娃娃的嘴巴。"宛郁月旦在陪她说话,她却在想宛郁月旦的唇形，林逋"扑哧"一声笑了出来，这两人说话，全然文不对题。

宛郁月旦不以为意，略略按了按薛桃的手背，她的手背热得烫手，伤势看来十分凶险。想了一阵，宛郁月旦突然问："唐公子穿过的衣裳在哪里？"

林逋怔了一下，那件衣裳被沈郎魂的短刀撕破了一个大洞，染满了鲜血，卷了起来藏在衣柜里生怕被风流店的人发现端倪，至今没人动过："在柜子里。"

"拿来瞧瞧，衣袋里说不定会有药。"宛郁月旦黑白分明的眼睛灵活地转了转，"他身上一向带着不少好东西。"

林逋站起身来，匆匆从衣柜里翻出唐俪辞的血衣，探手入衣袋里一摸，里头果然有许多瓶瓶罐罐，他一一取出来放在桌上。

只见有一个淡青色的小方玉盒，一个羊脂白玉美人瓶，一串珍珠，几块小小的玉石，几锭小金锭，还有一颗圆形的药丸。

宛郁月旦将东西一样一样放在鼻尖轻嗅："唐公子看来很喜欢玉器，这些都是气质品相绝佳的上等美玉，用作器皿委实有些可惜。嗯……薯莨、七叶莲、黄药子……盒子里的是伤药。"

宛郁月旦拿起如手指大小的羊脂白玉美人瓶，这玉瓶做工精细，手感润滑，绝非凡品，打开瓶塞微微嗅了一下。林逋立刻闻到一股非常古怪的气味，顿时打了个喷嚏。宛郁月旦微微皱起眉头，将瓶中物倒了一片出来。

林逋见他倒在手上的是一种白色药片，与药丸不同，那药片形圆且扁，却是一种从未见过的药物。

宛郁月旦显然也嗅不出那是什么，秀雅纤弱的脸上微微浮起一丝困惑之色，将药片放回玉瓶，拿起另一颗圆形的药丸："这是紫金丹，虽然少见于世，但古籍里记载的有此物，古人说服用紫金丹能羽化登仙，我是不太相信，但此药应当另有独到之处。"

"薛姑娘伤势危重，"林逋接口道，"我看这药不如让薛姑娘服下，看看有没有起死回生的奇效。"

宛郁月旦轻轻敲开药丸外的蜡壳，里面是一颗色泽金亮，犹如龙眼大小的药丸，他手指温热，一拿起药丸，那药丸似乎便要融化，宛郁月旦只得急急把药丸放到了薛桃嘴上。

偌大一颗紫金丹接触到她灼热的嘴唇，很快化为汁液，顺着她的唇缝流入腹中。林逋和宛郁月旦都嗅到了一阵幽雅馥郁的药香，看来这紫金丹果然与众不同，更与方才那羊脂美人瓶里的药片不可同日而语。

服下紫金丹之后，薛桃烧得通红的脸颊略有恢复，过了一会儿，她的眼睫微微颤动，玉团儿"咦"了一声："薛姑娘？"

薛桃缓缓睁开了眼睛，那双眼睛清澈秀美，如一汪秋水。玉团儿轻轻摸了摸她的头发："大家都说阿谁姐姐是难得一见的美人，可是我觉得你比她漂亮多了，你真美。"

薛桃那秋水似的眼睛慢慢望向宛郁月旦："你……是……谁……"

"姑娘且安神休养，你不在望亭山庄，也不在朱颜身边。"宛郁月旦样貌神态看来温柔无害，所以薛桃一直看着他，胸口急促起伏了几下，唇齿微张似乎要说什么，却始终说不出来。

玉团儿一直看着她残余的半张脸，薛桃的眉目鼻子生得都是她喜欢的样子，越看越是喜欢，不免艳羡起来。

宛郁月旦听着薛桃急促的呼吸，心知她有话要说，柔声道："姑娘想说什么？"

薛桃张开嘴唇，无声地翕动，林逋看着她的口型："我……对……不……起……他……"

宛郁月旦微微一笑："他重伤了你，心里多半已经后悔啦，别想太多，等你好起来才有力气对他说很多话。"

玉团儿诧异地看着他："你知道她在说谁？"

宛郁月旦微笑道："她说的是'狂兰无行'朱颜。"

玉团儿叹了口气，对薛桃道："他不是很爱你吗？为什么要杀你？他费了这么大力气把你救出来，就这样把你扔了？"

一颗眼泪自薛桃的眼角滑落，她终于发出了微弱的声音："他……一生只对我一个人好……可是我……我对不起他……"

玉团儿奇道："什么对不起他？你被玉箜篌抓住关了起来，那又不是你的错，何况这么多年你吃了这么多苦，他好不容易找到你，怎么不好好对你？"

薛桃茫然地看着屋顶："十年了……真长……他为什么不在八年前、六年前，甚至四年前救我出来？"

玉团儿抬起手来，就想给她一个耳光："你胡说什么？八年前、六年前、四年前他都中了玉箜篌的毒药，神志不清、傻里傻气的，什么都不知道，怎么能救你出来呢？他一清醒就救你出来了，难道还不行？"

"我想他打破墙壁，穿过一重又一重的障碍来找我，这十年里我每天都想。我想他也许会在窗户前出现,看见我被绑在床上,我想他会很心疼,我就会很高兴……但他始终没有出现。我被绑了一年又一年、一年又一年……每天的每个时辰我都在想他将如何来救我……也许是今天,也许是明天,不这样想我就不能活下去……但他始终没有来。"

薛桃微弱地道:"我有时候伤心,有时候失望,有时候绝望,有时候愤怒,但不管我怎么想,他就是不来。我恨表哥,你无法想象我是怎样恨他,但这么多年来,我伤心的时候讽刺我的是他,我失望的时候嘲笑我的是他,我绝望、愤怒的时候陪着我的还是他,十年来我只看见他一个人……其他的人好像都消失不见了一样。"

薛桃的眼泪流了出来,像流着她那瘦弱身躯里的最后一滴血:"我恨他,但有一天我发现……表哥虽然阴险狠毒,虽然他做尽了惨绝人寰的事,虽然他将我绑起来绑到我生病,但是他一样很痛苦。有时候……他比我还痛苦,我还有指望,我盼着朱颜来救我,他看着我、他绑着我,他什么指望都没有。我很痛苦,他也会心痛,也会后悔,但他不能放开我……"

她急剧地喘息起来:"他只能坐在那里看着我。有时候我知道他也不想来看我,他也不想陪着我,他也想杀了我,但他做不到。我盼着他杀了我,他却抱着我哭……我……我……"

玉团儿睁大眼睛静静地听着,薛桃泪流满面:"我怕他哭,从小到大他都是好强的人,他一哭我的心就像要碎了一样……他一哭我就心软,我就不敢绝食,不敢自杀……后来……后来……"

她长长地吐出一口气,眼神渐渐安定了下来:"后来他抱着我哭,我也抱着他哭，他说他想杀了我，说想杀了大表哥，但大表哥已经死了，他心里却很恨，他恨这个江湖害死了大表哥，所以他要将江湖上的每个人都一一毁掉……他也说他想和辽国打仗，他说他想入朝为官，他说他看不起天下所有人，除了我，他说他觉得自己是个奇才……我相信他对我说的都是真心话，我却只说一件事……我每天都问他为什么朱颜不来救我？他说朱颜永远不会来救我，他永远都不会让朱颜来救我……"

玉团儿眼睛里开始充满了泪，薛桃怔怔地看着她："你哭什么？"

玉团儿抹着眼泪，指着宛郁月旦，哽咽道："他也在哭啊，又不只有我想哭。"薛桃看着宛郁月旦，宛郁月旦眼里有一汪清泪，不知想起了什么，他悠悠叹了口气。

薛桃望向林逋，林逋的神色也很哀戚，她反而淡淡一笑："后来有一天，他放开了我，我却不能走路了。表哥比我还痛苦，他恨不得能把他自己的脚接在我身上，当然，在证明能接给我之前，他要尝试到底行不行，结果他抓了许许多多年轻漂亮的女子，把她们的手脚砍了，意图装在我身上。我害死了千千万万的人命，自那以后我更恨他了，我不在乎手脚会不会好，也已经不在乎朱颜是不是会来救我，我就是不想见他，心想就这样死了算了。"

玉团儿握着她的手："你真可怜。"

薛桃低声道："那些无辜而死的女子更可怜，我有什么可怜之处？我造了孽，害死了好多人。我的病越来越严重，手脚不停地发抖，表哥无奈之下，把我的手筋脚筋都挑断了。我本就想死，筋脉断不断倒是无所谓，他却天天折磨他自己。"

"有一天，山庄里来了一个人，我没见过他的面，但他给了我一种药物，服用了以后我的手脚慢慢地有了力气，一点一点地就能站起来了。表哥欣喜若狂，我却心如刀割，我已经不再想朱颜会来救我，我满心满脑想的都是表哥的事……我恨他害我，恨他祸害无穷，但我也怕他会失败，怕他会死……我已经不是从前的我……"她木然地道，"所以我想从他身边逃走，我怕我自己终有一天会心甘情愿地留下来。"

"所以你就从水牢的通道里逃走了？"玉团儿惊奇地看着她，这个瘦小的女子竟然有这么大的毅力和勇气，能从望亭山庄那样的地方逃出来。

薛桃低声道："他把我抓了回去，很生气，打了我，弄伤了我的脸。我很高兴他弄坏了我的脸，我想他也许以后可以不再想着我，但他彻底疯狂了，他把他身上其他地方的皮肤给了我，把我脸上那块疤痕换到他自己脸上……哈哈……他想替我变丑，结果变得和我一模一样……

"他开始对他自己的新模样着迷，他穿我穿过的裙子，他学我梳头的样子梳头，他开始在脸上施脂粉，哈哈哈……别人都很怕他，我却知道他心里痛苦，他想杀了我，却又离不开我，所以他就想变成我，他想如果他变成我，杀了我以后他就不会再想我……"

"但他始终没有杀你。"宛郁月旦柔声道，"他爱你。"

薛桃闭上了眼睛："他爱我，他也爱他自己，他不能为了爱我而不爱他自己，也不能只爱他自己却不爱我。而我……我不能爱他，他是个坏人……"她颤声道，"我不想爱他，所以我就不见他。他一直想杀我,却一直下不了手。我以为我不见他就不会想他,但我想……我日日夜夜地想……"

"然后今日,朱颜突然出现,把你救了出来。"宛郁月旦柔声问,"你却很伤心?"

薛桃慢慢地道:"我听着他闯进来的声音,一阵又一阵,惊天动地,我听见他的脚步,那种熟悉的气势和气味……和我从前想象的一模一样。表哥躲了起来,他没有阻拦朱颜带走我,他也没有要我死……我……我很失望。"

她紧紧地抓住被褥:"我很伤心,他竟然没有阻拦,也没有杀我,就这样让我走了,我不知道是不是让他失望,或者是他太爱我所以真的让我走了,不管是什么理由我都觉得很伤心,我爱他,我已经不爱朱颜,不在乎朱颜来不来救我,我只想留在表哥身边,不论他做了多少坏事害死了多少人,我想和他在一起。"她凄然地道,"我不能骗朱颜,我告诉他我不爱他了,他就出手给了我一戟。"

玉团儿"啊"了一声:"他怎么这样?"

薛桃轻轻地道:"我不怪他,他就是这样的人,他一辈子只对我一个人好过,我背叛他,就是他的整个人生都背叛了他,是我对不起他。"

宛郁月旦叹息了一声:"你有没有想过,告诉朱颜你不再爱他,会加剧他对玉箜篌的仇恨……他将你扔在地上,自己又去了哪里?"

薛桃变了脸色:"他会去找表哥!"

宛郁月旦的声音温柔而无奈:"他现在一定又回望亭山庄去了,望亭山庄一场大战难以避免,我们只能静待结果。"

薛桃呆呆地看着宛郁月旦，紫金丹给予她的力量在一点一滴地消失，朱颜要杀人几时失手？她胸口是穿透的戟伤，鲜血又在缓缓渗出。玉团儿一直拿着唐俪辞那方形玉盒里的伤药，不断地敷在薛桃的伤口上。薛桃的呼吸越来越急促，神志渐渐不清，又昏沉了过去。

"她会死吗？"玉团儿看着薛桃，觉得很难过。

宛郁月旦咬住嘴唇："也许会。"

玉团儿低声道："如果她不说这么多话，说不定不会死。"

宛郁月旦摇了摇头，微笑道："这些话憋在她心里，她不说出来会更难受，十年了，除了玉箜篌没有人和她说话，她真的是很可怜的。"

玉团儿又在抹眼泪："我觉得她很可怜，她被姓玉的人妖害得这么惨，竟然还想留在他身边。"

宛郁月旦又摇了摇头："感情的事很难说，可以选择的话，我想玉箜篌和朱颜都宁愿不爱任何人，感情只会妨碍他们的武功和霸业。"说完了这一句，他支颔托腮对着玉团儿，改了话题，"玉姑娘，你出身山林，可知自己爹娘是谁？"

玉团儿学着他支颔托腮，因为宛郁月旦手腕白而纤细，支颔的样子很好看："我娘说她原来是县城里李氏包子铺的女儿，小时候跟着城里武馆的师父学了点武艺，人又长得漂亮，在县城里是有名的美女。我爹嘛……她说有天我爹路过县城，多看了她的包子铺两眼，她看上我爹俊逸潇洒、唇红齿白、风度翩翩，就故意挑衅，说我爹偷她的包子。"她浅浅地笑了起来，"然后我爹居然承认了，我娘要他赔包子的钱，我爹说请我娘喝酒，我娘就答应了。"

这怎么听起来有些像美貌女子被登徒子占了便宜？林逮觉得好

215

笑，却不敢笑出来。

宛郁月旦很认真地听着："你娘当日一定很高兴了。"

玉团儿笑道："当然了，那天夜里，我爹请我娘喝酒，两个人就好上了，我娘肚里就有了我。"

林逋呛了口气："咳咳……"

宛郁月旦微笑道："后来你爹就娶了你娘？"

玉团儿摇了摇头："后来我爹就走啦，第二天就走啦，我娘再也没见到我爹。她没嫁人就生了我，爷爷很生气，而且我还天生怪病长得很丑，娘在县城里待不下去，就带着我到山林里躲了起来，一躲就是十几年。"

林逋脸上的笑容尚未展开，怔了一怔，又黯淡下来："你爹一直都没有找过你娘？"

玉团儿摇头："我娘说我爹长得很好看，遇见的女子一定很多，他多半不会记得我娘的。但我娘一点也不后悔，她说看见了我爹以后，她不会再喜欢上别的男人啦，如果爷爷硬把她许配给其他人家，她一定会伤心一生。所以虽然爹走了再也不回来，她也一点都不后悔。"

"你爹叫什么名字？"宛郁月旦柔声问。

玉团儿又是摇头："我不知道，连娘也没问，娘只知道他姓玉。娘说早知道是留不住的姻缘，问了名字又有什么用呢？有了名字就会想找人，找到了人也许更伤心。"她耸了耸肩，"不管是什么，反正娘觉得好就是好，她留着爹的一件衣服，有时候穿起来扮爹的样子给我看，我挺高兴的，她也挺开心。"

宛郁月旦眉眼一弯，微笑得很是温润柔和："你娘性子真好。"

玉团儿笑道:"当然了,我娘是很好很好的。"

天色渐渐亮了,薛桃的呼吸越来越微弱,宛郁月旦闭目假寐,神色还很宁定。玉团儿和林逋既担忧薛桃的伤势,又担忧望亭山庄的战局,却是半点也睡不着。

四十一 ◆ 七花云行 ◆

"在那里，伏营的灯火，连绵不绝的兵马夜眠江河，月如钩，长草漫山坡。在那里，做着许多梦，数一二三四，比星星还不清楚。在那里，微弱的小虫闪着光，在午夜无声之时来流浪；在这里，脆弱的小虫挥翅膀，在强敌来临之际在翱翔，多少鬼在河岸之上，趁着夜色持着枪……"

幽暗的隧道一节一节地变短，黑暗一节一节地逼近，玉箜篌不以为意，余泣凤和清虚子却暗提真气，警戒到了十分。唐俪辞武功之强，他们都已领教过，其人虽然相貌秀丽、举止文雅，招式之悍勇狠辣却是人莫能及，若一不小心中他一招，就有丧命之虞。

突然之间，玉箜篌"嗯"了一声："不对！"

余泣凤沉声问道："怎么？"

玉箜篌衣袖微摆："灭了六盏油灯，是六哥。"

黑暗的隧道中有人笑了一声："哦！原来七弟与我心有灵犀，我也没告诉你弄灭六盏油灯就是我来了，你怎会猜到是我？"

玉箜篌嫣然一笑："六哥一向喜欢自作聪明，我怎会不知？你不是陪你师父逍遥江湖去了？回到望亭山庄，是想告诉我什么好消息吗？"

自隧道里摇扇走出的人黄衣红扇，脸颊红润，正是方平斋："我一向没有什么好消息，只有倒霉的消息，听说你网罗了三哥为你杀人，他人在何处？"

玉箜篌越发笑吟吟："你要杀三哥之心，真是始终不死。不是七弟我泼你冷水，以六哥之能，杀遍大半个江湖可以，但要杀三哥，不可能。"

方平斋摇动红扇："你不必给我泼冷水，我很有自知之明，我不是来杀人，只是来问他是不是人在此处？"

玉箜篌娇笑起来："既然杀不了人，问有何用？"

"你把他害得神志不清，他没有杀你，反而被你网罗，必定是为了薛妹子了。"方平斋也笑吟吟地道，"你们两个为了薛妹子从十几年前斗到现在，我看戏也看了十几年，已经看到麻木。他若在此，我想请他出来叙旧，虽然我想杀他，但当年对他下毒酒害了他十年岁月，实在非君子所为，六弟我是诚心诚意来向三哥道歉的。"

"君子？道歉？你以为三哥是什么人？你是不是给他下毒，你把他害成什么样，甚至你是六弟还是七弟、八弟，他根本不在乎。"玉箜篌悠悠地道，"这世上除了薛桃和武功比他高的人，他谁也不放在眼里。你要和他说话，他只当你是刮风下雨，根本不会在意。"

方平斋叹了口气："我比看不惯老鼠还看不惯这种人、这种个性，但我做错了事我会道歉，这事关人格，而非为了取得三哥的谅解——实际上他是不是谅解，我也不在乎，我在乎的是我的人格。"

"六哥你——"玉箜篌摇头，"越来越像君子只会让你越来越束手束脚，你有才华、有能耐，只要你愿意，你有我与大哥缺乏的那部分能力，可惜你不珍惜自己，你浪费自己的能力，甘愿做一个插科打诨的小丑。君子？小丑？那是你吗？真的是你吗？你有没有经常扪心自问，你叠瓣重华方平斋，真的想要默默无闻过一生吗？"

方平斋歪着头看着他，玉箜篌黑发及腰，桃衣如画，仿若妙龄少女："我只想说——你这样打扮，看起来比大部分年轻美貌的姑娘好看多了。三哥他在这里吗？在你就说在，不在就说不在，我虽然英俊潇洒，对美女却没兴趣。"

"不在。"玉箜篌转过身去，"他带着薛桃走了。"

方平斋睁大眼睛，像听见了什么千古罕见的奇闻怪事："什么？"

玉箜篌淡淡地道："他带着薛桃走了。"

方平斋诧异道："你就这样让他走了？"

玉箜篌抬起头，语气越发淡漠："不错。"

方平斋喃喃地道："你一定有什么地方搞错了……"他用红扇拍了拍头，"既然人不在，我这就走了，救命之恩，六哥这里谢过了。"

余泣凤与清虚子在一边听着方平斋和玉箜篌谈话。方平斋与余泣凤也算旧识，他笑嘻嘻地对着余泣凤打了个招呼，余泣凤就如没看见一般。昔日剑中王，今日阶下臣，毕竟不可同日而语。方平斋对着清虚子看了几眼，没认出来这位是谁，于是挥了挥扇子，打算转身离去。

方平斋一转身，身前那片黑暗中突然露出一只鞋子，白色云鞋，淡蓝色的绣线。方平斋咳嗽了一声，差点呛了口气。

玉箜篌回过身来，方平斋身前的黑暗中有一人缓步而出，银灰色的长发，秀丽文雅的容色，正是唐俪辞。

沈郎魂却不在他身边，不知潜入了何处。

玉箜篌的视线从方平斋身上转到唐俪辞身上："六哥，你是帮他，还是帮我？"

方平斋红扇挥舞："我只是过路而已，你们继续、继续……不必为我坏了兴致。"他自唐俪辞身边绕过，一步一摇往前走。突然，通道中亮光一闪，有火光闪起，玉箜篌、唐俪辞一起抬目望去，只见方平斋脸上的笑容僵住——一柄长戟抵在他胸口，逼得他步步倒退，那长戟刃上曾经以油脂抹拭以免生锈，此时为来人剧烈的真气所激，竟然熊熊燃烧起来，刃上火焰闪烁，来人乱发蓬松，气势十分骇人。

朱颜！

唐俪辞和玉箜篌都有些诧异，按照常理而言，朱颜带走了薛桃必定会远走高飞，怎会突然折返？玉箜篌首先变了脸色："你把她怎么样了？"

方平斋身形一晃，自朱颜刃尖远远逃离，他虽然想杀朱颜，但此时万万敌不过，就算是两个方平斋也未必挡得住朱颜一戟，何况他还没有孪生兄弟。

朱颜并不回答玉箜篌的问题，长戟一挥，带起一阵凄厉的呼啸，惊雷霹雳一般往玉箜篌胸口插去，眼神狰狞可怖，就如陷入疯狂一般。

唐俪辞一闪让开，玉箜篌出手如电，一把扣住长戟杆身，厉声喝道："你把她怎么样了？"

朱颜仍然不回答，那长戟上的火焰慢慢地烧到了玉箜篌的衣袖。朱颜十成真气运劲前挺，玉箜篌强力扣住，两人眼神相对，勃然如燃起一场大火。

两人不再对话，瞬间如暴风骤雨般动起手来，长戟震天动地，身周墙壁崩坏之声不绝于耳，玉箜篌赤手空拳，然而拳风掌影之强丝毫不弱于朱颜，一招一式全是致命杀招！

余泣凤和清虚子同时望向唐俪辞，唐俪辞若在此时加入战局，玉箜篌必定落于下风。

唐俪辞对二人露齿一笑，提起手掌，却正是打着插入一脚的主意。余泣凤黑色长剑一挥，清虚子掌成太极圆转之势，两人一齐上前将唐俪辞拦住。

方平斋红扇一摇再摇，他若加入战局，不论加入何方，那一方都会获胜，但他显然不打算加入任何一方，开口道："三哥，当年敬你一杯毒酒，害你如此，那是小弟的不对，这厢给你赔罪了。"他冲着朱颜和玉箜篌行了个礼，施施然就打算离开。

"六弟，你欠我一杯酒，这样就想走了吗？"有人阴森森地问了一句。方平斋欲离开的脚步再次停下，满面苦笑，他今日来得真不是时候，每每要走总有人挡住去路。

朱颜和玉箜篌听到来人声音，骤然分开，各自跃到一边。

玉箜篌吐出一口气："大哥！"

这黑暗中拖着一物慢慢走来的人黑衣绣着牡丹花，容貌狰狞可怖，正是鬼牡丹。

至此，七花云行客四人聚首，除了梅花易数，活着的人已全数在此。

方平斋慢慢倒退，鬼牡丹慢慢前行，他手里拖着一物，却是一头死山羊，也不知他是从山上抓来的，还是从乘风镇里抢来的。

"你既然亲自来到望亭山庄，我若再留不下你，那就对不起我'一阙阴阳'鬼牡丹身为七花云行客之首的名号了。"鬼牡丹阴恻恻地道，"今日既然大家都在，我不如把话挑明了吧？六弟，今夜我要杀唐俪辞，你若出手相助，你欠我的那一杯酒我还留着；你若出手阻拦，嘿嘿……

那一杯酒我就真正拿去喂狗，自此以后，你滚出七花云行之列，你我割袍断义，日后江湖相见，我手下绝不留情！"

他撂下一句话，身形闪动，直扑唐俪辞与余泣凤、清虚子的战局。玉箜篌杀气弥漫地看着朱颜，朱颜究竟把薛桃如何了，他心里已有三分底。以他枭雄之才，一阵惊恐伤心之后，已略为镇定。鬼牡丹向唐俪辞扑去，他扫了战局一眼，唐俪辞比之余泣凤、清虚子自然是胜了一筹，加上自己之后却是略逊一筹。如果唐俪辞老老实实地这么打下去，打到千招之后必然战败，但唐俪辞显然并不会按照他预定的路数走。

唐俪辞的目的他很清楚，唐俪辞救了沈郎魂之后却不走，冒险深入，必定是没有见着阿谁那丫头。唐俪辞如果是进来找人，未必会甘心于缠斗，那三人虽然胜他一筹，却拦他不住，一旦今日唐俪辞扬长而去，日后再难找到这种他自投罗网的机会。

玉箜篌很快冷静下来，观察着朱颜的一举一动，也观察着唐俪辞的身形变化，准备随时出手杀人。

方平斋听着鬼牡丹那句话，叹了口气，兄弟什么的，他在十年前就已抛弃，但听这句话，似乎鬼牡丹和玉箜篌还当真对他有几分兄弟之情。手里红扇虽然摇得潇洒，他心里却有些黯然起来，意气风发的日子距离他已经太远，现在的他到底想要些什么，连他自己也不太明白。

唯一很明白的事，就是要杀朱颜。

他看了一眼身边持戟而立的伟岸男子，在朱颜还没有加入七花云行客之前，他与二哥、四哥、五哥几人并称"风月四行客"，那时候是真正地逍遥江湖，吟诗对酒。那时候他是老四，年纪还很轻，江湖也不寂寞，那时候他云游江湖半年就会回家一趟，看望老家的母亲。

随着"风月四行客"的名声越来越大，渐渐地收纳了七弟、大哥，人越来越多，越来越热闹，他也一直享受其中。

但七弟带来了美貌的表妹，薛桃娇美纯善，性情温柔，很少有男人会不喜欢这样的女人，她引来了武功绝伦、冷漠怪癖的朱颜。

朱颜加入了七花云行客，位列第三，而他变成了六弟，这种变化并没有给他带来太大的不快，但他打从心底嫌恶朱颜，这位目空一切、我行我素的怪人从一开始就给他一种不祥的感觉。

七花云行客成名的那一年，七人约定到他的家乡白云沟赏花，饮酒之后，众人都睡去了。他饮酒易醉，所以早醉反而早醒，当他半夜醒来的时候，看见朱颜剑刃滴血，脸色冷淡地站在屋外赏月。

他问朱颜出了什么事，朱颜当年练习八尺长剑，轻易剑不出鞘，那夜非但剑已出鞘，还滴血如注，大不寻常。问话的时候，方平斋平生第一次感受到了恐惧的滋味。

朱颜的回答很平淡，但平淡中压抑着一丝兴奋。他说他饮酒赏花，顿悟了一招剑法。方平斋没问是怎样的剑法，只问了一句"是哪一家"，朱颜剑指屋外——他将邻居吴老伯一家七口屠戮殆尽，只因为他顿悟了一招剑法。

自那夜开始，方平斋便决意要杀朱颜。

朱颜实在太强了，他是为武学而生的奇才，在朱颜眼中除了武功和薛桃，空无一物，也正是这种专注才能令他练成一身近乎不可思议的武功，只是代价是可怕的，丧命在朱颜手下的无辜性命不计其数，而他从来不觉得自己有错。

世上有像朱颜这样的人是一项奇迹，而这个奇迹走到何处，尸骸便堆到何处。

朱颜全身都在轻微地摇晃着，他身上那层怪异的黑气在缓缓地聚集，脸色开始渐渐地发黑，"魑魅吐珠气"一点一滴地运到了手中，再顺着长戟运到了刃尖上。他要杀玉箜篌，而玉箜篌正在盘算要如何引导朱颜去杀唐俪辞。

大家都在打着自己的算盘，强敌、挚友、兄弟在此时此地都化为一句话。

那就是"生死"。

唐俪辞身影翩跹，在余泣凤、清虚子和鬼牡丹的合围下依然姿态潇洒，但余泣凤剑风越来越盛，清虚子掌上所带的黏稠之力越来越强，鬼牡丹却只是游斗，未出全力。若是久战，唐俪辞必然不敌，何况身后尚有玉箜篌虎视眈眈。

如何才能取胜？唐俪辞一边招架，目光流转，七花云行客四人在此，他不可能大获全胜，但也不能空手离去，至少他要知道阿谁的下落……目光一掠，他看见方平斋在一旁摇扇，神色很是无奈。他红唇微微一勾，身形飘然一退，刹那间到了方平斋身边。

方平斋一颗心大半都落在朱颜身上，他对唐俪辞也没有什么敌意，自然更没什么防备之心。唐俪辞突然暴退，方平斋措手不及，心念电转，索性装作骤不及防被他擒住，耳边听唐俪辞轻轻一笑，似乎对他这等半推半就的伎俩颇为不屑。

两人转过身来，鬼牡丹、玉箜篌都吃了一惊，唐俪辞的手掌牢牢扣在方平斋颈上，一缕鲜血顺着颈项流了下来："桃姑娘，你动一下，我拧断他一节骨头，你说一句话，我拧断他的脖子。"

玉箜篌脸色微变，怒从心起，他尚未发话，朱颜"魑魅吐珠气"已发挥到了极处，玉箜篌心神微乱，朱颜大喝一声，长戟挥出，一击无回！

玉箜篌踉跄避开，朱颜戟扫如棍，横三路、纵三路急追而来，他的长戟融合棍术、枪法，纵横开阔，气势绝伦。玉箜篌服用九心丸之后真力暴增一倍，但在朱颜这等威势下也是相形见绌。

玉箜篌心头大恨——唐俪辞出言挑衅，令他露出破绽，引朱颜来攻，害得自己狼狈不堪，此时出手的虽然是朱颜，罪魁祸首却是唐俪辞！

唐俪辞眼见朱颜和玉箜篌动起手来，眼睫微扬，向鬼牡丹三人看去，微笑道："你要不要他的命？"他抓着方平斋摇了摇，真正当方平斋是个挡箭的靶子，不论余泣凤的长剑刺来还是清虚子的掌影袭来，他都会拿方平斋去挡。

鬼牡丹恼怒至极地看着方平斋。方平斋满脸无奈，唐俪辞的手指扣得他咽喉痛得要命。方平斋已经开始后悔招惹了这个瘟神，现在余泣凤一剑刺来，他当真只有做靶子的份。

"放了六弟！"鬼牡丹脸色阴沉，"放了六弟，我就让你出去。"

唐俪辞的容色本来略显憔悴，此时却突然盛艳了起来，脸颊充满了红晕，秀丽绝伦："我要和清虚子说一句话。"

鬼牡丹冷笑："你们素不相识，为何要和他说话？"

唐俪辞笑道："我只要和他说一句话，说完立刻就走。"

鬼牡丹看着唐俪辞的手指，那雪白秀丽的手指正一分一分地陷入方平斋的咽喉，方平斋脸色发紫，唐俪辞只需再加一把劲，这位逍遥江湖的叠瓣重华便要一命呜呼。

"清虚子！去和他说一句话！"鬼牡丹心头盛怒，却仍是不忍看方平斋当场横死，他对方平斋另有期待，何况七花云行客十几年的交情绝非虚妄，兄弟毕竟是兄弟，可以自己亲手杀，却不能让他人动手。

黑衣蒙面的清虚子缓步上前，他步步谨慎，唐俪辞扣着方平斋上前一步，低声说了一句什么。清虚子一怔，唐俪辞对他一笑，"砰"的一声，数十道掌影掠身而过，清虚子大叫一声倒栽飞出，胸前中了一掌，鲜血狂喷，颓倒于地。

鬼牡丹和余泣凤一怔，浑然没想到唐俪辞竟然在这种时候还敢出手伤人，余泣凤持剑欲追，唐俪辞挟着方平斋已自隧道飘然退去。

鬼牡丹暴怒喝道："不必追了！给我回来！"

清虚子不住呛咳吐血，余泣凤冷冷地站在一旁，似乎颇为幸灾乐祸，方才沈郎魂以一敌二，下杀招的是清虚子，唐俪辞闯入通道，除了要找阿谁，便是有意要为沈郎魂报那一掌之仇。

唐俪辞闯入暗道之中，面对四方强敌占不到上风，却依然能够伤敌而退。鬼牡丹目望放手搏斗的朱颜和玉箜篌，心头怒火越燃越盛，当下一声厉啸，拔刀对着朱颜砍了过去。

玉箜篌赤手空拳，在朱颜长戟之下渐渐落于下风，魑魅吐珠气残毒可怖，他亦不敢轻抟其缨，唐俪辞挟持方平斋飘然而去，他虽然看在眼里，却无暇分神。鬼牡丹一刀劈来，玉箜篌大喝一声，掌影暴起，三十三掌连斩朱颜颈项，朱颜环腰带戟，刃光如雪，魑魅吐珠气勃然爆发，只听一连串爆破之声，鬼牡丹和玉箜篌双双受震而退，口角带血。

227

朱颜长戟驻地，犹然威风凛凛，但他单臂持戟，戟上已被鬼牡丹一刀劈出个铮亮的断口，而玉箜篌那一掌也未落空，在朱颜颈上斩落一道鲜红的掌印。

但朱颜屹立不倒，怒发张然，仿佛一尊浴火战神，永远不倒一般。

玉箜篌掩口暗咳，他终是有机会再问一次："咳咳……你把她怎么样了？"

朱颜刃头一转，雪亮的刀刃对着玉箜篌："她死了。"

玉箜篌咳嗽两声，吐了一口鲜血："怎么死的？在你身边，她怎么死得了？"

朱颜森然道："我杀了她。"

唐俪辞扣着方平斋退出望亭山庄，外面天色已亮，云朗风清。眼见唐俪辞出来，一人"哗啦"一声自不远处的树上蹿出，浑身湿漉漉的，隐约结了一些碎冰，正是沈郎魂。

在唐俪辞与风流店几人缠斗的时候，沈郎魂已自另一条路悄悄潜入，将望亭山庄里外摸了个透，不见阿谁的踪影，便从水牢的通道爬了出来，在外面等候唐俪辞。

此时见唐俪辞不但全身而退，还抓了一人，沈郎魂怔了一怔，眼见是方平斋，"呸"了一声。

唐俪辞放开方平斋，方平斋手捂颈上的伤口摇了摇头："你这人很没天良，我助你脱身，你却抓我五道伤口。抓我五道伤口也就罢了，你还在手指上涂些毒药，害我多少要留下点疤痕，毁坏我的身体，伤害我的心灵，你呀你，骄傲自负、狂妄狡猾、没天良，难怪我师父对你念念不忘。"

唐俪辞柔声道："我救你出来，你不该感激我吗？"

方平斋指着他的鼻子："你你你……你救我出来？我有手有脚，不残不缺，我高兴横着走、竖着走、跪着走、爬着走，怎么走都行，你是从哪里看出来你救了我？"

唐俪辞一把抓住他指着自己鼻子的手："没有我，今日你比我更难走出望亭山庄。"

方平斋叹了口气："但是你也不能把功劳全部说成你的，难道我没有救你出来？我留在望亭山庄里不会死，但你一定死，从这点来说，你救了我一次，但我救了你一命。你是万窍斋主人、国丈的义子、妃妃的义兄，你的一条命与别人一条命不同，你身上闪着黄金、白银、青铜、黑铁，你背后有瑞气千条、祥麟飞凤，所以——"

唐俪辞笑了起来，缓缓放开他的手："所以？"

方平斋红扇一伸，伸到他面前："拿来吧。"

唐俪辞"哦"了一声："什么？"

方平斋一本正经地道："当然是银子。救你一命，难道不值个万把两银子？我现在缺钱，非常贫困，你欠我的情，又是大侠，理当劫富济贫、扶助弱小，所以——拿钱来。"

沈郎魂"哧"的一声笑了出来，唐俪辞抬手微捋灰发："我给你一句话。"

方平斋闻言往后闪得远远的，方才唐俪辞和清虚子说"一句话"，说得清虚子重伤倒地，他可听不起这句话。

唐俪辞见他逃之夭夭，微微一笑："凤鸣山脚下，鸡合谷中，有

229

一处庄园。"

方平斋"嗯"了一声："你的？"

唐俪辞双眸带笑："庄园方圆十里，有田地果林，河流水井，足以自给自足。"

方平斋摇扇踱了两步："然后？"

唐俪辞道："然后……莽莽江湖，能找得到你们的人很少——除非——我泄露。"

方平斋又"嗯"了一声："很好，人情我收下，江湖无边，有缘再会。"他挥了挥扇子，施施然而去。

黄衣红扇，在冬季的山林里分外明显，西风薄雪，他的红扇摇得非常潇洒，江湖人，行江湖，能像他这般潇洒的，实有几人？

唐俪辞凝视着方平斋的背影："你没有问他柳眼的下落？"

沈郎魂淡淡地道："他不会说。"

唐俪辞笑了笑："下次若见柳眼，你还是决意杀他？"

沈郎魂淡淡地道："杀妻之仇，不共戴天。"

唐俪辞转了话题："阿谁不在望亭山庄？"

沈郎魂摇了摇头，提起一块残破的衣角："我在出口发现她的衣角，她应该已经回去了。"

唐俪辞抬起头来，阳光初起："你欠我一刀。"

沈郎魂"嗯"了一声，目光望向另外一片山林："我可以为那一刀卖命，直到你觉得够为止。"

唐俪辞缓缓地问："那一刀，不能抵你要给柳眼的那一刀？"

沈郎魂不去看他，仍是淡淡地道："不能。"

唐俪辞又问:"加上春山美人簪也不能?"

沈郎魂道:"不能。"

唐俪辞移开目光,去看沈郎魂看的那片山林:"总有……你觉得能的时候。"

沈郎魂"嘿"了一声:"对于柳眼,你真是永远都不死心。"两人站着略微休憩,很快展开身法,折回乘风镇。

宛郁月旦假寐已醒,玉团儿却还没有睡,薛桃的伤势急剧恶化。天色大亮的时候,薛桃的呼吸几度停止,玉团儿和林逋担忧地看着她,谁也不敢轻举妄动。

便在此时,唐俪辞和沈郎魂回来了。

"唐公子,"宛郁月旦听足音便知唐俪辞回来了,"全身而退?"

唐俪辞微笑:"当然……这位姑娘是?"

玉团儿抢话:"她是薛桃,是玉箜篌的老婆。"

唐俪辞扫了一眼薛桃胸口的戟伤:"伤得太重,不会好了。"

玉团儿怔了一怔,她盼着唐俪辞回来救人,他却一句话便说不会好了:"你这人怎么这样?她会好的,她会好好地回去和她喜欢的人在一起,她才不会死!"

林逋苦笑,宛郁月旦悠悠叹了一声:"望亭山庄战况如何?"

唐俪辞便如没听见玉团儿的话,温和微笑:"我看多半要两败俱伤,但可惜看不到最后。"

宛郁月旦摇了摇头,伸手抱膝:"她想回去留在玉箜篌身边,也许我们错了,不该把她救出来。"

唐俪辞眸色流丽，流连着宛郁月旦的双眸之时显得冰冷："你始终温柔体贴。"

宛郁月旦又摇了摇头："我让朱颜折回救薛桃，是希望他不要为了感情被玉箜篌利用，但没有想到……我不是救了朱颜，是害了薛桃。"他望着唐俪辞的方向，眼神穿过了唐俪辞的身体，他本是什么都看不到，却又似看到了什么，"朱颜没有得救，薛桃因此丧命，唯一得救的……是玉箜篌。"

唐俪辞的手落在了宛郁月旦肩上，他的声音和刚才一样冰冷："没有人能真的推算一切，你尽了力，就没有错。"

宛郁月旦眉眼一弯，笑了起来："即使事与愿违，你仍然认为尽了力就没有错？"

唐俪辞握住他的肩骨，宛郁月旦的骨骼清秀，被他一握便全身一震，只听唐俪辞道："你不能怀疑自己。"

他的语气很冷硬，宛郁月旦眉眼弯得很宽慰："原来你也会安慰别人。"

唐俪辞微微一怔，手下越发用力，宛郁月旦"哎哟"一声叫了起来，也笑了起来："你放心，我没事，该做错的事我已错了许多，该遗憾的我都很遗憾，该反省的我都有反省，所以我没事的。"

唐俪辞放开了他的肩，淡淡地道："我从不认错。"

宛郁月旦叹了口气："你的心气太高。"

"咯吱"一声，房门开了，阿谁已经起身，将自己梳洗停当，推门而出。她推开门，第一眼看见薛桃，那推门的动作就僵住了。

"阿谁姐姐！"玉团儿欢呼了一声，比起听宛郁月旦和唐俪辞那些隐晦的对话,她更喜欢看见阿谁,看见阿谁脸色不好,她呆了一下,顺着阿谁的目光去看薛桃。

薛桃在无声地咳嗽,血丝自她口中吐出,然而她却无力咳出声音,呼吸的声音哽在喉中,一颤一动,刹那间整张脸都青紫了。

紫金丹只延续了她一夜的生命,她的心肺被长戟穿透,此时突然衰竭,听着那淹没在咽喉中的呼吸声,一声比一声含糊而微弱,却始终不肯停止。

她并不想死,她想留在玉箜篌身边,她想陪他一辈子,无论他是好是坏,是正人君子或是卑鄙小人,会英雄百代还是遗臭万年,她想陪他走到尽头。

她一点也不愿死,她有牵挂,她有期待,她不能这样就死,她还没有对玉箜篌说过她愿意留在他身旁,还没有对他说过其实后来她问他朱颜为什么不来救她……那些话都是假的,她其实忘了朱颜,她做了卑鄙的女人。

玉团儿、林逋、阿谁、唐俪辞和宛郁月旦都很安静,听着薛桃咽喉的哽咽,一声一声,每一声都很无力,但她就是不停止,一声又一声、一声又一声,不知要挣扎到何时……

玉团儿的脸色变得很苍白,那声音听起来太残酷,听的人或许比正在死去的人更痛苦,她太年轻不知道要如何忍耐:"我……我要出去……"

林逋点了点头:"我陪你出去走走。"玉团儿拉住林逋的手很快出去,如避蛇蝎。

屋里剩下阿谁、唐俪辞和宛郁月旦,阿谁的脸色本来就很苍白,此时更是无神而疲惫。宛郁月旦睁着眼睛,但他其实什么都看不见。唐俪辞慢慢地道:"有谁要救她……捏断她的喉咙……"

阿谁全身一震,一瞬间她想起了许许多多,秋风萧瑟中苟延残喘的老蛙,杀死殷东川和轩辕龙的池云,他们和床上的薛桃重叠在一起,让她死……就是唐俪辞的救赎。

宛郁月旦闭上了眼睛,唐俪辞抬起手掌,阿谁低声道:"且慢!"她护在薛桃身前,"你们……你们都出去吧。"

唐俪辞眉头微蹙,放下手掌,阿谁道:"你们都出去,我在这里陪她。"

要坐在这里陪伴薛桃,听着她挣扎求生的声音,需要多强的忍耐力和多大的勇气?宛郁月旦唇齿微动,却没有说话。唐俪辞看着阿谁,正要说话,宛郁月旦拉住他的衣袖:"带我出去,好不好?"唐俪辞眉宇耸动,本要说的话忍了下来,一把抓起宛郁月旦的手腕,大步自屋里走了出去。

阿谁听着他们离开,听着薛桃濒死的声音,她握住薛桃的手。

也许,杀了她就能救她,她就不会再痛苦,但……自己终是很自私,不想要求唐俪辞一次又一次做这样的救赎。他杀了池云,他不能再杀薛桃,他不能为了结束她这短暂的痛苦而让自己背上另外一重罪。

这个江湖,已渐渐将他视作妖物,而他……不能把持不住,任由自己妖化下去,那是一条不归路,是一条寂寞至死的妖王之路,他或许会成为天下第一,但不会有任何朋友。

他是很希望被人所爱的……

薛桃咽喉中的声音听起来依然无力而痛苦,她仍在挣扎,阿谁凄然地望着她,这个女子美貌而不幸,也许日后自己的归宿与她相差无几,也许会比她更不幸更痛苦。看着薛桃垂死挣扎,她将薛桃看进了心里,死在一个以为永远不会伤害自己的人手里,这就是多情女子的归宿。

宛郁月旦与唐俪辞走出屋子,冬日料峭的寒风,吹在脸颊上冰冷而刺痛。唐俪辞垂手挽袖,望着天,宛郁月旦微笑:"眼不见为净。"

唐俪辞道:"你不是看不下去的人。"

宛郁月旦并不否认:"但你看不下去,再看下去,你一定会杀了她。"他悠悠地道,"但我并不想你杀人。"

唐俪辞并不回答。

宛郁月旦眉眼弯起,笑得很舒展:"我要做王者,但不一定要做强者,唐公子你……不一定要做王者,但一定要做强者。"他慢慢地道,"强者……心要像石头一样硬,你要是受不住别人的痛苦,就会太轻易暴露出弱点。江湖风雨飘摇,你是非常重要的人……"

唐俪辞抬眼而笑,天空颇显灰白,苍凉而高远,仿佛一捧细沙被狂风吹上天空,四散飘摇,却越吹越高,始终不落一般。

便在此时,只听远处"砰"的一声巨响,在唐俪辞眼中,望亭山庄的方向腾起一团黑烟,随即烈火熊熊,冲起半天高度,不消说那座机关复杂、隧道盘结的庄园已消失在火药与烈火之中。

朱颜与玉箜篌一战结果不得而知,而潜藏在望亭山庄中的男男女女去向如何,显然也将成谜。

他们必定另有巢穴,但即使朱颜与玉箜篌两败俱伤,风流店残余的力量仍很惊人,不可追击。唐俪辞目不转睛地看着那越烧越旺的大火，如果他能更强一些，如果他有如朱颜这样的帮手，昨夜其实是杀玉箜篌的大好机会。

如朱颜这样的帮手……

傅主梅的影子掠过脑海，唐俪辞红晕姣好的脸色突然微微发白，隐隐约约有一阵眩晕，唐樱笛的那句"他比你好"和阿谁那句"他比你好"交相重叠地在他耳边环绕，宛若幽灵不去。

他眼睛微合，身旁宛郁月旦抬起头来："唐公子？"

"我累了。"唐俪辞道。

宛郁月旦柔软地呵出一口气，往地上一坐，他不管地上是泥水还是杂草，坐下之后触手一抹，发觉是一片潮湿的枯草地，便索性躺了下去，枕着手臂望着天空。

他看不见天空，但他很愉快。

唐俪辞跟着他坐下，宛郁月旦扯着他的袖子："累了就躺下来吧，躺一躺，地上虽寒，却还冻不死你我。"唐俪辞躺了下来，也枕着手臂，望着天空。

天空仍旧迷蒙不清，有几片干枯得不成形状的落叶在风中飘着，忽高忽低，形态却很自由。

宛郁月旦伸手扯了一根枯草："你会不会唱歌？"

唐俪辞目不转睛地看着风中的那几片落叶："唱歌？"

宛郁月旦用他灵巧的手指细细地抚摸着那枯草，仔细揣摩它的形状："躺在地上的时候，你不会想要唱歌吗？我想听人唱歌。"

唐俪辞看着他把玩那枯草的动作，全身慢慢地有些松弛下来，近来绷得很紧的一根弦渐渐地松了，松弛下来以后，他的脸色就不再沉静温雅，而是泛上一丝冷笑："有一首歌，叫作《弱虫》。"

"弱虫？"宛郁月旦怔了一怔，"很奇怪的名字呢，唱来听吧。"

唐俪辞恣意地躺在枯草地上："在那里，伏营的灯火，连绵不绝的兵马夜眠江河，月如钩，长草漫山坡。在那里，做着许多梦，数一二三四，比星星还不清楚。在那里，微弱的小虫闪着光，在午夜无声之时来流浪；在这里，脆弱的小虫挥翅膀，在强敌来临之际在翱翔，多少鬼在河岸之上，趁着夜色持着枪……谁的夜的梦，弱虫轻轻飘，兵马在临近；谁的夜的梦，弱虫轻轻死，落在地上像叶子。谁的战靴踩过它，不知它的梦，只以为是泥土，哦——只以为是泥土——月光闪烁那姿态如钩，它冷冷照冷冷照照不尽多少弱虫今、夜、孤、独、死……"他没有唱，只是在念词。

宛郁月旦很惋惜地揪了揪手里的枯草："为什么不唱？"

"唱？"唐俪辞从地上抓起一把枯草，抖手往空中洒去，看它被风吹得到处都是，"谁知道……你去请傅主梅唱给你听。"

宛郁月旦顿了一下："那我唱歌给你听好了。"他躺在地上唱了起来，随随便便唱着，唱着儿时的小调，有些词忘了他便东拉西凑，忘得再彻底了些他便胡编，反正唐俪辞也不知他在唱些什么。

冬风很凉，听着宛郁月旦瞎唱了好一会儿，唐俪辞红唇微勾："你嘛……有时候有些像一个人。"

宛郁月旦停下不唱了："谁？"

唐俪辞嘴角的弧度扬得非常细微："你在怀念他。"

宛郁月旦又问："谁？"

唐俪辞道："是谁……你很清楚。"

宛郁月旦叹出一口气:"嗯……你怎会认识他?他在哪里?"

唐俪辞似笑非笑:"他在一个……很远很远的地方。"

"他好吗?"宛郁月旦不再问"他"在哪里,他知道唐俪辞不会说的。

"不太好。"唐俪辞闭上眼睛,"或者说……很不好。"

四十二 ◆ 孤枝若雪 ◆

他是一只皮毛华丽的狐妖之王，俯瞰天下，风起云涌，
众生百态，他一直在云端之上。

雪线子被余泣凤五花大绑，原本藏在铁笼之中，后来塞在一个青瓷大瓶里。望亭山庄里人来人往，他耳力出众，听得清清楚楚，可惜自己内力练得太好，他的呼吸旁人却听不出来。于是，沈郎魂将望亭山庄里外摸了一遍，就是没有发现雪线子。

他在青瓷大瓶里一共待了五日，在第二日被点的穴道已经畅通，但若从瓶子里出来，少不得要打一场硬仗。他索性继续躲在青瓷大瓶中，从望亭山庄被火药炸成一片平地，到感受到他和一大堆类似的瓶子被人搬上大车，"叮叮咚咚"地摇晃了四日，到了一处十分炎热的地方。

此时是严冬，望亭山庄地处南方丘陵之地，虽不结冰，却也飘些薄雪，气候更是寒冻入骨。但不知风流店的马车究竟前往何处，竟是越走越热，雪线子被困在青瓷大瓶中，封闭了五日，饶是他内力深厚，到了这等炎热之地也有些呼吸不畅，幸好就在他快要被闷死的时候，瓶子被人放了下来。

被放下的时候，他又感觉到了那股出奇的冰寒，不消说那口蓝色冰棺就在附近，玉箜篌、朱颜和鬼牡丹三人混战的结果他并不知晓，但看风流店有序地处理后续，可见并未失去首脑，玉箜篌、鬼牡丹二人，至少其中之一安然无事。

但自己究竟被搬到什么地方了？等瓶子被摆放好，一切人声都消失之后，雪线子挣断绳索，轻轻巧巧地推开青瓷大瓶的盖子，自瓶口脱身出来。

他抬头望去，这是个黄土砌就的房间，挖掘得非常简陋，房间的一角堆放着许多巨大的青瓷瓶，另一角就静静地放着那口蓝色冰棺。

雪线子打开了几个青瓷大瓶，瓶子里多半放着女人的断手断脚，他摇了摇头，真没天良，断人手足伤人性命，这些手脚的主人如果活着，不知本是如何婀娜的美貌佳人，可悲、可悲。

他在房间里转了一圈，摸了摸他那头银亮雪白的长发，这里是个僻静的角落，无人看管，房间有扇铜门，但里外都没有人。

这种地方要困住他，显然不大可能，雪线子捋了捋额前的头发，莫非——他们撤离的时候将青瓷花瓶搞错，把自己当作女人的断手断脚，搬到这里来了？他一想到余泣凤现在对着一个里面没有雪线子的瓷瓶小心翼翼，就心头大乐，精神大振，一溜烟窜到门边。那铜门已经上锁，雪线子运起玄功，铜锁应声而开。

外面是一个巨大的坑洞，约莫十七八丈方圆，却也有十来丈深，底下熊熊火焰，炽热异常，一条锁链桥自铜门口悬挂到对岸的通道，烈焰之中，锁链桥被烧得通红透亮，雪线子倒抽一口凉气，这是什么鬼地方？

雪线子向侧面望去，烈火坑旁尚有另外一个小门，门也是铜质，门上铸造着一块叶片模样的图案。雪线子摇了摇头，既然火焰铁索桥不能过去，那只好往这个门里闯了。

他在铜门口侧耳倾听了一下，门内有呼吸之声，是细密绵长又十分具有耐心的呼吸之声。雪线子叹了口气，伸手敲了敲门。

铜门后的呼吸之声突然消失了，静得宛若空无一人。

雪线子等了好一会儿，那门后之人仍然不出声，他又摇了摇头："我既然敲门，就说明我心怀坦荡，并且我知道你就在门后，你现在躲起来已经来不及了，出来吧。"

铜门仍然没有开，雪线子喃喃自语："真是死心眼，我期待门后是一个瓜子脸柳叶眉的美女，人美且死心眼，那叫作坚贞；人丑且死心眼，那就叫作愚蠢……"

突然，"吱呀"一声，铜门打开，"嗖嗖"两支黑色短箭自门内射出。雪线子一转身，两支黑色短箭射空落入火坑，他看着躲在门后的人。

那是一个黑衣少年，麦色的肌肤，眼神清澈而认真，手握一张黑色小弓，背负黑色短箭，腰上还悬着一柄长剑。

雪线子"哎呀"一声："你是——屈指良的徒弟。"

黑衣少年一怔，神色很疑惑，却不发问，仍是将那黑色短箭的箭尖指着雪线子。

雪线子哈哈大笑："你是不是很奇怪，为什么我一眼认出你是屈指良的徒弟？"

黑衣少年点了点头，仍是聚精会神地以箭尖对准雪线子。

雪线子风流偎傥地笑："我第一次看到你师父的时候，他和你一样，黑弓长剑，少年轻狂，傻里傻气。"黑衣少年显然对"年少轻狂，傻里傻气"这八个字并不服气,但也不生气,又"嗯"了一声。

雪线子背着手围着黑衣少年转了几圈,雪线子转到何处,黑衣少年的箭尖就指向何处。转了几圈之后,雪线子道:"看起来,你很乖。"黑衣少年又"嗯"了一声,仍然全神贯注地看着他的箭。

"既然是乖孩子,怎么会坐在这种鬼地方,看着这个大火坑?"雪线子绕着他转,一会儿转左边,一会儿转右边。黑衣少年跟着忽左忽右地乱转。

雪线子转上兴趣,脚下加劲,施展轻功如风似电地瞎转起来。黑衣少年仍然跟着转,但他的定力虽好,却毕竟不如雪线子数十年修为,转到后来头昏眼花,脚步慢了下来。雪线子见他脚步略缓,越发风驰电掣地绕着他急转十七八圈,黑衣少年看得满头金星,终是摇了一摇,一跤跌在地上。

雪线子大笑,对自己转圈能转晕屈指良的徒弟十分满意,黑衣少年跌在地上,雪线子把他一把拉了起来,拍落他身上的尘土:"小子,论转圈的功夫,你差劲得很。"

黑衣少年点了点头,对雪线子的定力和修为也十分佩服,却道:"让我再练一年,一定能赢。"

雪线子捏住他的脸颊:"小小年纪,胜负心不要太重,你师父当年就是不听我的话,争强好胜、自以为是。我告诉他,他的弓法很好,精研下去可创江湖一大先河,他却偏偏不听,弃弓练剑,结果——结果是他的剑不如他所料,不能无敌于天下;而他的弓——你却练成另一派天地。你师父地下有知,不知道会不会后悔?"

黑衣少年摇了摇头:"师父不会后悔。"

雪线子奇道："你怎么知道？"

黑衣少年眼神很镇定，他并没有因雪线子一番话动摇心志："因为师父已经死了。"

雪线子哑然，拍拍他的头，真不知道这少年是笨拙呢，还是执拗，又或者是一条道走到黑，就算撞墙也不回头，宁愿撞死的那种驴脾气："乖孩子，给老前辈说说，你怎么会在这里？"

"我在看守。"黑衣少年对眼前这位白衣银发、风流倜傥的书生自称"老前辈"，显得有些怀疑，"你是从火焰铁链桥过来的？"

雪线子轻咳，大胆默认，绝不承认自己是从隔壁房间的青瓷大瓶里钻出来的："你在看守什么？"

黑衣少年的头脑仍有几分眩晕："药。"

雪线子头皮一炸，一种不好的预感直上背脊，眼珠子转了两转："你叫什么名字？"

黑衣少年道："任清愁。"

雪线子呛了口气："你师父起的？"

任清愁点了点头，雪线子又咳嗽了一声："真看不出你师父满怀诗情画意、多愁善感、伤春悲秋……咳咳，你在看守什么药？"

任清愁正在专心聆听他批评屈指良的几句话，准备认真地出言反驳，突然听他一问，随口答："九……"他急忙住口。

雪线子却已经听到："九心丸？"

任清愁沉默，同样是默认，和雪线子方才虚伪的默认不同，他是个老实人。

雪线子负手踱步，又绕着他转了两圈："这里是风流店的老巢？"

任清愁点了点头，雪线子又问，"你在这里看守九心丸，想必玉箜篌对你是十分信任了？"任清愁点了点头，又摇了摇头。

"为了什么？"雪线子停下脚步，"为了女人？"

任清愁脸上泛起羞红，却毫不犹豫地点头。

雪线子皱起眉头："你和你师父两个，都是好人。"任清愁脸上越发地红，这次却不止因为害羞，还有些惭愧。

雪线子转过身来："但你们两个……唉……你们两个笨蛋，对待女人和对待刀剑不同，你可以为了剑专注忘我，但你不能为了女人专注忘我，连做人最基本的品质道德都抛弃。女人是鲜花，可以喜爱、欣赏、观看、培育，但未必要拥有，拥有了你未必快乐。"

任清愁清澈的眼神浮起少许迷惑："我想她。"

"傻小子，想要女人爱，首先你要让自己是块宝。不是为了女人什么都肯做，女人就会感动。女人是奇怪的动物，对男人的优点看得很少，但对男人的缺点了如指掌。你很乖，为了她，你愿意在这里看守毒药，你觉得你在忍耐在牺牲，你甘之如饴，她却会觉得你是没原则没操守的男人，你没有为了自己心中的道义挣扎。一个没操守没原则，心中没有道义，会轻易出手伤人的男人，你说女人会爱吗？"雪线子叹了口气，喃喃自语，"让我来说这种话，真是不合身份啊不合身份……"

任清愁的眼神突然灵活起来："我明白了。"

雪线子绕着他踱步："你明白了什么？"

任清愁道："我错了。"

雪线子叹了口气："你真明白你错了？"

任清愁点了点头："我明白了，老前辈，你是到这里来找药的吧？整个风流店所有的存药都在这里。"他推开身后那扇小小的铜门，里面有巨大的柜子，成千上万的抽屉，如果每个抽屉里都装满了九心丸，倒出来那是连人都能淹死了。

雪线子钻进去看了一圈："傻小子，这成千上万的药玉箜篌就让你一个人看守？真是信任你。"

任清愁脸上又红了："我……"不消说，玉箜篌让任清愁看守药房，对他自然是非常信任，以任清愁这等死心眼的个性，看守药房是再合适不过了。

"我要是把这里的药统统偷走，拿去贩卖，只怕一下子富可敌国，比唐俪辞还要显摆。"雪线子喃喃地道，"可惜我讨厌毒药……"他拉开一个抽屉，抽屉里却不是他想象中的药瓶，而是一束干枯整齐的花草，"哎？"

任清愁解释道："这是炼制九心丸的材料，炼制九心丸要二十二种药材，全部在这里。炼成的另外存放，不在我这里。"

雪线子恍然大悟："说起来他们还是不够信任你，让你看守药材，就算你看不住，别人也不知如何炼制，甚至不知这些是什么花草。"他提起那束干草，"但这分明是麻黄，就算它化成了灰我也认得。"

任清愁不知他是大名鼎鼎、平生只爱花与美人的雪线子，对他竟然认得那一团皱巴巴的干草显得很吃惊，拉开另外一个抽屉："这些花草都是不同的。"

"这是天阙花，这是血牙藤的果实，这是苦冬子。"雪线子将抽屉里各种药草一一看过，"这些花草都很平常，我看全部吃下去也未必有什么毒性,为什么九心丸就有剧毒?一定还有几味主药。"

任清愁走到对面的柜子前,拉开中间一个抽屉:"这种奇怪的花朵,也许就是主药。"

那个抽屉里放着一朵朵虽然干枯,却依然看得出颜色雪白的花朵,花朵的模样娇美异常,干枯之后也有手掌大小,洁白的花瓣当中一撮紫红色的花蕊异常夺目,即使是干枯的花朵也显出一种出奇鲜艳的色彩。

就像一道干涸的血液。

雪线子目不转睛地看着那花,一瞬间,轻浮的神色从他面上消失。也就在这一瞬间,任清愁从他那风流倜傥的脸上看到了一种深深的憔悴之意,那无关容颜,只是一种神韵,那种憔悴的哀伤让雪线子看起来像突然老了数十岁。

"老前辈?"任清愁关心地问。

雪线子拿起一朵雪白的干花:"这是孤枝若雪,是一种奇葩。"他的语气很平淡,听不出太多的感情,"我娶老婆的时候送过她一朵,这种花很美,世上罕见,我没告诉她这种花只在坟墓上开。后来我老婆离家出走,孤身一人跑到南方深山老林之中,等我找到她的时候,她只剩下一副白骨,尸骨之上开满了这种奇葩。"

他轻轻地磨蹭着那朵干花,指尖充满了感情:"她死在一处山谷,山谷中都是雪白的沙石,到处开满了孤枝若雪,那是一处坟地,有许多墓碑。那种雪白的沙石掘为坟墓,坚硬异常,可保墓穴百年不坏。有许多前辈,甚至前辈的前辈葬身在那里,所以开满了孤枝若雪,她寻到那里、死在那里,我将她也葬在那里。"他叹了一口气,轻轻地道,

"我不知道……这种花是有毒的。"

任清愁惊奇地听着他描述那个山谷，忍不住道："老前辈，外面就是有许多坟墓的山谷，地上沙石都是雪白的，一年四季开满了这种花……"

雪线子蓦然抬头："这里——就是菩提谷？"

任清愁点头："这里是飘零眉苑，外面就是菩提谷。"

原来风流店兜兜转转，竟又转回原地。唐俪辞将此地扫荡之后，玉箜篌率众而返，这里虽然机关暗道毁坏大半，却是个无人想象得到的地方。

他必须传点消息出去，让唐俪辞知道玉箜篌折回飘零眉苑。同时，他深深地吐出一口气："傻小子，我要去菩提谷，送我出去。"

任清愁却很明白他要做什么，按下他的手："老前辈，从这里出去要经过三道屏障，一定会惊动别人，到时候风流店对你合围，只有你一个人，没有逃生的机会。"

"你陪我吗？"雪线子笑了起来。

"嗯。"任清愁安静地道，"夜里二更是这里最安静的时候，三道屏障都是最疲惫之时，我们先把这里的干花毁了，到二更再出去。"

"你帮我，不怕你心爱的女人受到伤害？"雪线子拍了拍他的头，又捏了捏他的脸。

任清愁任由他捏，并无抗拒之色，只道："我想要蕙姐明白，我也有我想做之事。"

雪线子在药房里翻翻拣拣，查看还有没有其他毒花："你师父如果有你一半听话，他就不会死。"

"师父死了,是因为他自己想死。"任清愁的眼神仍然清澈认真,"他不是被人害死的,只是自己不想再活下去而已。人若失去了活下去的理由,活下去就没有意义。"

雪线子对着手里的各种花草大眼瞪小眼,对后面那位妙悟红尘的名门弟子,他实在不知再说些什么好,突然间无比想念起唐俪辞和水多婆来。

唐俪辞现在正和成缊袍、余负人、董狐笔、孟轻雷等一干人喝茶。

冬季的好云山并不结冰,但寒气极重,一团团白雾飘过之际,当真能冷入骨髓。唐俪辞穿了一身夹袄,浅淡的鹅黄色,缀着淡绿色丝线和金线交织的图案,绣的一年锦,同样在领口和袖口镶有一圈雪白的貂毛,雍容华丽。

桌上放的是北苑今年的"白乳"茶,此茶本属贡品,但朝廷每年仅需五十片,所余颇多,其中精品也有不少。唐俪辞带来的"白乳"并不压制成龙凤茶饼的形状,但也是一种团茶。

他以中泠泉泉水煮开"白乳",镇江中泠泉乃是天下煎茶第一泉。陆羽《茶经》有言:"其水,用山水上,江水中,井水下。其山水,拣乳泉石池漫流者上。"中泠泉位于扬子江江中盘涡险峻之处,取水极难,虽然是天下第一泉,却是极少有人能喝到其中泉水。

煮好的"白乳"倒入一种色泽黑亮的小杯,似为墨玉所制,茶水虽然滚烫,拿在手里却并不烫手。各人嗅着手中精细的茶香,小心翼翼地端着那墨玉小杯,均暗道闯荡江湖多少年,倒也从未喝过这等皇帝老子喝的东西。

众人各自喝了茶,嘴里绵密柔和的茶香让人颇为不惯,但看唐俪辞呵出一口气,脸颊越发红晕,似乎十分习惯这种滋味,各位也都装模作样,捧着手里价值连城的茶水,装出一副满不在乎的模样。

"丽人居之会果然是风流店的局,幸好唐公子及时赶去,否则后果不堪设想。"孟轻雷道,"唐公子赶去丽人居救人,桃姑娘却在房中遭遇伏击,摔下悬崖生死不明,我与余贤弟、古少侠等人下山查探两次,都无结果,令人挂心。"

成缊袍与董狐笔并不接话,唐俪辞微笑:"桃姑娘的行踪,唐某必会调查,还请各位放心。"

孟轻雷欣然道:"既然唐公子如此说,我等自然放心。"

唐俪辞避开话题,简略说了些那日后在望亭山庄发生的事,说到朱颜突袭碧落宫,被宛郁月旦说服回战望亭山庄,众人都是啧啧称奇,不知结果如何,谓为遗憾。

那日,唐俪辞与宛郁月旦躺在杂草地上闲谈了一阵,等到回去之时,薛桃已经不在了。

阿谁一个人陪伴她到死,给她换了一身整洁的衣裳后,阿谁出门到镇里转了一圈。镇里有个破旧的老棺材店,年轻人逃走了,老人并未逃走。阿谁花钱买了一副薄棺材,玉团儿和林逋回来的时候,三人合力将薛桃放入棺材,在屋后掘了个墓穴简单地葬了。

没有人给薛桃立碑,镇里卖石料的作坊已经全家逃走,买不到任何石材,并且他们也买不起。

唐俪辞回来的时候,薛桃已经下葬了。

没有人向他要钱,也没有人拿走他那件衣裳里的黄金去买一副好一点的棺材，他们虽然力量微薄，却从不依附别人。

唐俪辞从山后挖了一块石头，以短刀削切成墓碑之形，再以刀尖在石头上刻下"薛桃"二字，立在坟前。

之后，他们就再未谈过薛桃的事，林邅与众人拜别，自行离去。他转而向南，步履之所至，便是大地江山之所在，虽然看似略有眷恋之态，却并不停留。

阿谁、凤凤与玉团儿跟着唐俪辞返回好云山，沈郎魂送宛郁月旦返回碧落宫。

所以现在唐俪辞在问剑亭与众人喝茶，阿谁抱着凤凤坐在房里。唐俪辞给她和凤凤送来了绫罗绸缎、各种吉祥如意的金饰玉饰，甚至还有胭脂花粉。他同样给玉团儿也送了一份，玉团儿将那些东西穿在身上，将自己打扮起来，容色也十分娇艳。

阿谁一样也没有用起来，件件她都收着，她也并非拒绝，只是打成几个包裹收好，有时候打开来瞧瞧，将一件一件的衣裳、一块一块的布匹、一件一件的玉器金饰取出来看看，心头有一种说不出的感觉。

凤凤开始学说话了，他学得很快，脸颊上的酒窝越来越明显，阿谁轻抚着那酒窝，她是喜欢酒窝的，虽然没有见过郝文侯的兄弟姐妹，也许他的兄弟姐妹也有酒窝，那凤凤有酒窝便不出奇。

"阿谁姐姐，"玉团儿今日去"西方桃"跌落的那个山崖看了一圈，"玉箜篌跌下去的地方真的挺危险的，他能没事真是命大，现在不知道怎么样了。他脸上受了伤，不敢轻易露面，不知道是不是找到柳眼给他治脸了？"

阿谁轻声叹了口气："我觉得玉箜篌和朱颜一战必定又受了伤，

只是擦伤了脸颊的话，他不会长期不露面的。但他会不会找到柳眼帮他疗伤，我也不知道。"

玉团儿悄声道："我听沈大哥说，唐公子给了小方一个地址，小方肯定把柳眼带到那里去了，只要唐公子肯告诉我，我就能去找人。"

阿谁摇了摇头："他不会告诉你的。"

玉团儿很失望地叹了口气："我要在这里等到什么时候，才能再看见他呢？"

阿谁拉她过来，捋了捋她额上的头发："唐公子不会告诉你地点的，但如果他想你，就会让方大哥来接你。现在你在好云山不是什么难打听的消息，只要他还记得你，还想念你，一定会让方大哥来接你的，别担心，慢慢地等吧。"

"阿谁姐姐，要是他让小方来接你，却不是接我怎么办？"玉团儿黯然地问，"他如果讨厌我忘记我了，就不会来找我了。"

阿谁微笑起来，她的微笑一贯带着那股历遍红尘的清醒和倦意："不会的，傻孩子。"

玉团儿低声道："他如果让小方来接你，你不要和小方回去好不好？"

阿谁温柔地搂住她的背："好，我一定不会和方大哥去见柳眼，让你去，好不好？"

玉团儿点了点头："你真好。"

阿谁为她整理了一下头发："我没有什么好，是你对他好。"

"你对唐公子好。"玉团儿突然道，"但他老是欺负你，你明明不想和他来好云山的，但是他叫你来你就来了。"

阿谁微微一笑:"是啊,我想自己带着凤凤过日子,但我自己一个人又怎么可能真的不依靠任何人就在江湖中活下去呢?离开唐公子我试过了,只是给他人带来更多的麻烦,这一次,我会留在好云山。"

玉团儿"哼"了一声:"骗人!你老是顺着他的意思,他叫你来你就来了,你怕他生气!就是这样而已,还说一大堆理由骗人!唐公子就是一个坏人!大坏蛋!"

阿谁凝视了她一阵,这小姑娘心地清澈,所以眼光很犀利,也许……真的如她说的一样,自己只是不想忤逆唐俪辞的意思,只是怕他生气。

但无论是什么理由,她只是唐俪辞手中的玩具,他希望她来她就该来,他希望她走她就要走,他想要恶狠狠地伤害她她就该被伤害,他想要有人谈心说话她就要陪他喝酒。

唐俪辞太寂寞了,他很需要有人陪伴他关心他对他好,而对于他这样性格极端又多变的男人,对他好的方式……就是任由他摆布。

很少有人能忍耐这样恶劣的对待,她必须忍耐,因为唐俪辞只对她一个人索取。

在其他任何人面前,他都要表现出绝对的强势,绝对的优秀,他是天下第一,是天下无双,他无坚不摧、无难不解。

要维持这样的强势很辛苦很疲惫,就如她要维持自己的镇定和理智很辛苦很疲惫一样,她能明白唐俪辞的苦,但唐俪辞显然永远不会明白她的苦。

如果她像玉团儿那样单纯耿直,如果她可以不顾一切,她会立刻从唐俪辞身边逃开,逃得远远的,逃回洛阳或者逃到傅主梅身边都可以。

她了解唐俪辞,越了解她就越明白他需要什么,而越明白他需要什么,她就越忍不住想要疼惜他。

在他身边待得太久了、太了解这个人了,也许有一天,她真的会心甘情愿地为他去死,为了了却他的心愿,为了博他一笑——但如果真有这么一天,凤凤怎么办?凤凤未来的人生怎么办?身边不再有她陪伴的唐俪辞又将怎么办?

她不得不想很多,想得越多越觉得恐惧而迷茫,她不能爱上唐俪辞,那是一条绝路。

唐俪辞和众人浅谈了如今的江湖局势,现在柳眼隐身不见,九心丸的解药呼之欲出,各门派中中毒之人已不如年前那般恐慌。风流店虽然手握九心丸,接连战败几次之后,影响力已远远不如白衣役使初现江湖之时那般惊人。

但风流店卧虎藏龙,以九心丸笼络的高手不知凡几,要覆灭风流店还必须得到其中更多的秘辛,明了其中更多的内情。

此次饮茶之会,唐俪辞让中原剑会门下信使奉信上少林寺与武当派,邀请普珠方丈与清净道长参与,但普珠以闭关潜修为由婉言谢绝,清净道长回函说事务繁忙,分身乏术。

原来数年之前,武当派老掌门在祭血会围攻武当山一役中下落不明,由清净道长代任掌门。然而清净道长尚有一位师叔,道号清虚子的武当高人。

清虚子在武当后山闭关十年,出关之际,清净道长已代任掌门两年有余。清净道长欲将掌门之位让与清虚子，但派中弟子对清虚子并不熟悉，颇多反对之辞，让位之事就此按下。

而长年清修，即使在武当派中也很少有人识得的清虚子却突然失踪了，清净道长追查年余方才隐约得到线索，清虚子竟为风流店所网罗。

当下武当一脉上下都在寻觅清虚子的行踪，一旦证实他确为风流店所网罗，武当必定清理门户。如此背景之下，清净道长自然无暇分身前来好云山品茶。

"原来风流店尚有鬼牡丹这一路旁支，鬼牡丹身为七花云行客之首，杀破城怪客、龙潜鱼飞，操纵梅花易数、狂兰无行，创立风流店，意图一统江湖横行天下，委实可恶至极。"众位座客之中，有一人青衫佩刀，面长如马，乃是北三地著名的快刀客霍旋风，新近参与中原剑会。他身边一人儒衫宽袖，面容如敷脂粉，却是江南著名的美剑客"璧公子"齐星。

在唐俪辞失踪不见的那段时间里，中原剑会新加入不少人手，并且大多并非剑术名家，有些是凑热闹，有些是好风头，更有些是追逐着"西方桃"的美色而来，此时西方桃失踪，大家都有些扫兴。

成缊袍、董狐笔等剑会元老，对这些新近加入的所谓江湖俊彦冷眼相看，这些人鱼龙混杂，自从上得好云山吃喝拉撒有之，醉酒闹事有之，硬仗未曾打过一场，却又夸夸其谈，言之滔滔，滔滔而不绝。

"只待查明风流店真正巢穴所在，我等一鼓作气，齐心协力将其剿灭，即刻还江湖一片清静。"接话的是与"璧公子"齐星齐名的"玉公子"郑玥。这两人合称"璧玉公子"，在江南一带都是著名的美少年，但此时坐在唐俪辞面前，齐星尚可自持，郑玥的目光在唐俪辞脸上瞟来瞟去，充满了不满之色。

唐俪辞微微一笑，在一干江湖人物环绕之中，越发被映衬得犹如明珠生辉，秀雅出尘："郑公子如果有兴，追查风流店巢穴之事不如交由郑公子着力进行？"

郑玥大吃一惊："由我一人进行？"

唐俪辞温和地道："郑公子聪明睿智，剑法出众，交游广阔，剑会诸多人手，郑公子尽可调兵遣将，于一个月之内给我答复如何？"

严冬时节，郑玥额头上竟然冒出冷汗："此事……此事该从长计议……"

唐俪辞道："只待查明风流店真正巢穴所在，我等一鼓作气，齐心协力将其剿灭，即刻还江湖一片清静。郑公子豪言壮语，我也十分赞同。"

他说得不瘟不火，极尽诚恳，而郑玥张口结舌，冷汗直冒。众人又是骇然又是好笑，郑玥不敢再说，连霍旋风都紧紧闭嘴。

唐俪辞捧着热茶再浅呷一口，缓缓呵出一口气，脸颊是越发红润了："追查风流店巢穴之事交由郑公子，有另外一件重要之事，我要交由齐公子处理。"

齐星虽然和郑玥齐名，但并不见如郑玥一般的轻佻之色，闻言抱拳："不知唐公子有何吩咐？"

唐俪辞放下茶杯，手指却一直搭在杯上，墨色的茶杯映得他的手指雪白润泽，十分好看："万窍斋将为中原剑会支付四万五千两黄金的费用，中原剑会此时上下两百八十五人，如果现在分发，不论武功高低、身份尊卑每人可得一百五十八两黄金。今日之后，多一人，万窍斋多支付一百五十两银子——是银子，不再是黄金；少一人，万窍斋收回一百五十八两黄金，不会多一分一毫。"

一百五十八两黄金，那是一笔不小的财富，足供普通人家过上几辈子。齐星吃了一惊："四万五千两黄金？"

唐俪辞眼睫微抬，眼角扬起的姿态略略带有一点骄色，那是恰如其分的骄矜："各位江湖前辈对钱财多是淡泊，但诸位为江湖奔波多年，辛勤劳碌，我会为各位前辈另备金帛，以供诸位不时之需。"他却不说多少钱，"至于这四万五千两黄金，现在并不下发，暂记在剑会名下，从今日开始，应对风流店所需的一切开销都由这四万五千两黄金中支出。

"诸位过后将消息通传到每一个人，从今日起，中原剑会任何一人吃喝嫖赌的银两、酗酒闹事之后的赔偿都由这笔黄金支出，花费得越多，风流店覆灭之后众人所得的利益就越少，我不在乎各位最后所得是多少，与我无关。"

唐俪辞含笑说完这段话，语气非常温和。

众人面面相觑，自有江湖门派起，恐怕没有一人是以这种方法管束门内弟子，但说不定十分有效。

清者自清，品德高尚之人自然不会贪恋黄金，亦不会胡作非为；而贪恋黄金之辈又必然为了利益收敛言行，甚至互相监督，只怕多花了一分银子。

唐俪辞富可敌国，花费四万五千两黄金能买得中原剑会上下一心，在他看来自是便宜。

"齐公子，你可知为何我要让你主管此事？"唐俪辞将桌上的"白乳"清空，换了一种散茶，刚才的墨玉茶杯也撤了，换上一种精细白瓷的茶杯，碧绿色的茶叶漂在清澈的茶水中，散发出另一种清香。

"可是因为齐家与万窍斋有生意往来？"齐星问道。

唐俪辞道："齐家在苏州有两处庄园，三处店铺，估价约有四万两黄金之数。齐家家业也大，人面众多，你来管理这四万五千两黄金，旁人无话可说。"

齐星苦笑，的确，他若私吞了这四万五千两黄金，中原剑会上下两百八十五人不会放过齐家，齐家家业在苏州，跑得了和尚跑不了庙，唐俪辞不愧是生意人，面面俱到。

众人再度面面相觑，成缊袍和余负人看了郑玥一眼，郑玥脸色惨白，仍旧深陷在唐俪辞要他去查探风流店巢穴的阴影之中。霍旋风之流面上镇定，少不得也在暗暗计算那一百五十八两黄金。

唐俪辞支颐对众人一笑，他嘴角勾起的时候仿佛天下众生都在他彀中挣扎一般，并且无论如何挣扎都挣扎不出他设下的天罗地网。

他是一只皮毛华丽的狐妖之王，俯瞰天下，风起云涌，众生百态，他一直在云端之上。

客房之中。

凤凤抱着一本书在撕纸，呵呵地笑着，奋力地把那本书撕成碎片，他已经会抱着东西摇摇晃晃地站起来，虽然不敢走，却敢抱着东西往下砸。

这几天，阿谁房里的书本、衣服、被子、茶杯被凤凤一一摔在地上，阿谁教他不许摔，唐俪辞却派人送来一大堆书本和香包、香囊、荷包之类的小玩意儿，凤凤是越摔越开心了，在他看来，每一本书都是用来砸在地上，然后撕成碎片的。

有时候……阿谁觉得唐俪辞很会宠人。想到柜子里一包一包的衣服和饰品，甚至绫罗绸缎，她会觉得唐俪辞其实很了解大家需要什么，也许大家什么也不需要，就只是需要一种被宠爱的感觉。

但很多时候……她觉得唐俪辞其实什么也不懂，他其实不懂被宠爱的滋味，所以一时兴起他就轻易毁掉那种感觉，他知道那伤人，但不知道有多伤人。他不明白被毁弃的信任要重建有多难，也许他以为自己根本不需要被信任，因为他可以轻易控制每一个人。

"姑娘。"门外有人轻轻敲了敲门。

阿谁站起身来，门外是一个身着紫衣的少年人，她并不认识："这位是？"

"姑娘……"门外那少年人痴痴地看着她，"你好美，打从你来到山上，我茶不思饭不想，天天盼着多看你一眼，我……我从来没有这样想念一个人……"他径直从门外走了进来，双手向阿谁拥来，"姑娘，姑娘……"

阿谁连退两步："且慢，我已经不是姑娘了，我是孩子的娘……少侠你只是一时误会，你弄错了……"但不论她说什么，那紫衣少年全部未听入耳内，一把将她拥入怀里，亲吻着她的乌发，"姑娘你叫什么名字？"

"哇"的一声，凤凤大哭起来，从床上颤颤巍巍地站起来，抱着一本撕了一半的书直往紫衣少年身上砸："哇——唔唔唔——哇——"

"放开我！"阿谁大叫一声，可她敌不过紫衣少年的手劲。

玉团儿自隔壁一下窜了进来："阿谁姐姐！"她眼见紫衣少年抱住阿谁，不假思索地往紫衣少年身上拍去一掌，紫衣少年反掌相迎，"啪"的一声，玉团儿受震飞出，"哇"的一声口吐鲜血。

阿谁大惊失色："妹子！妹子！"她怀里揣着杀柳，趁紫衣少年回掌相击的机会拔了出来。

刀光一闪，紫衣少年紧紧抓住阿谁的肩。阿谁手握杀柳，逼近紫衣少年的胸口，却是刺不下去。她没有杀人的勇气，紫衣少年大喜过望："姑娘，姑娘你也是喜欢在下的吧？"阿谁唇齿颤抖，终于忍无可忍，开口要呼喊一个人的名字。

"任驰，你在做什么？"门口有人冷冰冰地问。

抱着她的紫衣少年大吃一惊，连忙推开她："我……"

人影一晃，一人站在紫衣少年面前，"啪"的一声重重给了他一个耳光，冰冷且嫌恶地道："你给我滚下山去，今生今世不要再让我看到你，否则休怪我替青城派清理门户。"

紫衣少年连滚带爬地出去，阿谁站了起来，救她的是成缊袍，并不是唐俪辞。

成缊袍同样以那种冰冷而嫌恶的目光看着她："阿谁姑娘，身为唐公子的朋友，你该洁身自好，不要再给唐公子惹麻烦。"他连一眼也没对阿谁多瞧，拂袖而去。

阿谁拉了一下凌乱的衣襟，成缊袍没有给她解释的机会，也无意听她解释，她又一次被当作娼妓，是因为她行为不检点，她在外头搔首弄姿，所以才会引得任驰这样的轻狂少年上门。

她并不觉得伤心，因为这次嫌弃她是娼妓的人不是唐俪辞。

也许……他并没有说错，如果没有她抛头露面，谁也不会上门找她。一切的一切，都是她的错，是她的过失，是她没有洁身自好。

"咳咳……"受伤的玉团儿咳嗽着爬了起来，阿谁连忙把她扶起，擦去她唇边的血迹。

玉团儿闭目调息，阿谁将屋子翻了一遍，找出一个羊脂白玉美人瓶，她记得里头放着古怪的白色药片，不知是什么东西，不敢让玉团儿服用，随手放在桌上。她又找出另外一瓶药丸，记得林逋有交代过那是伤药，急急让玉团儿服下。

玉团儿只是胸口真气受到震荡，任驰本身功力不深，她伤得并不重，服用了伤药之后很快真气便平静下来。

阿谁松了口气，坐倒在地上，此时才发觉一头长发散了一半下来，蓬头散鬓，恍若乞丐一般。

"唔唔唔……"身后有人抓住了她的衣裳，阿谁回过头来，凤凤抱住了她。她吃了一惊，没料到他竟然从床上平安无事地下来了："凤凤，你怎么下来的？你是自己爬下来的吗？"凤凤抱住她，叼住她的衣角，眼泪汪汪的。

"我没事，别怕。"

外头的茶会已经散了，齐星点了十名剑会弟子逐人通知唐俪辞那"四万五千两黄金"的消息。郑玥垂头丧气地和霍旋风商量，究竟如何才能查到风流店的底细。

唐俪辞已经回房，而好云山上下两百多人正在逐一被他撼动，自此时起，饮酒闹事者少之，夸夸其谈者少之，老老少少都在开始盘算如何尽快剿灭风流店了。

唐俪辞并不当真指望郑玥能追查到风流店的巢穴所在，玉箜篌狡猾诡诈，会躲在何处难以预料，即使有留下线索，那也是引人误入歧途的居多，他并不着急。

值得他考虑的尚有许多事，当夜玉箜篌被击落悬崖，必定有人看见，那究竟是好云山上的谁？为何至今无人知晓是他将玉箜篌击落悬崖？有人在为他隐瞒吗？是谁？为什么？

他开始觉得疲惫，他的精神一贯很好，但自从沈郎魂刺那一刀之后，方周的心跳消失了，腹中那团硬物却没有消失，自那以后他就很容易感到疲惫。

按照常理，互相排斥的器官移植不可能长期并存，方周的心如果坏死，应该会为他本身所吸收，因为他的身体不易受感染。

但腹中的硬物并没有消失，真气流经之时他仍然感觉到硬物之内有血脉与自己相通，并不是一团死物，但那会是什么？

唐俪辞坐在房里，静静地望着桌上的一套茶具，那是刚才用来饮用"白乳"的墨玉茶具，颜色黑而通透。他伸手握住其中一个茶杯，对方周的心他有一个可怕的猜测……

也许……他并不只是挖了方周的心埋入自己腹中。

他努力地回想着剖开方周的胸膛，将心脏埋入自己腹中那日他到底做了些什么，但除了自己双手和满脸的鲜血，还有满地满身的鲜血，那日的记忆恍恍惚惚，他其实并没有记住太多细节。

但沈郎魂说他刺入自己腹中的一刀，刺到了骨头。

而他很清楚沈郎魂并没有刺到自己的骨头。

那么——沈郎魂是刺到了谁的骨头？何处的骨头？他显然是刺到

了方周的心,因为方周的心再也不跳了。

但方周的心内,怎么会有骨头呢?

他的腹内有一团硬物,那团硬物之中含有骨骼。

那会是什么呢?

菩提谷内。

雪线子和任清愁两人悄悄地将药房里所有的"孤枝若雪"都取了出来,丢进门前的大火坑。熊熊烈焰之下,成千上万的白花消亡成一缕烟雾,所化成的灰烬几乎未能到达火坑之底就已灰飞烟灭。

风流店在地底挖掘这个大火坑的时候万万不会想到,这地方会被雪线子用来烧垃圾。

等"孤枝若雪"全部毁去,雪线子一时兴起,将药房里大大小小的药柜搬了出来,一个一个往火坑里丢,不过小半个时辰那药房已被他搬得干干净净,一把杂草都不留。

这里是风流店地底最隐秘之处,火焰燃烧偶有爆炸之声,所以雪线子在底下倒腾了这许久,竟是没有人发觉有异。雪线子将药房里的药柜折腾得干干净净的时候,也已将近二更时分。

"老前辈。"任清愁拍了拍手掌,他帮雪线子将最后一个药柜丢进火坑,又用扫帚把搬空的药房打扫了一遍,"时候到了。"

雪线子斜眼看他打扫那药房,心里啧啧称奇,不知屈指良这位徒弟是如何带出来的:"时候到了,我们就出去吧,路在哪里?"

"这边走。"任清愁拔出背上的黑色小弓,仔仔细细地扣上一支黑色短箭,将身上大大小小的事物都检查了一遍,方才走在前面。

雪线子挥起袖子给自己扇了扇风,这小子要是给他当个奴仆什么的,他真是非常满意,可惜是屈指良的徒弟,收作奴仆未免对死人不太好意思……

任清愁谨慎地走在前面,丝毫不察身后的雪线子胡思乱想。他步履轻巧,绕着火坑走了半个圈,忽地在黄土墙上一推,墙上突然开出一道门来,他即刻对门内射出一箭,门内有人跌倒之声。

雪线子飘身而入,只见看守门户的剑手被任清愁一箭射倒,但任清愁的确手下留情,这一箭伤了那人的咽喉,使对方发不出声音,箭尖若是偏了一分,不免穿喉而过,立毙当场。

两人沿着幽暗的隧道往前走,路遇关卡,任清愁直接一箭射出,他的箭法干净利落,几乎没有发出任何声音,竟是所向披靡。

雪线子咋舌不已,玉箜篌会放心让任清愁一人看守药房,不是没有道理的,方才这小子如果没有被他转圈转晕,只怕要大费一番手脚才能将他制伏。

再转过几圈,前面突然传出一声呼啸,一人蓦地闪了出来,挡住通道:"半夜三更,谁在里面?"

任清愁微微一滞,这人是风流店中专职看管隧道和机关的司役使,也是专职看管温蕙的人,他道:"司役使。"

司役使年约四旬,三缕长须,相貌甚是威严:"任清愁?你不在药房,在这里做什么?"任清愁手里的黑色小弓蓦然对准他,黑暗中那箭尖的光芒并不太明显,但司役使的目光已经变了,"你——"

"对不住了。"任清愁以箭尖对准他。雪线子晃身上前,伸手点住他身上几处穴道,"哈哈"一笑:"手到擒来。"

263

任清愁看起来并不得意,很沉得住气:"司役使,蕙姐在哪里?"

司役使冷笑不答,低沉地道:"你竟然勾结外敌出卖风流店!我告诉主人,将温蕙剥皮拆骨!"

任清愁低声道:"你告诉我蕙姐在什么地方,我就不杀你。"

司役使狂笑不答,雪线子在他身上摸索了一阵,司役使身上带着几串钥匙,雪线子统统取了出来:"这许多钥匙,总会有用,你既然不肯说,留着你也无用。"他突发奇想,"这样吧,小子,把他丢进药房前面那个大火坑,一下子就烧得干干净净,连骨灰都不剩,这样至少要过个三五天风流店才会发现少了这号人物,怎么样?"

任清愁没有任何意见,提起司役使就准备带回方才的火坑。

司役使大骇:"且慢!"他厉声道,"方才你说告诉你温蕙所在,你就放手不杀,君子一言,快马一鞭,岂可不算?"

任清愁一怔,点了点头:"蕙姐在哪里?"

"她在铁人牢里。"司役使咬牙切齿地道,"上次白姑娘要你们去杀唐俪辞,你没成功。主人让你戴罪去看守药房,把她关进了铁人牢,你救不出来的!"

任清愁又点了点头,对雪线子道:"老前辈……"

雪线子挥挥手:"这家伙你制住的,你要杀就杀,要放就放,不必问我。"

任清愁"嗯"了一声:"司役使,对不住了。"他将司役使轻轻放在隧道一旁,和雪线子一起往通向外面的道路走去。

"小子,你不去救人?"雪线子皱起眉头,"你不是很痴情?不是今生非她不可?既然知道她在铁人牢,为什么不去救人?"

任清愁的目光很清澈:"我要帮你烧掉那些花,然后再去救人。"

"你不怕来不及?"

"我不会来不及。"任清愁说话很有自信,"老前辈,前面就是出口。"

在黑暗的隧道里钻了许久,雪线子几乎忘了天空是什么模样。任清愁推开一扇白色木门,一缕月光穿门而入,照在地上。

那真像雪一样白。

雪线子望着门外。

外面是深夜时分,明月当空悬挂,星星很少,林木在夜中看来是一团团的漆黑,皎洁的月光和漆黑的密林映衬出眼前这片山谷是何等雪白。

满地都是如雪的白沙,白沙上是一块一块的墓碑,历经年月而依然光滑的石碑闪烁着明月的流华,清冷柔和。满地爬着如血的紫红藤蔓,藤蔓上开着雪白的奇异花朵,那花朵如白沙一般白,花蕊如血一般红,一眼看去竟分不出是沙是花……

三千世界,空叹曼珠沙华。

明镜尘埃,原本皆无一物。

雪线子目不转睛地看着眼前的景色。任清愁望着雪线子的双眸,在这一瞬间,他仿佛看尽了这位前辈一生的遗憾与情愁。

(千劫眉・第四部・不予天愿完^_^)